書下ろし

源平妖乱
鬼夜行

武内 涼

祥伝社文庫

目次

序

「沼姥《ぬまうば》の住居《すまい》は……何処《いずこ》か？」

　いきなり問われた女は、ぎょっとした。

　鬱々《うつうつ》とした灰色の冷雨《れいう》が降る中、問うたのは、黒駒《くろこま》に跨《また》がった口髭《くちひげ》の男だ。綾藺笠《あやいがさ》に黒絹の雨衣《あまぎぬ》。端整《たんせい》な顔をしているが、肌は青褪《あおざ》め、双眼《そうがん》に暗い気がある。

　笠、蓑《みの》をまとった貧しい女は里長《さとおさ》に今年の籾《もみ》を借りに行き、壺に入ったそれを大切にかかえ、病の夫がまつ家にかえる処《ところ》だった。

　――その時、沼姥の家について訊《き》かれている。

　天慶《てんぎょう》三年（九四〇）二月。

　常陸国《ひたちのくに》。

　香取海《かとりのうみ》の傍、見渡す限りの枯れ葦原《あしはら》、枯れ荻原《おぎわら》にはさまれた、か細い一本道だ。

寂《さび》しい所で人家は見当たらぬ。ただ、枯れ草の海に、一つの新芽も兆《きざ》さぬ灰色の柳が佇《たたず》むばかり。枯れた草木は、春とは思えぬ冷たい雨に、うな垂《だ》れている。

女は騎馬の者たちを見て岩井《いわい》の王城の御方たちでないかと、思った。

今、坂東《ばんどう》では、新皇を名乗った平将門《たいらのまさかど》の軍勢と、官軍が激闘を演じていた。

雨に打たれた騎乗の人は黒駒の男の他に五人。

一人は若い娘で、身を窶《やつ》してはいるが、拭《ぬぐ》い難い気品がある。四人は鎧《よろい》を着た武者だった。うち一人の武士は、頭に血染めの布を巻いている。袴《はかま》が赤く汚れている武士もいる。

——落ちてこられた方々だろうか？

今、諸国には、賊首《ぞくしゅ》の兄弟及び伴類《ばんるい》等を追捕すべき、という官符が出ている。初め、旭日昇天《きょくじつしょうてん》の勢いで勢力を広げた将門であったが、朝廷の逆襲を前に、諸方で敗れているという。

坂東には、無実の者を罪に落とし、いたぶる野獣の如《ごと》き武者が大勢いた。そういう武士をこらしめたのが将門だと、女は知っていた。

敗色濃いと聞き、良い気持ちはしていない。

もし奥州《おうしゅう》への道などについて尋《たず》ねられたら喜んでおしえただろう。

しかし……沼姥の家とは、一体どうしたことか？

――あの家に近づきたがる者はいねえ。

女は声を潜《ひそ》め、

「あの……沼姥の所に何をしに行かれるんでしょう？」

黒駒の男は、笠の下で眉《まゆ》を険《けわ》しく寄せている。

貴《あて》やかな素性を何とか隠そうとしているように見える麗人と、武士四人は黒駒の男の後ろ、少しはなれた所で、冷たい雨に濡《ぬ》れながらこちらを窺《うかが》っていた。

ちなみに、この頃の武家の姫君は、公家《くげ》の姫君、ずっと後世の公家化した武家の姫より、遥《はる》かに活動的だ。自ら馬に乗って出かける姫も多い。

「あの媼《おうな》は、恐ろしい力持ちで……血を吸う鬼という噂《うわさ》も……」

女が言うと、険しい顔をした男の面貌《めんぼう》は、大きく歪《ゆが》んだ。

「お前は――訊かれたことにだけ答えればよい。いま一度《ひとたび》、訊く。沼姥は何処におる？」

姫と共にいる武士たちは毛抜形太刀《けぬきがたたち》（蝦夷《えみし》の刀の影響を受け、やや湾曲した刀）を佩《は》いていたが、黒駒の男の腰に下げられているのは、京風の直刀（湾曲していない剣）だった。

雨滴《うてき》が黒漆《くろうるし》が塗られた鞘《さや》を冷たく濡らしていた。青褪《あおざ》めた男の顔の奥で、蛭《ひる》に似《に》た得体《えたい》の知れぬ感情が、蠕動《ぜんどう》した気がする。

女は、おののき、

「もう少しもどって下せえ。横道が、あったでしょう?」

冷えた声で、

「……葦原の中に入る?」

「へえ。そこを行くと、沼に出ます。沼に沿って左に行くと、蒲原《かばはら》があり、蒲原を突っ切った所が、沼姥の住いでごぜえます」

「なるほど。礼を申す」

いきなり、剣が鞘から抜かれ——雨を切りながら冷たい殺意が、女の顔面に叩《たた》きつけられた。

壺からこぼれた籾が、血と雨の中、無惨に散らばった——。

「興世王《おきよおう》っ、何しやるか!」

白馬に乗った姫が駆《か》けて来る。蹄《ひづめ》が、泥を抉《えぐ》る度、蛞蝓《なめくじ》が潰《つぶ》れたような水音が、した。

黒駒に白馬をならべた姫は顔を縦《たて》に割られた屍《しかばね》を見下ろす。

目は細く、豊かな肉付きの姫で、匂い立つ艶《つや》やかさがある。

笠の下、貂《てん》皮の雨衣が只《ただ》ならぬ身分を物語る。

雨衣の下では、浮《ふ》線《せんりよう》綾という紋《もん》が浮き出た紅蓮《ぐれん》の衣が、黒ずむほど濡れており、纐纈《こうけち》がほどこされた緑の裙《も》に、泥の跳《は》ね返りが散っていた。

粗末《そまつ》な麻衣をまとった女の、無惨な遺体にくらぶれば華やかな装《よそお》いではあったけど、これでも目立たぬようにしたつもりだ。

彼女はふだん、朝廷の禁色《きんじき》たる深紫の衣をまとった上に、眩《まばゆ》い模様に溢《あふ》れた錦《にしき》を着、天女がつけるような白絹の領巾《ひれ》を床に引きずるようにして暮していたのだから……。

滝夜叉《たきやしゃ》姫――新皇を名乗り、坂東に新王国を築いた平将門の姫である。

東国の荒馬を自在に乗りこなす一方、知恵深く、父将門から様々な相談を受けてきた滝夜叉。

彼女は父が同族たる平貞盛《さだもり》に討たれたこの日、香取海近くに棲《す》む謎の女……沼姥を捜索していた。

黒緑の衣を着た興世王は血塗られた剣を雨であらいながら、

「――お止《や》めになりますか？」

「………」

挑発するように、

「お父上も引き返された道。貴女《あなた》が引き返すのもよいでしょう。が……」

片頬《かたほお》だけ引き攣《つ》らせるように、笑む。興世王の、この笑い方が、滝夜叉は嫌いだ。

皇族を自称しているが、怪しい。坂東の原野や鎮西《ちんぜい》の沼沢地では、自称皇族や自称藤原《ふじわら》氏が、盛んに動きまわっている。この男も、そうした有象無象《うぞうむぞう》の一人かもしれぬ。よくて、嵯峨源氏《さがげんじ》の端《はし》くれ、あるいは、藤原南家《なんけ》や藤原京家《きょうけ》、歴史の荒波に沈んだ、何らかの名家の一員であろう。

素性は怪しいが将門に重宝されてきた。

興世王が都の制度とか、情報に、詳しかったからである。

立ち回りも上手《うま》い。今は上総《かずさ》で影武者を動かしている。影武者が死ねば……この男は、死んだことになろう。

興世王は怪しい話も沢山存じていると将門は話していた。呪詛《じゅそ》とか、厭魅《えんみ》とか、呼ばれる類《たぐい》の話だ。

——少し前、沼姥について、滝夜叉に囁《ささや》いたのも、興世王である。

興世王は滝夜叉を無礼なほど真っすぐ見据《みす》え、

「わたしは行きますがね」

道に流れた血と籾を、どんどん雨が叩いている。

滝夜叉が黙していると、

「魔道を目指されるなら——」

さっき女を斬った剣が、死骸を冷たく指す。

「これしきのことにひるんではなりませぬっ！」

興世王は滝夜叉を直視しながら悪魔の形相《ぎょうそう》で説いた。

「お父君は、結局は、人たることをえらばれた」

「…………」

「だから、負けたのだ。朝廷を転覆するには——魔の力をかりねば。沼姥には貴女を魔に引き込む力があるのです」

顔を縦に裂かれて死んだ女と、水溜りに散乱した籾を、滝夜叉は睨みつづけ

る。籾を里長《さとおさ》にかりねばならぬ百姓を救いたいと将門はよく話していた。興世王、眉をピクリと動かし、

「で、どうします？」

敬意の欠片《かけら》もない言い方だった。

滝夜叉は、言った。

「――行こう。わたしも」

「……おお……ご決意なされたかっ……。それでこそ、新皇様の姫君にござる！」

「興世王」

馬首を転じ先に行こうとした臣下を滝夜叉は呼び止めた。

振り向いた顔面を、扇で強く打ち据え、

「二度と妾《わらわ》を――侮《あなど》るなっ」

「侮ってなど……」

鼻血を出して頭《かぶり》を振る相手に、鋭く、

「次に侮ったら斬る！　得心《とくしん》したか？」

「……はっ」

殴られた鼻を濡れ手でさすりながら……何故《なぜ》か嬉《うれ》しげな興世王だった。益々、興世王という男がわからず、滝夜叉は苛立つ。

横道の分岐が見えてきた。

「——あそこかの？」

「そのようにございますな」

滝夜叉の問いに、興世王は慇懃《いんぎん》に答えている。

冑《かぶと》の眉庇《まびさし》から雨をこぼしながら武士が、

「馬は、行けませぬ……」

武士四人に、

「その方ら二人はここで馬の番をせよ。二人、妾らについて来よ」

滝夜叉は、泥飛沫《どろしぶき》を立て、白馬を降りた。興世王と供を命じられた武者二人の足も馬からはなれ、泥水を、散らす。

女がおしえた小道は——茶色い小川になっていた。

滝夜叉と男三人は、鉛《なまり》の矢の如き雨が降る中、歯を食いしばってすすむ。左右の視界は、背が高い枯れ葦に、さえぎられていた。裙《も》が汚れるのが気になったのは初めだけだ。そのうち、どれだけ泥をかぶっても気にならなくなる。ただ、傘が無いことだけが悔《く》やしい。

少し行くと幾万もの雨の矢を射かけられ泥水が溢れそうになった沼が見えた。

香取海周辺に在る、数知れぬ湖沼の一つだ。

滝夜叉が生きた頃は——霞《かすみ》ケ浦《うら》、北浦《きたうら》、印旛沼《いんばぬま》が、もっと広大な、太平洋の内海として連結している。

香取海。

印旛沼はこの頃……この広々とした内海の、一つの浦、「印波浦」にすぎない。

父、将門は、香取海の漁民や船乗り、商人から、慕われていた。

だが、朝廷の兵力《ちから》は、父の武を上まわった。

東国の民や兵の多くが土壇場《どたんば》で官軍に寝返り、将門は追い詰められ、討たれた。

——裏切り者どもめ……。うぬらのせいで、父上は死んだようなもの。うぬらを救うために……挙兵したというに。

滝夜叉は雨に打たれ、転《ころ》びそうになりながら悪路をすすむ。

——朝廷より、うぬらが許せぬ！　初めから敵であった者より、土壇場で敵にまわった方が……。——まず、うぬらから血祭りに上げる。

滝夜叉の双眸《そうぼう》は殺意でギラついている。魔道を極めれば、いかに大人数の標的でも、いかに巨大な敵でも、復讐を遂《と》げられるのか。

「道は、此処《ここ》までですな」

家来の一人が呻《うめ》く。

なるほど、沼の傍は、泥水が溢れ、雨混りの強風で、葦が倒れたりしていて、道らしきものが見当たらぬ。

女が言った方に行くには葦を掻《か》き分け、煮え湯の如くしぶく水溜りを突っ切って行く他ない。

「道なき道こそ、魔道への近道でなかろうか？」

滝夜叉の諧謔《かいぎゃく》は興世王の唇をほころばす。

「仰せの通り。さあ、突っ切りましょうっ」

液状に暴れる泥色の悪路を、濡れた枯れ葦を掻き分け掻き分け、四人は泥だらけになりながら進んだ――。

少し行くと葦原は枯れた蒲原に変った。

蒲は冬から早春、褐色の穂を断裂させ、中からふかふかの白い綿を溢れさせる。百姓たちはこの綿を衣に入れ、冬の寒さを凌《しの》ぐ。

まだ、早春であるから、青き若蒲は見当たらない。

老いた蒲どもはちょうど穂を弾《はじ》けさせ、白い綿を風に乗せて送り出さんとしていた。

もし晴れていたら、蒲の白綿が光の混じった風に攫《さら》われる様が見えただろう。が、今、枯れ蒲は雨に疲れ、露出した綿はみじめに濡れそぼり、膨満《ぼうまん》した穂をにぎってみても、汁状の綿が、どろどろこぼれるばかりであった。

四人は重く濡れた蒲を掻き分け黙々とすすんでいる。

と、雨の中――葦、蒲でつくったと思われる、みすぼらしい竪穴《たてあな》式住居が行く手に現れた。

その家は枯れた古柳を背負い、片側を沼に接している。手前に、薪《まき》割りにつかうらしい柳の切株、物干し竿《ざお》が、あった。物干し竿は、二股《ふたまた》にわかれた杭《くい》を二つ立て、棒を横に引っかけたものだ。

――沼姥の家だろう。

「ここでまっておれ」

興世王は武士二人に告げる。

滝夜叉と興世王は、竪穴式住居に、歩み寄った。入口には汚れた筵《むしろ》がかかっていた。腥《なまぐさ》い臭いが漂ってきた。

筵の手前で、興世王が呼んでいる。

「沼姥！　おるかっ！　興世王じゃ」

答は、無い。

筵を少しめくり中をのぞいた興世王がうなずく。

「入るぞ」

興世王は許しも得ず、入った。

滝夜叉も竪穴式住居に入っている。

――火は、無い。

小屋の中は暗かった。

陰気で湿潤な気と、鼠《ねずみ》が走る気配。そして……肉が腐ったような悪臭が、闇の中を漂《ただよ》っている。――耐え難い臭いだ。

「これはめずらしい……興世王殿」

片隅で――ひびいた嗄《しやが》れ声が、初めて、ここに誰かがいることをわからせた。

真っ暗い隅っこに赤い妖光が二つ、灯《とも》る。媼が、両膝をかかえ土間に座っているようだ。

濡れた市女笠《いちめがさ》をはずし、手にもった叛軍《はんぐん》の姫は、

「この者が……」

「——沼姥にござる」

興世王は、囁《ささや》いた。

そして、

「血吸い鬼は、人の血を啜《すす》る妖《あやかし》。只《ただ》の者を大きく上回る膂力《りよりょく》、素早さ、体力、猛々《たけだけ》しさをもちます」

興世王の話を聞きつつ暗がりになれてきた目で媼を眺《なが》める。

骨と皮ばかりに痩《や》せ、髪はぼうぼう。ぼろ衣をまとい顎《あご》は角張《かくば》っていた。

坂東の何処にでもいる百姓か漁民の媼だ。眼《まなこ》が、赤光りしていなければ——。

滝夜叉と妖婆の間には粗末な菰《こも》が二つ、縦にしかれていた。

耐え難い腐臭に、顔を、顰《しか》めつつ、

「名は？」

滝夜叉は問う。

「……沼姥とはそちの真《まこと》の名ではあるまい？」

ぼさぼさ髪を垂らし、赤色眼光を灯した影は、はて、というふうに細首をかし

げる。しばし考え、

「……沼姥以外の名……あったかの？」

とぼけているのか、真にわからぬのか、判然としない。

「まあ、不殺生鬼《ふせっしょうき》とも呼ばれますな。忌々《いまいま》しい殺生鬼の輩《やから》から」

「不殺生鬼と殺生鬼？」

「人を殺さず、僅《わず》かずつ血を啜り、他のものも食べるのが、不殺生鬼。殺生鬼は血の外、口にしなくなる……。人を殺し、一度に沢山の血を吸う。他に……不死《ふし》鬼《き》と申す者どももがいますな……。まあ、この沼姥もお目にかかったことのねえ、真の化け物……。いひひひ」

「今、この者が申した話、血吸い鬼は怪力を有するという話、真か？」

貴人を見ても、地べたに尻をついたまま、くつろぎ切っている沼姥は、いかにも痒《かゆ》そうに喉《のど》を掻く。

滝夜叉は汚臭で噎《む》せる。

沼姥は、言った。

「まあ、あんたより……あるでしょうな」

滝夜叉は、静かに、

「ではその力、見せよ。目で見ぬと信じられぬ」

「ようございますとも。では、髪飾りを一つ下さいまし」

滝夜叉の、鮎《あゆ》の腹のように白い指が、暗い中を漂い、翡翠《ひすい》の櫛《くし》をつまむ。他にも金の髪飾り、珊瑚《さんご》の釵子《かんざし》が一髻《いっけい》という形にまとめられた艶髪をかざっている。

まろやかな気品をもつ櫛は、滝夜叉から興世王へ、興世王からぼろ衣を着た姥へわたされる。

櫛を受け取ると、沼姥は、今までの不遜《ふそん》をあらため、一転、卑屈《ひくつ》な様子で下から窺い、

「壊しても？」

「よい」

沼姥は両手でひょいと力を入れた。

――一瞬であった。

堅い翡翠の櫛が瞬間的に砕かれた飴《あめ》菓子のようになった。

滝夜叉は驚きで神経をぶち抜かれ、興世王は、わかっていましたというふうに、うなずいている。

滝夜叉は、総毛をふるわし、

——何たる異能……。この力さえあれば、裏切り者ども、都の者どもを——。

＊

汚れた菰に滝夜叉と興世王が並んで横たわっていた。武士たちには、どんな大声がしても入って来るなと、告げてある。

「……よろしゅうございますな？」

沼姥が、たしかめる。

妖婆はあまり宝に興味がないようで——といっても、岩井の王城を焼かれた今、約束し得る財宝もないのだが——、血が旨《うま》そうな牛を十五頭欲しいと言った。牛十五頭なら何とかなると思い、滝夜叉たちは承知した。

骨と皮ばかりの手が……滝夜叉の白く肉付きがいい手を取る。

「ああ……腕輪ってやつですか？　何て綺麗なんだろう。いひひひ」

「気に入ったなら、やろう。お前の力がもらえるなら腕輪如きどうして惜《お》しもう」

「いやいや、こんな婆さんに似合いますまい……。血と牛までいただいた上に腕輪まで頂戴《ちょうだい》したら……過ぎたる果報というやつで……。では――」

妖婆が、滝夜叉の腕に、嚙《か》みついた。

刹那《せつな》――滝夜叉は、上方の闇に、異形《いぎょう》の影をみとめた――。

何者かがヤモリの如く、屋根の裏側、一際《ひときわ》暗い所に張り付いている。

そいつの目が青光りしている。

「誰か……」

滝夜叉が呻くや、その青光は消え、今度は、赤色眼光を燃えるように輝かせた沼姥が、猛然とジュウジュウ音を立てて血を吸い出した――。あまりに強い吸引力が、この妖婆は約束を忘れ、吸い殺す気ではという名状し難い恐れを起す。恐怖の竜巻が屋根裏に張り付いた何者かなど吹っ飛ばしてしまう。

「今度は、こっちじゃ」

沼姥が滝夜叉からはなれ、興世王の血を啜り出した。

ある程度吸うと沼姥は、自らの細腕を齧《かじ》り、血をこぼした腕を、滝夜叉の方に差し出した。

気丈な滝夜叉に躊躇《ちゅうちょ》はない。自ら老婆の垢《あか》じみた腕を摑《つか》み、口を大きく開けて、啜った。

腥い汁が口に広がり――喉《のど》に動く。

胃の腑に染み入る。

瞬間、赤い電撃が体を走っている。胃や喉から赤いオタマジャクシが幾百、幾千も血脈に入り、熱いうねりを起して、体じゅうに拡散してゆく感覚だ――。総身が熱く痺《しび》れ滝夜叉は思わず一時、没我する。

意識がもどった時、沼姥は興世王に血を啜らせていた。

滝夜叉の双眼に、赤光《しゃっこう》が灯る。

赤い眼光は視力を劇的に高めた。

屋根の裏に張り付いた異形の姿を、滝夜叉は、はっきりみとめた。

それは……怪人だった――。

両手両足で張り付いていて顔はこっちを向いている。その顔は、ぐちゃぐちゃに腐っていた。腐乱死体同然だ……。滝夜叉の真上にいる怪人の双眼が、青く、光る。血吸い鬼とは「別もの」だろう。

怪人が――滝夜叉に向かって、飛び降りてきた――。

赤い眼火を燃やした滝夜叉が怪人の股《また》を蹴《け》る。

怪鳥《けちょう》が潰《つぶ》れたような悲鳴を上げ、怪人は、跳び退《すさ》った。

興世王に血を啜らせていた沼姥が、

「爺《じい》さん、あんたは引っ込んでな！　この御二人の御血《お》は、あたしのなのさっ！」

鋭く叫ぶ。外から、何があっても入るなと言われている武士どもが、

「姫！」「大事のうござるかっ！」

腐臭が、濃くなっていた。この家の腐臭源は、体が腐った怪人だったのだ……。

半身を起した滝夜叉は牙を剝《む》いて怪人を威嚇《いかく》する。彼女の四肢では力が、満《み》ち溢《あふ》れそうになっている。

怪人は——猫の如く動き、没我状態にある興世王の左側に移動、興世王の頭の傍に座り、血を吸わせていた沼姥が止めるのも聞かず、興世王の左手首に齧りつき、肉を食い千切《ちぎ》った……。

「止めろ！　牛の死肉をやるゆえ」

沼姥が叫ぶのも聞かず動く腐乱死体は旨そうに手肉を嚙み、血を飲み、今度は青色眼光迸《ほとばし》らせ、興世王の左腹に食らいつく——。

瞬間、滝夜叉が、動く。

滝夜叉の二本の指が怪人の両目を貫《つらぬ》き——そのまま脳まで押し通る。

腐った翁《おきな》の首から上が爆発同然、吹っ飛んだ。

「おのれ！　よくも、爺様を！　やりおったのうっ」

身の毛もよだつ怒気が——沼姥からぶつかってくる。ぼさぼさ髪を振り乱し、牙を剝き、憤怒の眼火を滾《たぎ》らした鬼婆が、滝夜叉に襲いかかる。

同時に武士が二人踏み込んだ。


武士たちが見た光景は、彼らの理解力を、ゆうに超えていた——。

だから彼らは一瞬、いや、二、三瞬、何がどうして、こうなったか、わからない……。

足許では、興世王が譫言《うわごと》めいたことを口走りつつ横たわっている。興世王の左腹近くに首より上が吹っ飛んだ腐乱死体が突っ伏していた。

滝夜叉は、沼姥と、組み合っていた。沼姥の両手の爪は滝夜叉の肩に食い込み、滝夜叉の右腕は——沼姥の左胸に、血煙を立てながら、埋っていた。

滝夜叉は肉の内側で心臓を摑んでいるようだ。血反吐《ちへど》を滝夜叉の顔面に吐いた沼姥が、

「わかっておるか！　己《おのれ》がしたことを……」

「……………」

武士たちがやっとのことで剣を構える。沼姥は、がくがくふるえながら、憎しみの形相《ぎようそう》で、

「血吸い鬼の間で、己を血吸い鬼にした者は絶対。親……同然なのじゃ。その義理の親をうぬは殺《や》ってくれた！　許されぬことぞっ！」

「──そう？」

滝夜叉は、静かに言った。

「ならば、その古い仕来《しきた》りを塗り替えるまで。──妾《わらわ》の法で、血吸い鬼どもを統《す》べる」

「……お前は、何を……」

冷たく、厳《おごそ》かに、

「妾は──新たな王朝を築く。その王朝の神話に、うぬの名は要《い》らぬ。うぬは、神話がはじまる前の泥の如き闇に、沈め！」

心臓が握り潰され沼姥の凄まじい絶叫と共に飛び散る──。

骸《むくろ》が放り出された時、興世王が、驚きながら、立った。興世王の右目は赤く、

左目は青く光っている。半分が血吸い鬼、半分が死肉を食う者——餓鬼《がき》になってしまったのだ。

赤色眼光を灯した姫君はさっき餓鬼が張り付いていた屋根裏を仰ぎ、

「父は、新皇と早く名乗りすぎた。故《ゆえ》に滅んだ……」

興世王が跪《ひざまず》き、武士二人は、立ちすくんでいる。

「妾はすぐには即位せぬ……。天下万民が、妾を恐怖し、闇の王とみとめる時が来るまではな……」

体をまわし、恐怖で固まった武士たちを見る。

「仮の王を立てようと思うておる。そ奴の影に隠れ、全てをあやつり、天下をゆるゆると我が色に染めてゆくのじゃ……」

武士二人に手をのばして、歩み寄り、

「喉が渇いた」

天下を恐怖で激震させた邪鬼、黒滝《くろたき》の尼《あま》と、その腹心、屍鬼王《しきおう》（興世王）誕生の瞬間だった。

東国で多くのものを殺《あや》めた黒滝の尼たちだったが……最大の敵、京にいる雲《くも》の上人《うえびと》たちと、貞盛には、なかなか、手を出せなかった。

重厚な「薫物結界《たきものけっかい》」に阻《はば》まれたのである。

吸血鬼は香を嫌うから、高貴な人の館は匂いの壁に守られているにひとしい。

こうして、黒滝の尼とその一党は、寺院の中に立川流《たちかわりゅう》と呼ばれる手下どもをふやし、正常なる香を駆逐《くちく》、反魂香《はんごんこう》という不死鬼、殺生鬼が好む香を広めていく、という極めて長期的な視野に立った戦略を立てはじめた。

そんな黒滝たちに猛攻を仕掛けてくる者たちが、あった。

——影御先《かげみさき》。

古来、人に仇《あだ》なす邪《よこし》まな血吸い鬼を狩ってきた者どもだ。

最初期の仲間はほとんど影御先に討たれ、斃《たお》れていた。

最後の古参者、屍鬼王も、戸隠山《とがくしやま》で、散った。

その黒滝の尼に、承安五年（一一七五）五月にくわえられた打撃は、かなり深刻だった。

不死鬼の女王というべき黒滝の尼は今——関東平野の北、赤城山《あかぎやま》の山林を疾走している。

夜の赤城の戦いで、影御先の八幡《はちまん》こと、源義経《みなもとのよしつね》が持っていた影御先の秘宝

「豊明《とよあけ》の小鏡」から放たれた光と、籠絡《ろうらく》したはずの影御先・氷月《ひづき》の覚醒《かくせい》により、手下のほとんどが討たれた。

　血を吸う尼自身も鏡が放った光により深手を負っていた。

　汁気をふくんだように、白くふっくらして、滑《なめ》らかだった顔の一部が、強酸をかけられたように激しく損傷、溶けている。若々しかった肌は全身的に劣化し老人の醜状を呈《てい》している。

　――おのれ、義経、氷月、生を全う出来ると思うな！

　黒い怨《うら》みが体からにじみ出そうだ。が、すぐに、傷が激しく痛み、脳が破れそうになる。

　――生血を啜らねば。一刻も早く若者や童《わらわ》の血を飲まねば、癒《い》えそうにないわ。のう屍鬼王……ああ、お前も、もはやおらんか……。

　殺ったのは、八幡らが属する、濃尾の影御先をたばねる、巴《ともえ》だ。

　――いつの間にやら天慶の頃を知る仲間はもはや誰もおらぬか。

　降り出した雨が体にかかる。

　と――かぐわしい妖気が、たゆたった。

　鼻がぴくりと蠢《うごめ》く。

――反魂香？

反魂香――殺生鬼（人を殺す生ける血吸い鬼）、不死鬼（今の黒滝の尼、つまり人を殺す死せる血吸い鬼）が、好む香である。殺生鬼も不死鬼もふつうの香を嫌う。だが、麝香《じゃこう》を中心に猫の睾丸《こうがん》、犬の陽根《ようこん》などをまぜてつくった反魂香は好きだ。

反魂香は、殺生鬼と不死鬼の香りだ。

旱魃《かんばつ》に苦しんだ赤松、楢《なら》が、久しぶりの水浴びに歓喜する中、妖尼は、険しい顔で辺りを見まわしている。

少しはなれた闇で赤い点光が三つ、灯る。

面《おもて》を押さえたままそちらに歩く。京様《きょうざま》の姿をした細い男が、陰気な雰囲気の牛飼童が差す傘の下に、ゆったりと立っていた。

片や緋色《ひいろ》の袍《ほう》をまといし、白蛇に似た殿上人《てんじょうびと》、片や檜扇《ひおうぎ》模様の狩衣《かりぎぬ》を着た、牛飼童――この上毛野《かみつけの》の片田舎にはずいぶん場違いな者どもだ。

殿上人は片方の目だけが、牛飼童は双眼が、赤く光っていた。

雨の中、怪しい二人組に近づきつつ、

「……久しいの。昔男《むかしおとこ》」

同じ不死鬼だが——全くしたしくはない。

「黒滝の尼様。お久しゅうございます。……難儀でございましたな」

全て知っているような口ぶりで言う昔男だった。

人や獣をあやつる不死鬼同士が争う場合、相手の心を壊そうとする。つまり心と心の殴り合いになることが多い。生易しいものではない。相手を狂わせたり、廃人同然にしたりして、戦力を奪う。で——止《とど》めを刺す。

黒滝の尼は昔男から三間《けん》（約五・四メートル）程はなれて止っている。相手に心を壊されぬよう、きつい守りを固めていた。

「何ゆえ、上毛野におる？」

黒滝の尼の問いに、

「通りすがりで」

——見え透《す》いた嘘《うそ》を。

相手は薄く笑み、

「真……にございますよ」

お前の心、読んだぞという笑みなのだ。

逆に反魂香を漂わせる昔男が何を考えているかを、黒滝の尼が読めない。

昔男の心を守る鉄壁の方が、深手を負った黒滝の尼の胸を守る城壁より、厚く、高い。

——怪我さえなければ……。

相手は目を細めてこちらを眺めていた。

黒滝の尼は、言う。

「悪鬼羅刹《あっきらせつ》と恐れられる我らの間にも薬師《くすし》がおると知れば、只人《ただびと》どもは驚くのじゃろうな」

「…………」

「まだ、つづけておるのか？」

「薬師の稼業ですか？　ええ、もちろんですとも。……お怪我をされておられるご様子。一つ、看《み》て進ぜよう。無償《ただ》、というわけにはゆかぬが」

「何が望みか？」

「——血」

「……血、となっ?」

——昔男から邪《よこし》まな臭いが漂い、思わず鼻が動く。

相手は、落ち着いた声色で、

「ほんの少しばかりでよいですよ」

「我が血を如何する気か？　昔男」

「極上の血酒《ちざけ》を製しておりましてな。強い不死鬼の血をあつめ、熟成している。その酒にくわえる所存」

「真にそれだけか？」

「ええ。貴女ほどの御方に嘘はつきませぬ」

思考をのぞこうとしても幾重もの厚い膜が張っており、不可能だ。

「血を少し頂戴《ちょうだい》する代りに、お怪我を看て進ぜる」

雨に濡れた落ち葉のあわいから、ひょっこり顔を出した草を、沓《くつ》が潰した。近寄って来た昔男に、

「――ことわる」

黒滝の尼はぴしゃりと告げている。去りかけた黒滝の尼に、昔男は、

「龍気《りゅうき》をご存じでしょうか？」

声で、追う。

足を止め、

「龍脈から出《い》ずる気よの？」

龍脈——道教《どうきょう》における目に見えない霊気のラインである。ちなみに、風水師は龍脈が平野に差しかかる一点、龍穴に家を建てるようすすめる。

「強い龍気の湧昇が近江国《おうみのくに》伊吹山《いぶきやま》で見られます」

昔男は、言った。伊吹山には——ちょうど、手下が、いる。

「伊吹の龍気は我ら血吸い鬼とも甚《はなは》だ相性がよい」

「酒呑童子《しゅてんどうじ》も伊吹山の麓《ふもと》に生れたというしな」

黒滝の尼が興味をしめすと、昔男、牙を剃き、

「左様《さよう》。龍気を浴び、王血で幾度か湯浴《ゆあ》みすれば……貴女の傷は癒《い》える」

親切心からか……治癒法をおしえてくれた。

「血を所望するわけじゃな?」

「ええ」

昔男はいかにも繊細な右手をかざす。ほっそりした五本の白指に蚊が一匹ずつ、乗っていた。

「蚊五匹分、頂戴出来れば」

「十匹でもよい。伊吹山の話はそれに見合う」

「……五匹で、充分ですよ」

蚊が飛んで来て黒滝の尼の手の甲に、小さな五角形をつくって止り、ほとんど気づかぬ刺激で肌に穴を開け——血を吸い出す。

あまり、気分がよい光景でなかった。超微量な血とはいえ、何だか昔男にはめられた気がする黒滝の尼だった。

かすかな苛立ちを抑え、

「もう、よいか？」

「——存分に頂戴しました」

蚊は、昔男の方に引き上げている。

黒滝の尼が闇の中に消えると……昔男は蝙蝠《かわほり》という灰色の扇を口にもってゆき、冷えた笑みを隠した。

「もし貴女が斃《たお》れることあらば……死に血も頂戴致す」

＊

雨を浴びながら、義経は――赤城山から降りていた。昨夜降りはじめた雨は明るくなってもまだつづいていた。

覚満淵《かくまんぶち》で見つけた笠、蓑を着ている。

泥だらけになった義経が覚満淵にたどりついたのは、夜明け頃だった。

赤城《あかぎ》の常在《じょうざい》は――死に絶えていた。霊宝を守ることを運命《さだめ》とする影御先たちだ。

……冥闇《めいあん》ノ結《ゆい》め。

五月雨《さみだれ》が何万もの波紋を投げかけた鈍色《にびいろ》の淵で、体をあらった。その後、一家全員殺された常在の家で、火を熾《おこ》し、体をあたため、笠と蓑をもらい、死んでいった仲間たちに手を合わせてから、山を降り出した。

雨霧が打ちつける山中、濡れた笹や我が物顔でのさばる木蔓《つる》が、次々と義経を、邪魔した。

戦《いくさ》を終え、山下りする義経だが、足取りは重い。

——氷月……。

一度は愛した娘影御先が殺生鬼になっている。影御先の立場にある義経が追わねばならぬ存在《もの》に。そのことが、重い足枷《あしかせ》となり、歩みを鈍らせる。

——浄瑠璃《じょうるり》に氷月……何ゆえ、わたしが愛する人は皆、血吸い鬼の犠牲になってしまう？　わたしが呪われているのか……？

どれだけ体が濡れても——様々な悔《く》い、苦しみ、怒りが激しい渦《うず》を巻いており、何も気にならない。


平治《へいじ》の乱で平清盛《たいらのきよもり》に敗れ、家来の裏切りで斃《たお》れた源義朝《よしとも》。

義朝の三男、頼朝《よりとも》は今、伊豆《いず》に流されている。九男が義経である。初め、牛若《うしわか》といった義経は洛北、鞍馬寺《くらまでら》にあずけられ「遮那王《しゃなおう》」と、呼ばれていた。

武士になることをあきらめ僧になれば、命だけは助ける——母、常盤《ときわ》御前と清盛の間で約束があった。

が、義経は十六歳で、鞍馬から消えた。恋人を悪名高い血吸い鬼の餌食《えじき》にされたことから影御先にくわわり八幡と名乗り、今日まで生きてきた。

一年以上におよぶその旅路は、平家に追われつつ、邪鬼——殺生鬼と不死鬼

——を追う実《げ》に辛《つら》いものだった。

濃尾の影御先に大打撃をくわえ、東の影御先を滅ぼした、黒滝の尼。

大きな力をもつ妖尼を何とか退け、赤城にいた手下をほとんど討った義経だが、巴からあずけられた影御先の霊宝・豊明《とよあけ》の小鏡、さらに、黒滝から取り返した霊宝・小角聖香《しょうかくしょうこう》を、ひとまず諏訪《すわ》にとどけねばならぬ。

その後は、

——京に行こう。

黒滝の尼は、常盤を襲うようなことを言っていたし、殺生鬼となった氷月は上洛すると話していた。常盤を救いつつ氷月の暴走を止めねば。

だから、どうしても上洛する必要があるが、京は……。

——平家の根拠地。死にに行くようなもの。

が、影御先として、武芸、胆力、知恵を磨いた義経は、今の自分なら大丈夫だという少なからぬ自信も……ある。

と、

「…………」

険しくなった相貌が行く手を窺《うかが》っている。

まったりした霧の龍が、身をくねらせ、山肌を這《は》い、大口を開け――樹々を食う。

白くぼおっとした壁の遥《はる》か先から――何かが、近づいてくる。

……人馬。

風が吹き散らす雨が義経の、白く縦《たて》に長い顔、甘さをふくんだ、大きな眼に降りかかる。

茶色っぽい双眸《そうぼう》に鋭気の光がやどり、細いがしっかりした筋肉が、非常《ひざう》のことを予期し、ぎゅうっと締まった。

……鎧《よろい》の音も。武者《むさ》かっ――。

だとしたら、上州《じょうしゅう》武者か、野州《やしゅう》武者か？　本場の関東武士ということだ。

関東こそは――武士の故郷である。この地の武士は、騎馬戦を得意とし、水上ならともかく、陸上なら、西国武者を圧倒する武勇をもつ。

父は関東武士の棟梁《とうりょう》であったが、義経個人は京生れ、京で武技を磨いた京武者の相貌をもっている。関東武士には深い愛着があったが……同時に彼らがもつという凄《すさ》まじき武には、畏怖《いふ》をもっていた……。

義経の腰には太刀。それは覚満淵、常在集落で見つけた尻鞘《しりざや》に入って、腰に下げられている。

……隠れるか？　如何する？

辺りは山榛木《やまはんのき》とクヌギを中心とする林だった。

草橘《くさたちばな》が清らな乙女を思わせる白花《はな》を咲かせたりしていて、小葉がまずみ、という小柄な義経よりも小さく細い木が、大きい樹々に守られる形で数知れず林立していた。

小葉がまずみの中に潜れば、木の格子が隠してくれる。山道からは絶対に見えない。

義経はさっと動き低木海《ていぼくかい》に潜っている。

ややあってから、雨衣や蓑笠をつけた騎馬、徒歩《かち》の武者、二十人以上が、来た――。

……何処の武士だろう。

お尋《たず》ね者の御曹司《おんぞうし》は雨も厭《いと》わず相手を窺う。

烏帽子《えぼし》の上に綾藺笠《あやいがさ》をかぶった男が、一団を率《ひき》いている。油光りした白い雨衣の下は、茶の狩衣《かりぎぬ》。鹿の行縢《むかばき》に、鹿革の尻鞘に入った太刀。

目付きは——刀の如く鋭く深沈《しんちん》としていた。

その隣に、黄色っぽい月毛《つきげ》の大馬に跨《またが》った屈強な若武者が、いた。歳《とし》の頃、二十五、六。五角形の顔で尖った顎《あご》をしており、いかにも骨太な面構えだ。粗末な竹網代笠《たけあじろがさ》をかぶり、使い古した雨衣をまとっているが、鎖で佩《は》いた厳物造《いかものづくり》の太刀は見事だ。

一廉《ひとかど》の武者、だろう。

綾藺笠をかぶった主君より、明らかに、気迫で勝っている。

二人の後ろに白装束に蓑をかぶり、黒漆長柄《こくしつながえ》の馬柄杓《びしゃく》をもった、老下人二名がつづく。あとは、弓、薙刀《なぎなた》、大太刀、手矛《てぼこ》などで武装した、兵どもだ。

義経が気配を断ち窺っていると——月毛をすすめていた若侍がいきなり手綱を引く。

「止れ！」

吠えた。

隣にいた綾藺笠も、首肯したため——二十人強の関東武士は、総員、静止した。

「…………」

停止を命じられた月毛は厚顔で、全体的に厚みがある筋肉をもち、速いというよりは、強そうな馬であった。月毛は、雨に向かって、激しく息を吐いた。

若武者は刺すように辺りを見まわしている。

固唾《かたず》を呑《の》み、

……気取《けど》られたか？

義経は、さらに気配を殺す。

が、

「——そこか」

若武者は稲妻の速度で弓を構えた。

呑み込んだ唾《つば》、背を落ちる汗が、やけに冷たい。

今まで談笑していた家来どもも——瞬時に弓を構え、強い練度を、証明した。

「出て参れ！」

鋭く命じてきた。

「怪しい者でなければ、姿を現《あらわ》せよう！」

——逃げられるか考える。まず、無理であろう。相手には弓矢があり、馬がある。義経が全然知らない地形を、良く知っている。

さらに義経は戸隠山の戦い、三日間の旅、赤城山の死闘と、全てがつながっていたから、さすがに体力を消耗していた。こ奴らを振り切る自信はない。

雨、というのも、良くない。

逃げぬとすれば、姿を現すか、戦うかしかないが、戦う気はなかった。

……敵とは限らぬ。敵ならば、その時は、その時。ここで死ぬ運命《さだめ》なら仕方ない。

このぎりぎりの状況がなぜか楽しく、不敵な笑みを浮かべた義経は、

「どうか、射てくださいますな！」

弓矢を構える武者どもの前に、すっと姿を見せた。

「旅の者にございまする！　山賊かと思い、つい、茂みに隠れた次第」

「何処から旅して参った」

綾藺笠を目深《まぶか》にかぶった口髭の武士が、訝《いぶか》しむように問う。この男は、弓矢を構えていない。

「下野《しもつけ》の国」

だが――この男の隣、月毛にまたがった逞《たくま》しい若武者以下、郎党どもは一度《ひとたび》命が下れば一気に射るだろう。

「下野……とな?」

たしかめるように言う綾藺笠だった。馬柄杓を携行した翁《おきな》に、視線を走らす。

下野へつながる道がこの山にあるのか問うたようである。

長い柄杓をもった、老人は、うなずいている。

死の谷から一歩遠ざかった気が、した。

だが、まだ、弓矢は下がらぬ。

若武者が義経に、

「何処へ、何用で?」

「武蔵《むさし》へ、姉を訪ねに」

綾藺笠は、義経をじっと見据え、

「……ほう。我らも武蔵の者」

……まずいな。あまり武蔵の話は出来ぬぞ。

「……左様にございますか」

義経は武士たちから三間程はなれた所で止った。足元で雨を喜ぶ草橘《くさたちばな》が、ふるえていた。

若武者が油断ない面差《おもざ》しで、

「何ゆえ刀を？」

「山賊が出ると聞いたゆえ」

綾繭笠はその間、じっと義経を見詰めていた。面構え、佇まい、言葉遣い、それら全てを勘案し、話に裏があるなら、その裏にあるものを悉《ことごと》く引きずり出してやろうとする目であった。

綾藺笠の武士が静かに、

「――弓矢を……」

義経は微笑む。

「……下げよ」

配下がざっと弓を下げている。最後に、竹網代笠の屈強な若者が、弓を下げている。

綾藺笠の武人は、下馬した。

義経は些《いささ》か面食らう。

綾藺笠は、一歩、義経に歩み寄り、

「武蔵の国の住人、畠山重能《はたけやましげよし》と申す者に候！」

――父の家人であった男だ……。

むろん、今は、平家一門に、仕えていた。

降りしきる雨の中、重能は、

「実は我ら前左馬頭《さきのさまのかみ》・義朝公が一子、遮那王という者を追っておってな」

「………」

義経の鞍馬山での名である。

——追手がこんな山中まで？

「赤城山の麓に赤堀《あかぼり》入道という武人がおわす」

穏やかに話す重能だった。

赤堀入道——上野国で大きな力を振るう平家の家人である。

「この赤堀入道の屋敷に年一度、上州、武州、野州の武士があつまり、狩りをする」

赤城山は狩りに適した雄大な裾野をもっている。

「ちょうど、狩りにあつまっておるとな、入道の屋敷に老いた百姓の夫婦が飛びこんで参った。それが、昨夜のこと——」

あの瘤《こぶ》のある翁と、媼《おうな》か……。

義経は、悟った。

昨日の夕方、氷月に道をおしえた老夫婦は、義経に、不審な眼差しを投げかけていた。

上州には六波羅《ろくはら》はもちろん信州高梨《たかなし》家から、手配書がまわっていた。

凶暴な不死鬼と戦った後、今度は平家の魔手がのびてきたのだ――。

……この男……どうするつもりか？

刀がとどくぎりぎり手前で立ち止った重能は、

「赤城山に遮那王によく似た男が逃げ込んだと聞き捨てならぬ一報をもたらしたのじゃ。これは、狩りどころではない、夜が明け次第、此処《ここ》におる者で手分けして山に入り、遮那王を搦《から》め捕えるべし、入道はそう申した。そこで、某《それがし》とこれなる倅《せがれ》の氏王丸《うじおうまる》、元服前の小倅じゃが……」

「元服前の……ご子息……？」

思わず驚く義経だった。

「この御人に、ご挨拶せよ」

父に言われ、竹網代笠をかぶった若武者が――さっと、下馬する。どう見ても二十五、六の老け顔がきゅっと引き締まる。

「畠山重能が一子、氏王丸と申しまする！　一見二十五、六、下手《へた》をすると三十男に間違われますが……」

　家来が幾人か、噴き出す。

「当年、十二にございまする！」

　おどけた名乗りであったが、氏王丸なる若武者、いや、少年の佇まいには、慇《いん》懃《ぎん》さが漂っていた。

　取り繕《つくろ》ったものではない。この少年の心の底からにじみ出る、慇懃さであった。

　何処にでもいる傲慢《ごうまん》な武士の小倅なら素性の知れぬ旅の者に対して、もっと、不《ふ》遜《そん》さが出るのでないか。現に――畠山家の騎馬の郎党どもは下馬した主君と若君を訝しみ、今、ようやく大儀そうに馬から降りているではないか。

　ただ、氏王丸から左様な要素を、感じぬ。

　――すがすがしい少年だな。

　もっとも……氏王丸を少年と見るのは、甚だ違和感が、ある。

　さらに重能の「この御人」なる言葉の底意にも、違和感が……。

　義経は言った。

「大変失礼ながら……とても、十二には……やはり二十五、六の男とお見受けしました」

　武士の男子は大抵、十五で、元服する。

　この日初めて、髻を結い、烏帽子をかぶる（加冠《かかん》する）。加冠を境に男に、なる。つまり、元服前は「男の子」であって「男」でない。

「いや、立派な武者振りますらお振り、感心しました」

　畠山家の武者どもはゲラゲラ哄笑《こうしよう》した。重能は微笑み、氏王丸は、明るく笑う。笑い方は——あどけない。

　重能が笑みを消し、

「単刀直入に問う」

　——来たぞ。

　雨の山道は……静まり返った。

「貴殿は、謀反人《むほんにん》として追われている遮那王殿ではないか？」

　相手は、穏やかな笑みを、浮かべていた。

　——胸中は定かではない。源氏に恩を感じ、義経に手を差し伸べようというのか、そう見せかけて、平家に差し出そうというのか。

……敵か味方か、わからぬ。

もし、重能が斬りかかってきたら、一瞬で抜刀した義経は、彼を斬り伏せるだろう。さすれば氏王丸が斬りかかってくる。猛気を漂わすこの少年と斬り合いになった時、どちらが勝つかは……見えない。郎党どもまで勘定に入れれば――俎《まな》板《いた》に載せられた魚に近い。

一陣の雨風が畠山親子と源義経、至近で睨み合う三者のあわいを吹きすぎる。

微笑を浮かべて重能を見ていた義経は、

「……違います。……何ゆえ、そんな人違いを?」

郎党たちが固唾を呑んだのを義経は察した。重能はゆっくり笠を取る。氏王丸も、笠をはずしている。

さすがに膝はつかなかったが目上の者に畏《かしこ》まるように、かすかに頭《ず》を下げた重能は、

「某、常盤御前が九郎様をお産みになった時……鳴弦《めいげん》の大役を前左馬頭様から仰せつかった者に候」

「――――」

射貫かれたように感じた。

この人は、自分がこの世に生れた処に……居合わせた。覚えてもいない過去か

らとどいた光の矢に胸を貫かれた感覚だ。

潤んだ目で義経を見、

「我ら一党、源家の積恩なければ、武州の田野に埋もれ、名を成すこと叶わなかったでしょう。某、今は平家の家人をしておりますが……八幡太郎義家《はちまんたろうよしいえ》様から前左馬頭様まで、源家の棟梁から受けし厚恩、腸《はらわた》にきざまれておりまするっ。故に、もし先君のご子息がこの僻遠《へきえん》の地で難儀をされておるならば微力ながらお手を差し伸べたい、斯様《かよう》に思うた次第」

重能は、じっと、義経を、見詰めてくる。

この男を信じたい、無邪気に信じられたらどんなに幸せだろうと感じた。だが、重能が信じられても、その家来の内に、恩賞に目が眩《くら》む者がいるやもしれない。

用心に用心を重ねねば。自分は、今、針の山を歩いている。一つ気を抜けば――。

義経は言った。

「……いや、人違いです。わたしはただの旅の者」

深く頭を下げ、重能から見えぬ処で面貌を歪めた。

……すまぬ。

重能は、硬い声で、

「左様……にござるか……」

「ですが——」

強く、

「もし、そのお方に会ったなら、今の貴方の言葉をおつたえしましょう。……その方は……きっと、喜ぶでしょう」

面を上げる。

重能の光る目が、義経を見ていた……。万感の思いが溢れそうな目であった。

義経は深く頭を下げる。

「御免」

重能、氏王丸も、丁重に会釈する。

義経は山道を降りて行き、重能たちは再び馬に跨り、山上へすすみ出す。

重能が馬を止め、

「氏王丸」

息子に、

「……やはり、あの御方は、わしが思った御方である気がする。お主、今から追いかけ、これをわたしてくれぬか？」

「承知しました」

重能から言伝《ことづて》をたのまれた氏王丸は旅人が去った方へ馬を走らせる――。

すぐに、追いついた。

「おお、氏王丸殿、如何された？」

相手は鷹揚に振り向く。

色白で端整な顔、そして、細身で小柄な相手であるけど――隙が無い。畠山氏王丸は舌を巻く。十人かかれば十人斬られかねぬ闘気を内に秘めている気がした。

……だが、その闘気を微塵も表に出しておられぬ。これはやはり……只の旅人ではないぞっ。こういうお方の下で……はたらきたいな。

老け顔の少年は颯爽《さっそう》と下馬している。

「旅の御方、父上がこれをお渡し下されと」

路銀と、萌黄《もえぎ》色の巾着《きんちゃく》を、恭《うやうや》しく差し出す。

よい香りがする巾着だった。

遠慮しようとすると氏王丸は、

「どうか、お受け取り下されませ。でないと……叱られまする」

手に取り、開くと――ふわっと厳かな薫風《くんぷう》が義経の鼻に、ふれた。

中には紫がかった小さな毘沙門天《びしゃもんてん》が入っていた。北天を守護する毘沙門天は、戦の神である。また義経が修行した鞍馬寺の本尊でもある。紫檀でつくった、重能の念持仏《ねんじぶつ》であろう。

「路次のお守りにして下されと申しておりました」

「斯様《かよう》に貴重な品……」

「どうか、お受け取り下さい。あなた様が受け取って下さらぬと、みどもが叱られまする」

晴れやかな笑顔を見せるや面差しを引き締め、赤堀入道初め関東の侍が、如何《いか》様《よう》に展開し、山狩りしているか、こと細かにおしえている。

そして、

「いつか……武蔵の我らが屋敷に御足をはこんで下されば、これに勝る喜びはなしと父は申しておりましたっ」

　――疑った己が愚かであった……。この親子は誠の塊《かたまり》のような人たちだ！　盗賊のような武士も、いる。されど、武士の本場、坂東には、こんなすがすがしい男たちもおるのだ……。

　少年は、義経を真っすぐ見て、

「父上は貴方様が素性を明かされなかったことを……寂しく思ったようでした。旅の御方。一つご記憶下され。我ら畠山党――卑怯を嫌いまする！　若党の一人まで卑怯者を嫌いまする。卑怯でない、頼もしき男と思われることが……我らの生きる喜びにござる！」

　義経は澄んだ目を光らせ、

「一介の流人《るにん》に、ここまでのご厚意。深く感謝いたす。赤城の出会い、終生忘れませぬ、そう父御にお伝え下され」

　さっと拝礼した氏王丸は馬に乗り立ち去ろうとする。弱冠十二歳と思えぬ見事な武者振りだ。

「またれよ」

　呼び止めた義経は、

「貴殿ならば十五の歳をまたずとも、元服は近かろう。そこでだ、貴殿にぴったりの名を考えた」

「是非お聞かせ下され！」

体は大人、されど潑剌《はつらつ》たる喜び方は、少年のそれである。

義経は思慮深げな面差しで、

「忠という字には……まごころ、という意味がある。貴殿にぴったりの字である気がする。父御から一字取り……重忠《しげただ》」

「重忠……畠山重忠……」

竹を編んだ笠を、雨で濡らした少年は義経が考えた名を嚙《か》みしめ、

「——気に入りましたっ！　とても。その名を名乗り、先祖に恥じぬ武人になろうと思いまする！　旅の御方、それでは」

爽《さわ》やかに馬首を転じている。


畠山父子からもたらされた情報をもとに、義経は——赤堀入道などの危険を正しく回避。無事に上州赤城山をはなれている。

——まず信濃、そして、都か……。

その道は果てしなく遠い。かつ、危うい。
されど、行かねばならぬ。

第一章　常盤《ときわ》

夜である。

長らく日照りがつづいていた畿内でも四日前に、久方ぶりの雨が降り、人々を喜ばせた。

今日も日中、比較的強く降った。

だから夜の都大路は湿っている。牛車《ぎつしや》の牛や、年貢米をはこぶ馬が道に落とした糞《ふん》は、汚泥《おでい》化しつつあった。

一条大路を行く静《しずか》と、磯禅師《いそのぜんじ》の視界の先で、霧の帳《とばり》が幾重《いくえ》にも揺らめいている。

鬼気を追う二人。双眼は、赤光りしている。

二人は——半血吸い鬼だ。

そして、影御先である。

静は長身、色白の乙女で、黒く長い髪を今は一つにしばっている。卵形の小さな顔で、鼻筋は通り、目は大きく上にやや吊っていて、凛《りん》としていた。

桜色の小袖《こそで》に白、若緑、二色の扇が散らされ、袖と裾《すそ》に黒い七曜《しちよう》。七つの星を象《かたど》った影御先の印だ。

磯禅師は四十代。肉置《ししお》き豊かな女性《によしょう》で、目は涼し気。

香色の州浜《すはま》模様の小袖を着、腰に巻いた〃しびらだつもの〃という布に黒七曜が入っている。

左方、貴族の館《たち》の築地《ついじ》に——貧しさが、張り付いていた。この貴族が貧しいのではない。豊かな貴族がめぐらした土の塀に……小さな家が、三つ、寄生している。貴族の土塀を家の奥の壁にする形で、狭小《きょうしょう》な家がつらなっている。

この貴族に仕える雑色《ぞうしき》、雑仕女《ぞうしめ》の「小家《こいえ》」だろう。

片開きの戸を閉めて寝静まった小家どもの右端、板壁から庇《ひさし》を伸ばす塩梅《あんばい》で、物乞いの仮住まいが、つくられている。小家が貴族邸の子なら、孫のような仮住まいが。館の貴人に何らかの用を時折たのまれる男であるのか。それとも、小家の住人の縁者で、田舎から出てきたばかりか。

平安京《へいあんきよう》は貴族と貧しい庶民の居住区が綺麗に色分けされた町ではない。

藤原《ふじわら》氏の大邸宅のすぐ隣に、六畳くらい、あるいは、九尺二間（二・七メートル×三・六メートルくらい）ほどの、実《げ》に小さな、庶人の家が佇《たたず》む。

「もう少し先。殺生鬼の鬼気と思います」

静は囁《ささや》く。

「鬼気の別まで、見切れるようになったか……」

磯禅師は、言った。

血吸い鬼の気配・鬼気には種類があり、不殺生鬼、殺生鬼、不死鬼、それぞれが違う気をもつ。

ちなみに殺生鬼と不死鬼を合わせて「邪鬼」と呼び――これこそが、影御先が追う標的だった。

当初、鬼気を読むのが不得手だった静だが、影御先としてはたらくうち、感度を研《と》いでいる。


木の杭をひっさげた静と磯禅師は、さる屋敷の前まで、来た。磯禅師が考案したかな杭をつかう機会がふえた影御先だが、都大路でもち歩くとかなり目立つ。故に、洛中では木杭をつかう。

――え……?

驚いた静と禅師は目を見合わす。

――前の大蔵卿《おおくらきょう》・藤原長成《ながなり》……?

この家に……殺生鬼と思《おぼ》しき鬼気が、入った気がしたのだ。

静はさっき、法勝寺《ほっしょうじ》九重塔の頂《いただき》から、洛中で邪鬼の暗躍が無いか見張っていた。

一条大路を走る不審の気を感知した静は磯禅師に告げ、二人は尾行している。

その妖気がたしかに、長成邸に入ったと思われた……。

長成という名が二人を驚かす。

今は無き畿内の影御先に、八幡なる名で属していた源義経。この義経の母、常《とき》盤《わ》御前は清盛の命で藤原長成の妻になっている。前大蔵卿・長成は、義経にとって義父であった。

長成邸の築地は大きく崩れ、イバラが茂っていた。

ふつう大蔵卿と言えば国の貢納物を、己《おのれ》の腹にそそぎ込み――ぶくぶく肥え太る輩《やから》が多い。

だが、長成は清貧の士、帝《みかど》の信頼も厚く左様な噂は全くないという。

――どうしよう。

二人は目で話している。

殺生鬼が、長成邸に入った、この事実からは二つの可能性が、みちびけた。

一つ。長成邸が殺生鬼の巣である。

二つ。今まさに、殺生鬼がここを襲わんとしている。

辛い戦いを共に潜り抜けた義経の縁者が邪《よこし》まな血吸い鬼とは考えたくない。静は、二つ目の可能性を、信じたい。ただどちらにせよ、人に仇なす血吸い鬼は始末する――。

影御先の運命《さだめ》であった。

静の、下の方が厚く赤みが強い唇に――凄気《せいき》が、走る。黒漆を流したような垂れ髪が夜風に弄《もてあそ》ばれる。

『覆面』

磯禅師が、手ぶりした。

二人は覆面をつける。

――不死鬼対策である。

不死鬼の血が顔にかかると、気が狂うという。

鬼気から読んで、相手は殺生鬼と思われたが、念には念を入れる。

去年まで、磯禅師は畿内の影御先の頭《かしら》で静はその一員だった。が、義経が仲間にくわわって少し後、熊坂長範《くまさかちようはん》との戦いで、畿内の影御先のほとんどが斃《たお》れている。

そこで、禅師と静、以下数名は、西へ向かった。山海《さんかい》の影御先にくわわるためである。

一方、義経と巴、他二名は東へ下った。濃尾の影御先に合流するためだった。

その後、濃尾の影御先の頭、船乗り繁樹《しげき》と、山海の影御先の頭の話し合いで、京で起った邪鬼にかかわる事案は、春夏が山海の影御先、秋冬が濃尾の影御先の管轄と、決った。

今は五月《さつき》。

夏だ。洛中において殺生鬼が暴れているという噂があったため、山海の首領は、

『――京へもどってくれぬか？　そなたらの古巣だろう』

磯禅師、静に、下知。

二人は上洛した次第である。

＊

夢を、見ている。

七歳の遮那王が、四つ下の弟、それよりも下の妹と、謎々をしていた。

どうしたわけだろう。遮那王は七つのままだったが、弟君は十歳くらい、妹君はちょうど遮那王と同い年くらいに見える。

常盤はおかしいとは思ったが……そこは夢の中。

微笑を浮かべて見証《けんぞ》をしていた。審判の役である。

いつもの黄ばんだ畳の部屋だ。

古畳は、所々、白くこすったようになっていて、墨汁をこぼした染みもある。

七歳の牛若丸が、それより大人びた弟——なのに、常盤の中では弟と認識されている——、牛若丸を寺にあずけてから産んだ妹に、

「何《な》ぞ、何ぞ?」

一拍置いてしたり顔から謎が飛び出す。

「いつ何時も畏《かしこ》まる虫」

弟君も妹君も考え込むが答は出ない。

牛若丸は、得意げな面持ちに、なった。

ここは、手掛かりをあたえねばと考えた常盤は、

「臼《うす》と杵《きね》ももつ虫」

「あ……米つき虫……額《ぬか》づき虫！」

米つき虫と額づき虫は同じ虫だ。

「母上！　何ゆえ、おしえるのですっ！　これでは、面白くないっ」

牛若は、顔を真っ赤にして怒っている。おおむね聞き分けのいい子だが、驚くほど激しい時もある。

開け放たれた蔀戸《しとみど》の外、立蔀にユウガオが巻き付き、白い花を咲かせていて、黄ばんだ畳の上には、葦手《あしで》という遊びの痕《あと》が転がっていた。

前の夫、義朝に嫁いだ頃、字が読めなくて苦労した常盤は、水辺に葦《あし》がそよぐ風景を墨で描き、その中に字を隠す遊び、葦手で、子供らに読み書きをおしえていた。

と——葦手を描いた紙屋紙、黄色い畳、梨を入れた鉢に、白い粉が、散り出す。

……雪？

どうしたことか。

さっきまで、部屋の中にいて、庭でユウガオが咲いていたのに、今はもう深々と降りつづく白雪の中、牛若丸と二人だけでいる。

そこは鞍馬寺に登る急峻な山道。

牛若丸は、涙を流している。白い息を吐いて、

「僧になりたくありませぬ！　あそこに行きたくない……。母上や、弟や、あたらしい父君と一緒にいたいのです」

ああもう、この子を連れてかえろうかと思った。

だが――それをしては、いけない。

この子は殺される。

心を鬼にした、常盤は、

「弱音を吐くな！」

常盤の中でも熱く強い感情が渦巻いており今にも泣き崩れそうだった。

刹那、吹雪が咆哮《ほうこう》を上げ、襲いかかってきて、目が覚める。

背中に、汗をかいていた。

……夢か……。

寝所《しんじょ》であった。

京の、家の。

隣で夫が夜衾《よぶすま》からはみ出るようにして寝ているらしい。

――牛若は今、どうしているのだろう？

明石《あかし》の浜が描かれた大和絵《やまとえ》の襖《ふすま》は闇に沈んでいて、その向うから侍女の鼾《いびき》が聞こえている。

遮那王と名乗り鞍馬寺で稚児《ちご》をしていた牛若丸が出奔《しゅっぽん》したと聞いた常盤は、大いに狼狽《うろた》えると同時に、来るべき時が来たように思った。

遮那王に驍《ぎょう》将《しょう》の血が流れていることを、母は気づいていた。

遮那王逃亡直後、平家の厳しい追及が――長成邸を揺すった。

人がいい長成が、禁裏にきずいてきた人脈がものを言い、常盤や長成が件《くだん》の逃亡にかかわっていないことを、何とか平家は、納得してくれた。

だが、六波羅の目は今もここにそそがれている。時折、怪しい男が、近くをうろついていると、侍女は話していた。

……いつ何時、いかなる疑いがかかるか、知れぬ。

常盤は斯様《かよう》な不安をかかえている。

不安は、もう一つ。

牛若丸が今、何処《どこ》で何をしているのか、知らない。――生き死にすらも。

寝苦しくなった常盤は庭に出ようと思った。

盛夏には夜通し開けておく蔀戸は、今は閉じられていた。

そっと起きた常盤は、畳の上をいざって襖にふれ、静かに開ける。

弱い光が目に飛び込んできた。板敷に横になった侍女が鼾をかいていて、傍らに黒漆塗りの高燈台《たかとうだい》が置かれており、小火《しょうか》がついていた。常盤は蒔絵《まきえ》で松がほどこされた二階棚から手燭《てしょく》を取り高燈台から火をもらう。棚には他にも、きらきら光る屋久貝《やくがい》の盃《さかずき》が置かれていた。酒が入った白磁もある。

寝間に置いておくと長成は夜更けまで痛飲するため、常盤は酒一式、ここに置いていた。

肩、裾に黒雲が浮かんだ、白小袖をまとった侍女が、寝返りを打っている。

常盤は小太りの侍女を起さぬよう気をくばって、小さい火で足元を照らし、妻戸《つまど》を開ける。

夜気が頰《ほお》を嬲《なぶ》った。

湿気を、感じる。

濡れ縁に出た。

――す――。

小さい光が眼前をよぎる。

源氏蛍《ぼたる》だ。

陰暦五月は当代の暦《こよみ》では六月、つまり梅雨時であるから、邸内を流れる遣水《やりみず》からよく蛍が湧く。

常盤が子供の頃、大和の山里で見た蛍にくらべれば、ずっと少ないけれど……。

……蛍……か……。

洛北の美しい小川で、常盤の髪を洗いたいと前の夫、義朝が言って、二人で出かけたことがあった。

まだ、三人の子を産む前だ。

緑の山にはさまれた清《きよ》らな川で、立てば床までとどく常盤の髪を、義朝は、心を込めて洗ってくれた。

濯《すす》ぎ終ると家来が置いた板の上に生絹を広げ、髪を乾かした。傍らに据《す》えた香《こう》炉《ろ》から義朝が扇でよい香りを濡れ髪におくってくれた。

髪を乾かしながら——いろいろな話をした。

義朝は大きな抱負《ゆめ》を語っていたように思う。

青い夕闇が森をぼかし、家来が松明《たいまつ》を燃やしはじめた頃、かえろうという話になった。

その時、蛍が、出た。

義朝は蛍を三匹もつかまえている。

『武蔵《むさし》に、渋谷川《しぶやがわ》なる谷川がある。そこに……沢山蛍が出る。よく、つかまえたものよ』

義朝は、語った。

『渋谷川から少し上った林に屋敷があり、その屋敷に生れた金王丸《こんのうまる》なる童《わらわ》を今度家来にしようと思う』

両手で大切そうに蛍をつかまえた義朝の顔、その向うに立つ家来の松明から散る火の粉を、常盤は鮮やかに覚えている。

そして、蛍は、輿《こし》の中に、放った。

常盤と義朝は蛍が舞う輿に揺られて、松明をもった護衛にはさまれ、夜道をもどった。

『俺はのう常盤……そなたとの間に、とんでもなく元気な子を、さずかりそうな気がするわ』

小さな蛍火に照らされながら――義朝は、豪快に笑った。

今の夫、長成を常盤は愛していた。

……親切でおおらか。文官ゆえ、武芸は拙《つたな》いけれど多芸多才で、わたしよりずっと、人間が出来た御方……。明るい御方。

対して、義朝は、

……強く、勇ましく、激しい。だけど、やさしい。わき目もふらず武芸に打ち込むや、他のことが見えなくなることがあった。……わたしより、幼い処《ところ》もあった。暗く物思いに沈まれることが多かった。……父御にみとめてほしいのに……父御や弟たちと、仲が悪かった。

特に晩年の義朝は沈鬱な翳《かげ》をより濃くしていた気がする。

――院のご下命とはいえ実の父御をお手にかけたのだから……。

一門の中で孤立気味だった義朝は、保元《ほうげん》の乱で父を討ち、平治《へいじ》の乱で平清盛に敗れ、憤死した。義朝が斃れて、はや、十六年になる。

だが忘れられないほど多くのものを義朝は常盤にきざみつけた……。

今も、己の中に、義朝という男は——生きつづけている気がする。

源義朝、平清盛、藤原長成、三人の男に愛された絶世の美人は、義朝こそ己が生涯に見《まみ》えた中で、最高の男と思っていた。だから今の夫に感謝しつつも義朝との間にもうけた三人の子、離れ離れになってしまった三人の子のことが、胸を掻き毟《むし》る。

雪の奈良《なら》街道を、平氏の追及を逃れ、自分一人で守り、共に逃げた子供たち、今若《いまわか》、乙若《おとわか》、牛若。

激情の子、今若は醍醐《だいご》寺《じ》で悪僧をし悪名を轟《とどろ》かせている。

沈思黙考の子、乙若は三井寺《みいでら》で大人しく僧をしている。

そして——牛若は鞍馬にあずけたが……去年、出奔。今は、消息不明。

この牛若の生き死にが、常盤に重く、のしかかっていた。

と、常盤は宿直《とのい》の侍、康孝《やすたか》の姿が見えぬことに気付く。

康孝は、弓の名手と、長成が激賞、やとい入れた武勇の士で、濡れ縁の隅《すみ》に座り、不寝番をしているが、夜更けともなれば壁にもたれかかり、眠りこけていることが多い。わりといい加減な男だが、

『賊《ぞく》が来れば必ず目覚めます。それがし、丹波《たんば》武者なれど、頭殿《こうのとの》を、義朝様を敬《うやま》っております。貴女様に害をくわえる者は容赦《ようしゃ》しませぬ』

と、豪語していた。

その康孝が、いない。

用でも足しに行ったか。

滋籐《しげどう》の弓が、漆喰《しっくい》が剝《は》がれかけた壁に立てかけられ、矢が入った箙《えびら》らしき物体が、暗い濡れ縁にぽつんと置かれているきりで、そこにいるはずの侍の姿が、ない……。

不審が芽生える。

刹那、常盤は——竹の籬《まがき》でかこまれた前栽《せんざい》の手前に、黒い影が蹲《うずくま》っているのを、みとめている。

「……康……？」

胸騒ぎがして濡れ縁上をそちらに近づいた。

ていた。

「そこにいるのは誰か？」

手燭をかざし、双眸《そうぼう》を細める。

——ぼんやりした白いものがいくつか、庭に転がっているように見えた。

康孝は、藍染《あいぞ》めの地に、五枚の銀杏《いちょう》の葉が白く染め抜かれた直垂《ひたたれ》を、好んで着ていた。

その模様をまとった人、つまり康孝が庭に転がり、何者かがのしかかっているようだ。

吸うような音がした……。

「——康孝っ」

康孝にのしかかっていた存在《もの》が、くいっと、顔を上げている。

萎烏帽子《なええぼし》をかぶった男らしい。常盤は、全身に鳥肌を立てていた。叫ぼうとしたが声が出ぬ。

小男の面貌は——真っ黒い、陰になっていた……。

「盗……」

盗賊と叫びかけた時——小男の双眼が赤光りしている。

「……噂通り……ええ女よのう。お楽しみは後にとっとく方なんじゃ」

牙を剝《む》いた気がする。恐怖が、常盤の脳を、殴った。

「後でたっぷり吸ったるっ」

――鬼！

常盤は顔面蒼白になって侍女が寝ていた部屋へ走った。

入る。

急いで妻戸を閉じ、室に視線を走らす。

驚くべき光景が――常盤をさらなる恐怖に、落とした。

燭台《しょくだい》の火が血の絵図を照らしている。

ことじ、という名の侍女が――首に赤穴《せっけつ》を開け、死んでいた。血が二筋勢いよく噴き出ていて血飛沫《ちしぶき》が白黒二色の小袖に散っていた。

白目を剝いたことじを後ろからかかえるようにして、何処から闖入《ちんにゅう》したのだろう、女の童《めわらわ》がしゃがんでいた。面貌は薄《う》っすらした陰になり窺い知れぬ。

少女は、ふっくらしたことじの胸に手をのばし、屋久貝の盃で流血を受けていた。

溢《あふ》れこぼれた血が板敷に落ちる。

茫然とする常盤を尻目に、少女は盃を口にもっていき、赤い液体を旨《うま》そうに舐めた。

同時に両眼を赤くギラつかせている。

「きゃぁあっ！」

常盤は、絶叫した。

激しくふるえ、閉じられた襖の向う——夫が寝ている方を見やる。

鬼の少女は、

「貴女が常盤？」

貴族の少女がまとう汗衫《かざみ》を着ていた。萌黄の汗衫で、内に紅の衵《あこめ》をまとっていた。ただ、着慣れたふうではない。ずいぶん、ぎこちない着方。

長成がいる方に向かおうとしたその時——黒風が吹き——少女はもう、襖の前に、にこにこと立っていた。血が入った盃をもって。一滴もこぼさず。

——人の素早さ、器用さを超えている。

心底ぞっとした常盤の唇はふるえる。

この時、もう、少女の目から、赤い光は消えていた。ただ、口回りはことじの血汁でべっとり汚れている。赤い汚れを少女の舌がゆっくり舐める。

うっとりと、

「わたしは、庭梅《にわうめ》。よろしくね」

さっき一人の人の人生を奪ったようには到底見えない、平然とした面差しだった。この少女の目が、赤く光ったことよりも、常盤はその方が、ずっと恐ろしかった。

少女の瞳の奥には底知れぬ闇が広がっている気がする。大声を出せば殺される気がして、かすれた小声で、

「……何が……望み？」

夫は——まだ起きぬ。眠りが深い人なのだ。

「人を呼ばぬゆえ……望みを言いなさい」

庭梅という少女は常盤の言葉を測りかねるというような顔で、小首をかしげ、盛んに目をしばたたかせた。不思議そうな顔で、

「望みは一つよ」

ぽつりと、呟く。

庭梅の指がしーっというふうに血塗られた唇を押さえた。指先が、己の鼻を軽くつつく。

「ただ、望みを叶える前に少し戯《ざ》れているの……」

狡《ずる》そうに笑んだ庭梅は、

「欲しいのは——貴女の命」

常盤は唾を呑んだ。

髪がみじかい少女は、牙を剝き、囁いている。

「別に貴女に恨《うら》みはないけれど……上の人たちが、あ、上の鬼たちが貴女の命を取れとうるさいの。貴女を吸い殺すと——結《ゆい》に入れてもらえるらしい。結に入らないと、いろいろ殺《や》っちゃいけないみたいなの……」

こっそり内緒を打ち明けるような言い方だった。話の意味の半分も、わからない。常盤はただただ恐ろしく混乱する。義朝だったらどうするだろうとふと思った。

あの男《ひと》なら……目の前の妖異が理解出来なくとも、何とか身を守る術《すべ》をさぐり出すのでないか。

——貴方っ。

今日ほど義朝に傍にいてほしいと願ったことはない。

だが、その人は十六年前に、平家に寝返った長田《おさだ》親子に弑逆《しいぎゃく》され——もう、この世にいない。

「ああ……んん、常盤、誰かおるのか？」

長成が起きた気配がある。

「──鬼っ！……賊よ！」

寝ぼけ声で、

「あ？　ん？」

「逃げてっ！」

長成と自分の間には襖と庭梅。だが、常盤には──庭梅を、突き飛ばす自信がない。この子の方が強い気がする。

妻戸を開けた先にもさっき康孝を殺めた鬼がいる。

妻戸の反対、ことじの惨殺死体の向うに──朽葉《くちば》色の唐紙《からかみ》障子があった。

黒い唐草が散らされたその障子に突進──開けている。

肝が、冷えた。

少年がいた。見知らぬ子が。

みすぼらしい身なりをした瘦せこけた少年で、髪を一つにたばね、目がぎょろっとしていた。長成が遠縁の藤原基成《もとなり》という男から贈られた、金の猫をさすっている。

絶望で声が凍った常盤に、少年は、

「さすが、公家屋敷。……いいもん沢山あるねえ。にゃあ、にゃあ」

氷よりも冷えた声で言うと、白い牙を見せてニイと笑った。

ぎょろりとした双眼が赤く瞬《またた》く。

「逃げてっ！　貴方、逃げてぇ！　誰かおらぬか！」

「もう一人の侍も仲間が嚙み殺したから……しばらく、誰も来ないと思う」

瘦せた少年は、金の猫をぽんと捨て、庭梅と同じ底知れぬ闇が漂う顔様《かおざま》で、告げた。

手燭をもったまま常盤は後退《あとずさ》る。体が、激しくふるえる。少年はくすくす笑い、袂《たもと》に下がった、緒を揺らして、袖で唇を隠す。

「……何者じゃ、お主ら——！」

庭梅の後ろ、襖の向うから、夫の叫びがひびいた。

そちらにも、賊が、いや、鬼が侵入したようだ。とにかくここを逃げ——助けを呼ばねば、夫を救えぬ。それに……対屋《たいのや》にいる子供たちは、無事なのか。常盤がいる建物と別の建物に子供と乳母《めのと》がいる。子供らの消息を思うと、気が気ではない。

後退する常盤の後ろ、妻戸が外から、開いた。

二番目の鬼、三番目の鬼におののいた常盤は、初めの鬼がいることを忘れ、思わず外に出ている。

長成がいる部屋の方で、暴れる音がした。

瞬間、

「時久《ときひさ》が捕まえましたぞ。常盤御前」

嫌らしい囁きがしたかと思うと常盤は恐るべき力で首根っこを摑まれた——。

こ奴らは、剛力で、気配を完全に断ち、不気味なほど……速い。

康孝を殺めた鬼に捕まった常盤は、思わず、手燭を、庭にこぼす。ぬめり気をおびた舌が頬を嫌らしく舐める。

「無礼者っ」

常盤は、吠《ほ》えた。

と、

ドーン！

吹っ飛んだ。

蔀戸《しとみど》が。

蹴飛ばされたか、殴り飛ばされた長成が――丈夫な蔀戸と共に庭に転がる。

「貴方！」

時久を名乗る中年男の鬼を振り切った常盤は夫の許に駆ける。

助け起す。

暴行されたらしい。夫は怪我をしているようで、低く呻《うめ》いている。

憎しみに面を歪ませた常盤は、蔀戸がなくなり、黒い口を開けた寝間を睨みつけている。

妖気漂う寝間の闇から小さな赤光が四つ、寄ってくる。

――二人の鬼の眼火だ。

月明りに照らされたそ奴らは濡れ縁に立ち常盤を睨む。

腕が異様に太い五分刈りの頭に鉢巻をしめた男と、編笠の男だった。

屈強な短髪の男は、鎖太刀を佩いていた。

編笠の方は、小刀を二本、腰に差していた。

「どうしてわたしを襲う？　何の恨みがっ……」

苦しむ長成をさすりながら常盤は問うた。

「常盤御前様への恨みというより……貴女のご子息が、我らの主《あるじ》を怒らせたようで……」

萎烏帽子をかぶった時久が、揉み手しながら、寄ってくる。さっき頬を舐めた嫌らしい男だ。常盤は物凄い不快感、恐怖と戦いながら、

「主？　入道相国清盛殿か？」

……六波羅は斯様な鬼をつかうのか？

「ふふ。違うわよ」

庭梅が答えた。五人の鬼は、ゆっくり常盤たちをかこむように動く。ひょろりとした少年鬼は濡れ縁から庭に飛び降り、常盤が落とした手燭の火を踏み消して、

「俺らが仕えたいと思っている御方はさ、入道相国清盛なんかよりも、ずっと、ずっと強い御方だよ」

そんな存在《もの》がこの世にいるのか……？

――そして、そんな恐ろしい者を、わたしの子が怒らせた？……どの子が？

自分の五人の子のうち、斯様な悪鬼を怒らせるような子は――。

……牛若……。そなたなのね？――生きているのじゃな？

鞍馬山を出奔した後の義経の動向を常盤は何一つ知らぬ。元服し、義経と名乗ったことも。影御先に入ったことも。

だが、常盤は、たったこれだけのやり取りで、いくつかのことを、承知した。

……そなたはこの悍《おぞ》ましき者どもと戦っておるのじゃな？　ならば、母も負けませぬ。たとえ腕の力がおよばずとも、魂では負けぬ。

清らな風に似た凛とした様子で、

「わたしだけにせよ！　夫と子供は関《かかわ》りない」

常盤は、ぶつけるように、叫んだ。

長成が呻くように、

「わしを殺せっ。何をもっていってもよい。ろくなものはないが。だが、妻には手を出すなっ」

源平二人の武門の棟梁に愛でられた女が放つ凄絶な気も、鬼どもをたじろがせた様子はない。

全く無表情に常盤を眺めていた庭梅が、

「子供……ねえ。対屋にいるのね？」

くすりと、

「……どうする？」

ご馳走を見るような汁気たっぷりの目付きで常盤を睨んでいた短髪、鉢巻の逞しい男が、

「お主ら二人では……足りん気がする。何せ、五人おるゆえ」

「――そうだねえ、五人いるからねっ！」

常盤の後ろにまわり込み明るく呼応する少年鬼だった。

庭梅が、他四人に、

「で、誰から行く？」

常盤の右、編笠をかぶった鬼は黙したままである。短髪の男が、低い声で、

「女は後に取っておこう」

左側から萎烏帽子をかぶった嫌らしい鬼、時久が、手をのばし、

「いや、初献はやはり、美女の血――」

時久の汚らわしい手が常盤を摑む。

――その時だった。

ひょう。

鋭気が、夜を切っている。

常盤がよい匂いを感じた刹那——棒状の黒風が、常盤を摑んだ時久の腕を貫通。庭に刺さった。

火矢だ——。

かなり特殊の矢である。

対象を燃やすより、燻《くゆ》らせた香料で、良い匂いを撒《ま》くことを目的とするようだ。

「……香矢《かおりや》……影御先じゃっ！」

時久が、喚《わめ》いた。五鬼に怒り、恐怖が走った気がする。

はっとした常盤は後ろを向いた。

……え……。

ユウガオが巻きついた立蔀の上に黒影が二つ、立っていた——。

二人の、女の影が。

立蔀、それは貴族の庭や寺に立てられる、なかなか高い板塀で、寝所の目隠しや、胡乱《うろん》な者の侵入阻止、といった用途がある。その立蔀に立つ二人のうち、一人は、杭をもち、いま一人は、弓を構えていた。いずれも白覆面をつけ双眸は赤光りしている。

――新手の鬼？

しかしどうしたことだろう。新手の鬼は――時久を射た。

弓矢を構えた女は肉置き豊かな女で、いま一人は、すらりとした長身だ。

立蔀に立つ新手の鬼が、二本同時に、射る。

一本は時久の頬から後ろ首を直線的に貫き、もう一本は時久の鎖骨の下に刺さっている。

動脈が破れたか――時久の肩で、どっと血が暴れる。

さっき射られた腕からも、血が、迸《ほとばし》った。それでも、時久は、斃《たお》れず、

「あっ……あれ？」

庭梅は時久を見もせず、冷然と、

「血を流しすぎると死ぬわ。殺生鬼《わたしたち》は」

「早く血ぃ啜《すす》れい」

鉢巻の男に言われた時久がよろよろとこっちに来たから、常盤が懐剣を抜かんとするや、

――！

また、殺気が風となって吹き時久の喉が破裂。血だらけになった時久は斃れ
――動かなくなった。

常盤は新手の二人、影御先と呼ばれる者たちと五人の鬼が対立しているのを知った。

死んだ時久の喉には、長い金属の串が刺さっていた。

庭梅が微笑み、立蔀の上へ、

「少しは腕を上げたんじゃない？　静」

……静？

後ろを、見る。

立蔀の上、右手に杭をにぎった女が、左手で鉄の串を投げたようだ。

静というらしい女鬼は覆面の内から、

「……庭梅……まだ、闇をさすらっているのね？」

若い、女のようだ。

「――闇？　貴女の見方でものを言わないで」

静は、隣の女に、

「禅師様。あれは、時久……。辰《たつ》ノ結《ゆい》の長《おさ》を殺《あや》め、冥闇《めいあん》ノ結に寝返った男です」

「……うむ」

隣の女は重厚に首肯している。

「庭梅と、羅刹《らせつ》ヶ結にいた男、二人。あの京童《きょうわらわ》をわたしは知りません」

禅師様、と呼ばれた女は、凄まじい気迫で、

「羅刹ヶ結の残党ども、血をもとめて上洛したが、他の結に潰《つぶ》されかかった、結入りと引き換えに一仕事受け負うた。大方、そんな処であろう！」

「まあ、そんな処ね」

特に緊張感もなく答える庭梅だった。

「我ら影御先が来たからには――平安なる夜を乱す悪行、見過ごす訳にはゆかぬ！」

禅師様に言われた庭梅、挑発的に、

「――あは」

「不殺生鬼の血吸いなら、許す。命を取る血吸いは、許さぬ」

「二人で何が出来るの？」

庭梅が嘲《あざわら》った。

「四国では二人で四、五人の殺生鬼を狩ってきた」

鉢巻をしめた男鬼が、めらめらと赤い眼火を燃やし、

「静さんよ――熊坂のお頭を、裏切り、殺した罪は重いぜぇ。……親殺しの……罪は」

静という娘は覆面の中で面貌を歪めた気がした。

――親殺し……？

一体、この鬼たちの過去には何があるのだろう。常盤は測りかねたが、庭梅たちが自分の命を奪おうとしている者で静たちはそうではないことは、今までのやり取りでわかった。

庭梅が、少年鬼に、

「坂彦《さかひこ》っ」

「おうよ」

少年鬼の腕が――躍動する。

石袋から刹那で出した、礫《つぶて》を、静に向かって、放っている。

物凄い勢いで――。

……印地《いんじ》……。

印地――中世の長い時期、京童と呼ばれる京の無頼《ぶらい》の少年たちは、徒党をくんでは、印地と呼ばれる激しい石合戦を河原、路上でおこない、抗争をくり広げた。印地には木刀や弓まで動員され、時には死人も出る。印地は都だけではなく諸国の村々でもおこなわれた。

特に、五月五日、端午《たんご》の節句におこなわれる印地の規模は、大きい。

ひょろりとした少年は元々、印地の巧者だったのだろう。その巧《たく》みさに、鬼の膂力《りょりょく》がくわわった。途轍《とてつ》もない速さが――静を襲うも、静も、速い。

白拍子が舞う所作でくるりと体をまわし石をかわす。

石は傍をかすめた。

庭梅が此処にいたことに、静は……困惑していたが、自分が影御先に、庭梅が殺生鬼になった以上、これは、避けられぬ宿命だったのやもしれぬ。

磯禅師が、香矢を、射る。

坂彦に――。

坂彦は大跳躍してかわし、磯禅師に投石した。

禅師の腹めがけて飛来した礫！　禅師は立蔀から飛び降りてかわす。

静は、跳んだ。

空中にいる坂彦めの左胸を杭で突き破らんとしている。

――！

殺意の尖端が、心臓に向かうも、坂彦は両手で杭を摑み、小袖ぎりぎりで、止めた。

二人はそのまま着地。

鎖太刀を抜いた短髪の男が磯禅師に喚きながら、突進。編笠の殺生鬼がみじかい腰刀二本を月に閃《ひらめ》かせ、静を刺しに、来る。

「うわぁぁっ」

今まで庭に飛んだ蔀の上で転がっていた長成が、力を振りしぼり、白銀の冑《かぶと》金《がね》（柄頭《つかがしら》を守る金具）をつけ、柄に白鮫皮《しろさめがわ》を着せた太刀を――走る殺生鬼の足に投げた。

長成の剣は偶然の活躍を見せ――編笠の殺生鬼の腿《もも》を、少し、切った。

「野郎っ」

足を切られた殺生鬼は怒り狂い、静ではなく、長成を刺しに行く。

鉢巻の殺生鬼の剣が、磯禅師に横振りされるも——禅師は上へ跳ぶ。

剣風は、立蔀すれすれを動き、白い毛を生やしたユウガオの蔓《つる》を散らしたにすぎぬ。

弓をすてた磯禅師は何と鉢巻をしめた殺生鬼の肩に跳び乗っていた。

厳《いか》つい殺生鬼の体の上から、大金串が放たれる。

飛行した大金串が——編笠の殺生鬼の喉を刺す。飛魄《ひはく》が千切《ちぎ》れたような凄まじい喚《おめ》きが轟いている。

反射的に、叫びの方に坂彦が目をやった刹那、静は片手を杭からはなし、腰に巻かれていた縄を摑む。

静が下から上へ動かした縄が坂彦の股を直撃した——。

「こっ……」

静が動かした縄は孔雀縄《くじゃく》——よく干したニンニクを先にゆわえた、影御先の得物である。

毒蛇を食らう孔雀明王《みょうおう》からその名は来ていると考えられる。

不死鬼、殺生鬼は、ニンニクを、苦手とする。恐らく股間に火の如き深痛を覚えた坂彦は、杭から手をはなし、もだえた。

静は一気に杭で坂彦の左胸を貫く——。双眸を赤光りさせた静は、体の中の鬼の力を、悉く引き出した。

凄まじい腕力が坂彦をもち上げる。

そのまま突っ走った静は、坂彦の背中から突き出た尖端で、編笠の殺生鬼を刺す。

衝撃で——編笠がこぼれた。

静は今刺した殺生鬼に見覚えがあった。

この男、羅刹ヶ結の一員、つまり、長範の手下だった。

……青墓《あおはか》の戦いの時は、只人《ただびと》だった。庭梅と共に動く中で血吸い鬼になったんだ。

鉢巻をしめた殺生鬼も同じだ。貴族や武士、この世のもてる者を憎み、邪鬼と化した熊坂長範。父の言葉を信じ、最終的に殺生鬼となってしまった男を刺した静の中で重い苦悩が淀《よど》んだ。

杭を抜く――。

殺生鬼二人は、折り重なるように、倒れている。

庭梅が突風となり――常盤を襲わんとした。

影御先「八幡」の母、常盤御前こそ彼奴《きゃつ》らが此処に現れた理由《わけ》かもしれぬ。静は前栽に飛び込み、紅蓮《ぐれん》の花を咲かせた立葵《たちあおい》、青い花を咲かせ、葉に夜露を乗せた大帽子花《おおぼうしばな》を蹴散らす。花畑を足場に静は、また跳躍、孔雀縄を振って庭梅を威嚇した。

庭梅は、笑いながら跳び退る――。静は常盤を守るように立ち、磯禅師は茅《かや》の葉が如き刃を構えた、ごつごつした体型の殺生鬼と睨み合う。

――残るは二人。

悪魔降伏の道を行くことに躊躇はないけれど、

……友達だった庭梅を……。

静は辛く、覆面の内で、唇を噛んだ。

「貧乏公家ゆえ、香をほとんど焚かず、忍び込みやすい。……ぬるい仕事。こう言いやがったのは、どこのどいつだっ！」

鉢巻をしめた、屈強の殺生鬼は、怒っていた。

いる男よ」

「万年《まんねん》。わたしに文句を言わないで……。そう言ったのは時久。そこで、死んで

庭梅が万年なる男鬼をたしなめた。魔少女の目が、赤光《しやっこう》を消し、常の色に、もどる。

静けさをたたえた庭梅の目は静が踏み散らした大帽子花を、つまり特に大きな露草を眺めているようだ。

瞬間、静の中で——様々な染料の臭いが溢れた。静と庭梅は中納言の染殿《そめどの》で共にはたらいた過去がある。

あの染殿で、連子窓から入る幾條かの光に照らされた庭梅は、

『藍が広まる前……青く染めるのは露草をつかったそうよ。昔は青紙売りといって、露草の汁を紙に染み込ませたのを売る商人《あきゅうど》が、青紙要《い》らんかー、青紙要らんかー、って都大路を流していたんだって……。だけど、露草の青は……露のように消えやすい。雨に当たればすぐに色落ちする』

その日、庭梅は、いつになく寂し気な面差しで、

『……何かへまをしたらお屋敷から消える、わたしたち雑仕女に似ているわよね……』

窓から入る真昼の日差しにみじかい髪を照らされながら、庭梅は青紙を手に取り、

『だから、染殿《ここ》では途中で消える青というめずらしい使い道でしか、出番はない。青紙売りも、いつの頃からか見なくなったそうよ……』

庭梅と共にはたらいた日々を思い出した静は胸が焼けるように熱くなっている。赤色眼光を消した庭梅の目は、あの日のままだった。だが、唇にべったりついた血は、邪鬼である事実を、物語っている。

「ねえ」

庭梅は言った。

「覚えている?……夏の日だった。とても暑かった。加賀刀自《かがとじ》と貴女とわたしで、九条辺りの商人の許に藍を買い付けに行ったの……」

そこは都の端であった。南を向けば、稲や水葱《なぎ》（水葵）の田が遥か彼方まで広がっていて、遠くで入道雲が肩をいからせていた。雲の下に伏見《ふしみ》か鳥羽《とば》の家々が小さくみとめられる。

「四国の藍を売っている商人の家。昔は青紙売りをしていたとか。その名残なん

だろうね、家の裏に青い大帽子花の花畑があって……」

「覚えているわ」

庭梅は悪鬼の闇をかなぐり捨てたような無邪気さで、

「子供たちが大帽子花の上で、綱引きをしていた」

目に涙を浮かべた静は、

「……ええ」

庭梅もあの日のことが見えている顔様で、

「わたしたちが羨《うらや》ましそうに見ていると……何でだろう、加賀刀自が見たこともないような親切な顔で『一緒に遊んでおいで』って、言ったのよ」

「……そう、そうなのよ」

庭梅は言う。

「わたしね、静、あれだけ親切な加賀刀自……後にも先にもあの一度きりしか見た覚えがない」

「わたしもよ」

静は同意する。つい——話してしまう。静は言った。

「鬼の目にも涙……違うか。加賀刀自にもいい処があったのかも」

「あの女にいい処なんて一つもない」

　ばっさり切り捨てる庭梅だった。

「たぶん近くに餅《もち》を売る店などがあり……ゆっくり食べたくて、そう言ったのよ」

　庭梅が加賀刀自を殺めたことを思い出している。――警戒せねばならない。ところが、静の中に……庭梅を血の池から、救い上げたいという強い思いもあった。

　庭梅は静に、

「牛に襲われたのは……」

「たしか、同じ日」

　綱引きをした後、屋敷にもどるため、埃《ほこり》っぽい都大路を歩いていると――黒い暴れ牛が静たちに突っ込んできた。

　都人が逃げ惑い、朦々《もうもう》と埃を掻《か》き立て、涎《よだれ》を垂らした黒牛が、突き殺さんばかりに驀進《ばくしん》してくる。

　静は咄嗟《とっさ》に――自分より小さい庭梅を守るように立った。

「貴女がわたしを、守ってくれた」

「…………」

牛は、牛飼童や男たちが引いてくれて、助かったのだ。

静の双眸から赤光が消えている。

「加賀刀自なんて、もう、何処まで逃げたかわからないのにね。わたし、貴女の胸の中で、泣いた。でね、貴女にお願いしたの。ずっと……友達でいてって……」

こみ上げてくる感情を抑えながら静は首肯する。

「……うん」

「貴女は何も答えてくれなかったけど……」

「答えたわっ。うなずいたの」

庭梅は、歯を食いしばり、ぽつりと、

「……見えなかったよ。そんなの」

耐えられなくなり、覆面をバサッとすてた静は、

「——もう止めて庭梅！　今ならまだ、もどれるっ。人の命を奪うのを……止めてっ！」

悲痛な声を叩きつけられた庭梅は、一瞬だが、相貌を歪めた。

が、すぐに赤い殺気が瞳に灯る。

庭梅は、猛獣の如く跳びかかってきた――。

静は圧倒的な力で、杭を摑まれ、倒される。抵抗しようとするも敵《かな》わぬ。

そもそもの力の質が全く違う……。

子供と大人、いや、人と巨獣がぶつかり合った感覚だ。

……そうかっ、わたしは今、血吸い鬼の力を引き出せていない。只人の力しか。

静の眼から赤光は消えていた。庭梅が、仰向けに倒れた静に馬乗りになり喉に杭をぐいぐい押し付け、

「――たわけって、貴女のためにある言葉だよ。貴女を騙《だま》すため昔話をしただけ」

「嘘っ！」

静は吠える。庭梅の心が揺らぐのを見た気がするから……。

憎々し気に牙を剝いた庭梅は、噎《む》せる静に、

「嘘じゃない」

磯禅師は静を助けんとするも万年が振った太刀が猛襲している。

腰刀を抜いた磯禅師は――斬撃を何とか、止めた。

獰猛な魔少女に押し倒された静に、磯禅師は、

「――鬼の力！」

万年の剣圧に、歯嚙みして耐える。

「出来っこない！」

庭梅が怒鳴る。静は力を何とか引き出さんとするが、それは奥に引っ込み、出て来ぬようだ……。

庭梅が嘲《あざけ》った。

「鬼なら人を喰い破り、吸い尽くさなきゃ……。それもしたことがないお前は――出来損ない。出来損ないに、こっち側の力なんて引き出せない」

木杭に苦しめられる静は、面を真っ赤にし、激しく噎せ、額に玉の汗を浮かべている。

「どうする静？　出来損ないのままで死ぬの？　それとも、こっち側に来る？　で、双無《ふたつな》き（素晴らしい）力を手に入れる？」

静は、言った。

「双無き力？……血の海を広げることの、何処が素晴らしい？　ならば……何でいつも、貴女たちはこそこそ隠れているの？」

魔の淵に沈むことを拒んだ。庭梅は、低い声で、

「つまらない」

庭梅は静の喉を潰そうとしている。

刹那、磯禅師と、万年は、弾かれたようにはなれた――。

万年の長い一閃が磯禅師を裂こうとするも、禅師のみじかい腰刀は、下から上へ、剣風を吹かせ――鎖太刀を押し上げ、今度は敵剣を払い飛ばし、間髪いれず片手で薙いだ剣で万年の肩を裂き、もう片手でニンニクを庭梅に投げた。

庭梅は袂で面を隠し、飛び上がって静からはなれ、万年は、

「くっ」

肩から血を迸らせるも――倒れぬ。

万年が磯禅師を刺し殺そうとする。

禅師は、よける。

磯禅師は、突っ込んでくる万年のごつごつした足に、斬りつけた。

万年をひるませた禅師は横跳びし――静の傍を吹きすぎ、庭梅の心臓を剣で狙

うも、庭梅は後ろに跳ぶ。

刹那、赤色眼光迸らせた静が杭をひろい、咆哮《ほうこう》を上げ、庭梅を突くも――大きく後ろ跳びした庭梅は濡れ縁に乗った。

「退くわよ」

万年に、言った。

「うぉぉぉっ！」

叫びながら万年が立蔀に突っ込む。

板塀は、大きくふるえた。

影御先二人が追わんとすると、庭梅は――御殿の中、闇に消え、万年はもう一回、立蔀に体当たりし、大穴を開けて――そこから向う側に抜け、姿を、消している。

赤い眼光を消した磯禅師は、唖然《あぜん》とした常盤たちに、

「お怪我はありませぬか？」

「夫がっ……」

「なぁに、これしきの怪我、大丈夫じゃ」

長成は腕をさする。常盤が、磯禅師に、

「貴女たちは……？」

「影御先。――人に仇なす、邪鬼を、古《いにしえ》より狩る者」

夜霧が這う庭で磯禅師は答えた。

「其方《そち》たちは……鬼か、人か？」

長成の問いに、禅師は、

「鬼の血が流れた人にございます」

同時に、静は、不死鬼として甦《よみがえ》らぬよう――時久の心臓に杭打ちする。

京において、常盤と、静たちがまみえた。

――義経が赤城山で畠山親子と会った三日後のことだった。

＊

「わしも常盤も……香の匂いが苦手という変り者での」

燭台の赤光が、夫の広い額、目尻にきざまれた横長の皺《しわ》、温和で思慮深い双眼を、照らしている。

殺されてしまった侍たちと、ことじを思うと、悔しく、悲しい。されど、長成が無事でよかったと思う。子供たちをふくめ、対屋にいた者たちは、無害であった。

常盤たちは磯禅師を、屋敷の中に招じ入れていた。

「それに香は舶来物。高くつく」

清貧の元大蔵卿は語る。

あの後、すぐ、雑色が、異変を聞き、駆けてきた。静という背が高い娘は彼らと共に庭梅がまだ隠れていないか、さがしに行った。

常盤と長成は畳敷きの一室で磯禅師と相対していた。

屋敷に入った禅師の第一声は、

『――香を焚《た》かれぬのでしょうか？　あの者ども、香を嫌いますので、急ぎ焚いて下され』

というものだった。

むろん、公家の端《はし》くれであるから、長成邸にも、香はある。

対屋から慌てて飛んで来た雑仕女に命じ、常盤は急ぎ香を焚かせている。

貴族の女性《にょしょう》は年にほんの数回しか髪を洗わぬ。香には――悪い臭いを消す意味もあるのだが、山里育ちの常盤は小まめに水浴びし、その時によく洗髪すれば、悪い臭いがしないと経験的に知っていた。

長成邸には澄んだ水が出る井戸がある。この豊かな井戸水で、常盤は、同時代人にくらべてかなりまめに、髪を洗っている。

邸内にたゆたう香を聞き、さっと首肯した磯禅師は、

「今宵はもう来ますまい。ですが、明日以降、来る恐れはあります。……ここはあの者どもに狙われているやもしれません。しばらく、香を絶やさぬように」

常盤は身を乗り出し、

「あの女の童、わたしの子が……主を怒らせたと申しておりました。故に……襲ったと」

香色の州浜模様の小袖を着た影御先を名乗る女は、

「……なるほど」

辺りに視線を走らす。――誰かに聞かれることを警戒する面差《おもざ》しだった。

磯禅師は、庭に横目を走らせられる所に、座っている。

禅師と向き合う形で常盤。

――敵を見切れるよう蔀《しとみ》は上げられ御簾《みす》が下がっていた。

常盤の右に長成が座り、御簾と向き合って網代屏風《あじろびょうぶ》が置かれていた。隠者の庵《いおり》にあるような屏風だ。檜《ひのき》の小片を、巧みに編《あ》み、屏風にした、簡素なもので、平家や摂関家《せっかんけ》の館にある金銀の雲がたなびく屏風と、全く違う。常盤は斯様《かよう》な屏風を好む夫を愛していた。

義朝を深く愛した常盤だが……今の夫のことも、大切に思っていた。

磯禅師は囁《ささや》く。

「――心当りが、あります」

「……えっ……」

円《つぶ》らな眼を、大きく広げた常盤は、磯禅師ににじり寄っている。大輪の芙蓉《ふよう》を思わせる、常盤の頬《ほお》に、紅《べに》が差す。

「何か、ご存じなのか？」

磯禅師、声を、極力絞り、

「鞍馬から消えたご子息は、遮那王様は生きています。我らと行動を共にしていたのです。――影御先に、入られたのです」

雷に打たれたようになる常盤であった。面貌《めんぼう》を険《けわ》しくした長成も、身を乗り出す。

磯禅師が警戒しているのは……この家ではたらく者の中に、平家の諜者《ちょうじゃ》がいないか、であろう。

実は常盤も左様《さよう》な者がいるという認識の上に立っている。が、実《げ》に寛大で、のんびりした処もある常盤は、あまり気にせぬようにしている。

……わたしは、敗軍の将の妻だった。気を尖《とが》らせすぎれば、怪しまれる。諜者など気にせぬくらいが、丁度よい。

こういうふうに受け止めていた。

磯禅師は鞍馬を降りた義経が、立派な青年に成長していること、血吸い鬼と義経の因縁、八幡と名乗り、二人の家来と共に、影御先に入り、恋人と師の仇《かたき》を討《う》ったことを話した。今は濃尾の影御先という者たちと共にいると、つけくわえた。

この時点で磯禅師はまだ――濃尾の影御先が受けた壊滅寸前の痛手、船乗り繁樹の死を、知らない。

「良かったではないか……常盤。あの子のことをずっと気にかけていたのだから」

長成に言われた常盤は、

「何故、もっと早《はよ》う知らせてくれなかったか。わたしはあの子がもう、この世におらぬと……。それぱかり案じて……」

光る雫《しずく》をぽろぽろとこぼした。

「生きているのですね、牛若丸は。今は、義経、というのね」

うな垂れた磯禅師は、

「……お知らせしなければと思ったのですが、わたしが此処に来ることで、八幡つまりご子息と貴女、そして……影御先を危うくするのでないか、左様に考え、足をはこべなかった次第です」

ちょうどその時、誰かが濡れ縁を歩いて来て御簾が上げられる。

静であった。

「庭梅は、何処にもおりません。やはり、逃げたものと思います」

きびきびと告げた静に磯禅師が座れと合図している。

静が、磯禅師の隣に腰を下ろすと、

「磯禅師殿、静殿。九郎が……お世話になり、この常盤、かたじけなく思うております」

常盤が深く頭を下げた。

謙虚な雰囲気が、常盤にはあった。狩人の娘である静から見ると常盤は——己らと同じ階層から、貴族になり上がった人である。

こういう者の中には必要以上に庶民を蔑《さげす》む者が多い。真の貴族は……それはそれで腹立たしいが、端《はな》から庶民など、歯牙にもかけない。別の世界の生き物の如《ごと》く見ている。対して成り上がり者は必要以上に威張《いば》り、侮《あなど》る。左様な嫌らしさが常盤にはない。

貴族の側に行っても静や磯禅師と同じ目の高さで話す処が、常盤にはあった。

そして、

……何て美しい人なの……。天女のよう……。

思わず——見惚《みと》れた。

同じ女たる静をうっとりさせる美の露《つゆ》が、常盤のかんばせにはしっとりふくまれている。

とても、五人の子を産んだ女人とは、思えぬ。

「義経が影御先としてはたらく中で、あの者どもの仲間を怒らせたということ？」

常盤が言う。

「そう考えてよいかと」

磯禅師は、静かなる語調で、

「血吸い鬼は結《ゆい》と申す組をつくります。今日ここを襲ったのは羅刹《らせつ》ヶ結の残党と……」

辛い記憶が静の胸を抉《えぐ》る。

「冥闇《めいあん》ノ結と申す輩《やから》。冥闇ノ結は、羅刹ヶ結の残党を吸収しようとしているのでしょう」

磯禅師は、つづける。

「恐らく……冥闇ノ結と濃尾の影御先が戦い、かなりの痛手を八幡が、つまり、ご子息が敵にあたえた。それに怒った冥闇ノ結が貴女様の御命をちぢめんとした」

常盤は固く瞑目する。

常盤の肩に長成が手をかけた。

長成が何か言おうとすると、常盤が、

「あの子は……平家一門と恐るべき鬼、二つの強敵をかかえているのですか？」

「はい」

磯禅師は、強い語気で、

「常盤様。わたしはご子息ほど……知恵深く、武勇に秀《ひい》で、勇ましい若者を見た覚えがありませぬ」

「そして、情深い御方です……」

静は、初めて会った夜、義経からかけられた言葉を思い出し、自然と口を開いていた。潤《うる》んだ常盤の瞳が磯禅師と静を真っ直ぐ見詰めていた。

元、畿内の影御先の頭《かしら》で、今、山海の影御先副首領の座についている磯禅師、心を込めて、

「たとえ矢の雨が降ろうともご子息は倒れませぬ。左程《さほど》にたのもしき御仁《ごじん》。見事に危難をはね退け……一廉《ひとかど》の武将にそだたれることでしょう」

静も、澄んだ声で、

「八幡が影御先に入ってくれて、わたしたち、とても……助かっているのです」

源平二大棟梁《とうりよう》に愛《め》でられた、花のような女人は、泣き崩れてしまった。消息

不明の息子が生きていると知らされ、しかもその子が——危険な血吸い鬼と戦う修羅《しゅら》の道を歩んでいると聞いたら、誰しも、困惑するのでないか……。

と、常盤は、ゆっくり頭《かぶり》を振り、

「……違うのよ。悲しいのではない」

やや、赤らんだ泣き顔が、こちらを向き、

「幸せ……なの。あの子が生きていたことが。あの子が立派にそだち貴女たちのような素晴らしい仲間に恵まれ、大切にされていたことが。この上なく、幸せなのよ……」

静の胸が——熱く沸《わ》く。

……今日、此処を襲わんとしていた敵に気付き、間に合って、良かった……。

再びどっと涙して肩をふるわした常盤の背を、さすりたいという衝動に駆られる静だった。

長成は泣き崩れる妻を慈悲深い面差しで、じっと見ていた。

常盤が少し落ち着くと、

「して磯禅師殿。この先、我らは如何すれば……あの妖鬼どもの襲撃をふせげるのであろう?」

前大蔵卿が問う。

「牛若のことで、貴方まで危うい目に遭わせてしまって……」

常盤がわびると長成は、

「全く気にしていない。ただ、そなた……以前わしが鬼の話をすると、しゃかりきになって鬼などいないと申したが、その言葉撤回してほしいものじゃ」

ちょっとおどけた顔で言う長成だった。

磯禅師は居住《いずま》いをあらため、

「まず、香の煙を絶やさぬことが、肝要です」

常盤たちは真剣にうなずく。夫妻の間で、香炉がふすふすと煙を立てている。

「ニンニクを庭にうえるだけでもかなり違います。――邪鬼は、ニンニクを嫌う」

「ニンニク……とな?」

「収穫したら、よく干し、要所要所に吊り下げておくのです。魔をふせぐ堅壁となるでしょう」

磯禅師は、淀みなく話している。

「遣水《やりみず》は流れていますね?」

「ええ、今の季節、蛍《ほたる》が出ます」

常盤が言うと、

「実《げ》に澄んだ水ということですね。山から出《い》ずる霊気をふくんだ、清らな水を、清水《せいすい》と申し、この清水も不死鬼、殺生鬼をふせぐのにつかえます」

茫然とする常盤たちに、磯禅師は、

「わたしは密かに聖なる水……聖水と書いてもよいように思いますが、いくら浅くとも……清水が流れていれば、邪鬼をふせぐ水堀となるのです。ただ、ここ花洛は少し山からはなれています」

「霊気が薄くなっているかもしれぬと申すのじゃな？」

長成が口をはさむ。

「はい。ただ……寝所を守るように、横に遣水を流せば、いくばくかの効果はありましょう」

「禅師様、あと、お花」

静に囁かれた磯禅師は、

「四つ目——良き香りがする花。花の芳香も香に似た働きを致します」

「なるほど」

「たとえば梅《うめ》や百合《ゆり》。今でも前栽に花があるのですが……これをもっとふやしましょう」

磯禅師が、長成邸の侍や雑色、雑仕女が、邪鬼との戦い方を訓練するのも一手と進言すると、長成は、

「是非……伝授をお願い出来まいか？」

真剣にたのみ込んでいる。

「喜んでお引き受け致しましょう。明日にでも、いろいろ伝授しましょう」

禅師は、同意した。

「おお……」

「ただ、わたしは、明後日、近江《おうみ》に行かねばなりません。二つ、片付けねばならぬ案件があるゆえ」

落胆が、常盤たちの面を走る。近江に行く話を初めて聞いた静も少なからず、驚いた。

「代りに静を……お屋敷の方々が邪鬼と戦う術に習熟するまで、ここに置いてゆきます」

「それはありがたい」

常盤の黒真珠に似た瞳が安堵を見せた。長成も喜び、

「是非お願いしたい」

翌日、長成は雑仕女に、香、ニンニクを買いに行かせた。また、磯禅師は長成邸の雑色に杭、香矢をつくらせた。

そして、禅師と静は――屋敷の者たちに、邪鬼の弱点を伝授。戦い方をおしえた。

ひと段落した処で磯禅師は井戸端に静を呼び、

「近江に行くと申したな」

「……はい」

井桁《いげた》に手をかけた磯禅師は、

「昨日の昼、金売《かねう》り吉次《きちじ》の許《もと》をたずねた折……気になる噂を聞いたのじゃ」

金売り吉次は――元影御先の商人《あきゆうど》で、三条大橋《さんじようおおはし》の傍に住んでいる。

「南近江や伊賀《いが》で正体不明の殺生鬼どもが暴れているらしい……」

その一団は孤立した村――特に近江の沼沢地にかこまれた村――を、襲い、住民を悉《ことごと》く殺戮《さつりく》し、血を吸い尽くすという……。

「かつてない凶行をくり返し、多くの村が廃墟になっておる。鋸《のこぎり》の如き刃で斬られた骸《むくろ》が目立つとか」

「……許し難き輩ですね」

柳眉《りゆうび》を険しく顰《ひそ》めた静は赤みが強い唇を噛《か》む。静は、常盤からもらった櫛《くし》模様の小袖を着ていた。長成邸の者たちが邪鬼と戦えるようになるまで、常盤の侍女としてここに住み込む予定だ。

「この一団についてしらべたい」

近江伊賀はかつて――畿内の影御先の管内であったが、畿内の影御先無き後、濃尾の影御先の領分となっている。しかし禅師は、

「近江伊賀は……元は、畿内の影御先の領域。ここで起きることを関《かかわ》り無しとは到底言えぬ。何といっても、近国。近江伊賀を荒らす者どもが京へ魔手を伸ばすことは十分考えられる。わたしの方でしらべられる処までしらべ、船乗りの親方と共有したい」

繁樹の最期を知らぬ磯禅師は、言った。

遠い顔様で、井戸の底を見下ろした磯禅師は、

「……畿内の影御先が無くなり、我らが四国に行った空白を衝き、跳梁跋扈《ちょうりょうばっこ》したのじゃ」

「…………」

今まで見てきた邪鬼の犠牲になった人々の姿が胸底で赤い沼のように広がり、心を重く浸す。

畿内の影御先が滅び、各影御先が目を光らさねばならぬ範囲が広がったことで……邪鬼は動きやすくなった。

向うに現れた敵と戦いに行けば、こっちに現れる。凶暴で狡賢《ずるがしこ》い悪獣が手薄な所で暴れまわり、それを追いかけては逃げられる日々が、あれからつづいているる気がした……。

同じ徒労感が師の胸にも漂っているのではないか。それが灰色の憂《うれ》いとなり、今、かんばせに漂っているのでないか。

磯禅師は一転明るい表情で、

「朗報もある」

静は涼しい眼をやわらかく細め、

「何でしょう？」

「龍気《りゅうき》という言葉は聞いたことがあるか？」

「いいえ」

静は、頭を振る。

「龍脈から出る特に強い霊気。万物をそだてる力をもつ。……よきも悪きもな。この龍気、龍脈が見える陰陽師《おんみょうじ》や、特別な修練を積んだ密教僧でないとみとめられぬ」

彼らは雲気や霧の動きなど様々な事象で、それを見切れる、と、磯禅師は話した。

「実はこの龍気——四種《よくさ》の霊宝《たから》の一つ、神変鬼毒酒《じんぺんきどくしゅ》と深い関りがあるのじゃ」

静は唇をかすかに、開く。

四種の霊宝については——漠然と聞いていた。

磯禅師は、神変鬼毒酒は邪鬼を吸い寄せる力をもち、毒酒として機能することと、さらに、

「不死鬼の操心を退《しりぞ》ける力を人にあたえるとか……」

『お伽草子《とぎぞうし》』によれば――源頼光《らいこう》は血を吸う鬼、酒呑童子《しゆてんどうじ》を退治する際、山中で出会った不思議の翁《おきな》がもたらした、神変鬼毒酒をつかったという。

この翁、古物語では、住吉《すみよし》の神とされるが、影御先の老人であった可能性がある。

「龍気が出ずる山には白毛の猪、白毛の狼、はたまた白鹿が現れる……。この白き霊獣の血が――神変鬼毒酒を醸《かも》すには要《い》る」

神変鬼毒酒の製法は畿内の影御先の首領に代々つたえられてきた。それをつくるには、白き霊獣から死後一日以内に採った血、王血《おうけつ》（病を癒《いや》す不思議な力をもつ者の血）、龍気をたぶんにふくんだ山水・龍水、薫《かお》り高き花、蓬《よもぎ》、龍水でそだった新米、以上のものを乙女が三日間口嚙みしなければならぬ。

「これから先、不死鬼と戦うには……神変鬼毒酒がかかせぬ」

同感である。

不死鬼の最も恐るべき牙は口にはない。

――心にこそ、在る。

人心を粉々に嚙み砕き、狂わせる操心術（マインドコントロール）こそ、彼奴《きやつ》らに、禍々《まがまが》しき強さをあたえている。操心をふせぐ盾《たて》となる神変鬼毒酒があれば、不死鬼相手の戦は楽になろう。

「……昔の影御先は神変鬼毒酒をつかっていたのですね？」

「そうじゃ。だが長い間に、うしなわれた」

磯禅師は、言った。

「百数十年前、強い操心を駆使する不死鬼の結があった。……酒呑童子と、茨木《いばらき》童子の結じゃ。彼奴らと戦った折、その時の影御先が神変鬼毒酒をつかい果たしたそうじゃ。以後、あまり龍気は見られなくなり、畿内、近国では不死鬼の暗躍がおさまったため、それは、醸されなくなった」

「ですが、今は違います。不死鬼の下知を受けた者どもが京を荒らしている」

「まさに……。今こそ神変鬼毒酒がもとめられておる時。――影御先が、それを醸さねばならぬ。近江の伊吹山で、今、龍気が出ておるそうな」

「――――」

――この重大なる知らせを、磯禅師は、金売り吉次から聞き、吉次は陰陽道・安倍《あべ》家から聞いたという……。

「吉次はみちのくのものを安倍家に納めに行った折、この話を小耳にはさんだのであろう。陰陽道の大家ゆえ間違いないと思われる。伊吹山に急ぎ赴《おもむ》き、白き霊獣が出ておらぬか、たしかめたい」

「よく、わかりました」

「日本武尊《やまとたけるのみこと》は伊吹山で白い猪に襲われ、大いに苦しめられたという。……酒呑童子もまた、伊吹の麓《ふもと》で生れたという。古《いにしえ》に龍気が出た証《あかし》ではあるまいか？……悪しき者も育てるという龍気の力を考えれば——酒呑童子の話も宜《むべ》なるかなとも思う」

南近江、伊賀で暴れる殺生鬼らしき一団の調査《しらべ》、伊吹山で龍気を吸った霊獣が活動していないかの確認、二つの理由から、一刻も早く江州《ごうしゅう》（近江国）に向かいたいという。

磯禅師は静を見、

「この屋敷のことも気がかりじゃが、近江の噂も、気になる。わたしの勘が見過ごせぬと告げておる。留守の間、庭梅の奇襲があるやもしれぬ。常盤殿に何かあれば、八幡が悲しむ。くれぐれもたのむぞ」

大変な役目が、静の双肩に、のしかかった。

鬼の力を引き出さねば——静の武力は弱く、庭梅と戦えぬ。あの力を滑《なめ》らかに引き出せるようになっていたのに、昨夜は一度引っ込んだ力をまた出そうとした時、途中でつかえた。

静は不安をかかえていた。

第二章　死霊の村

ずっと干からびていた大地をここ幾日か恵みの雨が潤《うるお》している。

今日は晴れているが、昨日まで、雨が降っていたようだ。

川は咆《ほ》えながら流れ、あらゆる動植物は生を謳歌《おうか》し、天地は噎《む》せ返る熱気に包まれている。

鋭くなりすぎた感覚は——溢《あふ》れそうな色彩《いろ》、音、臭いで五体を満たし、氷月《ひづき》は眩暈《めまい》を覚えている。

——これが殺生鬼になるということ……？

赤城山で義経とわかれて僅《わず》か五日。異常の脚力で多くの山野を疾走した氷月は、近江まで、来た。

さすがに息切れし今は人気《ひとけ》がない大湿地を縫《ぬ》うようにふらふら歩いていた。

赤城を発《た》った二日後、氷月は喉を燃やす渇きに、苦しめられた……。

水を欲する渇きとは違う。胃が、干上がり、異様な熱を生じ、それが喉まで、這《は》いあがって来る感覚。

——血！　欲しい、血が。

氷月は義経に平家とその与党《よとう》の血しか吸わない、貴方の役に立ってみせる、と話していた。

信濃《しなの》の市で義経を血眼になってさがす若き武士どもを見かけている。

高梨家の郎党たちだ。氷月は一人を誘惑、鎮守の森で、昏倒《こんとう》させ、心ゆくまで——血を啜《すす》った。男は死んだ。

翌日にはまた……さらに強き渇きを覚えた。

——血……っ。

だが、平家や、その与党が、そう都合よく、東山道《とうさんどう》を行き来している訳ではない。

京まで耐えようと決めた。上洛すれば、平家一門やその家来の血を、好きなだけ吸える。

だが渇きは日を追うごとに、肥大化した。

もう、赤い渇きが己を統《す》べ——乗っ取りそうなのだ。

左程に切実なのだ。

美濃《みの》を抜けた時、氷月の中で、

……誰でもいいから、早く、吸いたい……。一人くらいならいいではないか……。

声が、した。

——駄目《だめ》。

すぐ、打ち消す。

だが、また揺り返しが、あり、

……殺さぬ程度に吸えばいい。殺さぬ程度なら……。何を、何を考えている、わたしは。駄目だ。

影御先をしていた頃、氷月は、人を殺さぬよう少しずつ吸血する不殺生鬼が、一度、殺生鬼になると、もうなかなか、元にもどることが出来ないのを、知識として知っていた。

——それがこんなに辛いこととは……。近江路では……なるべく人がいない所を縫《ぬ》ってゆこう。

人を見れば吸い殺してしまう恐れがある。

しかし、今、近江は……恵みの雨に狂喜した百姓たちが、一斉《いっせい》に田に出ている。

田植え時を迎えている。

悪いことに、麦の取入れも、重なっている。

田野に人が、溢れていた――。


激しい渇きと格闘する氷月の目に、様々な色が、痛い。

取入れをまつ金色の麦畑の激しい輝き。目が、潰《つぶ》れそうだ。

畔《あぜ》や田に旺盛《おうせい》に茂る芹《せり》の凄い青さ。目を、突き破られそうだ。

耳は多くの音に苦しみ、鼻はいろいろな臭いにもだえる。

麦畑や叢《くさむら》の上で大はしゃぎしながら嬥歌《かがい》し、気の合う相手を見つけているセキレイどもの、上から降って来る喜び。脳を、叩かれるようだ。

草いきれ。胃が、むかむかしてくる。

……血が足りないからっ。血を啜れば……この苦しさから解き放たれる。

わかってはいたが、一線を越える訳にはいかない。

――一休みしないと駄目だ。

太陽に射られた氷月はとある細道でとうとう動くのが辛くなった。

左は、近江刈安《かりやす》の、原であった。

鋭い青さが、目を抉《えぐ》ってくる。この草は、衣を黄色く染めるのに、つかう。

右手に、浅い水路があり、その先は、田になっており、旱《ひでり》を悲観した百姓が、稲の代りに、粟《あわ》を蒔《ま》いたのか。大体、親指くらいの高さのまだ幼い黄緑の粟が、水の中に一面に広がり、間引きをまっている。

その向うは湿地だ。背が高い水生の草が、一面に枯れていて、根元には、雨によって急成長した青く若い世代が、みとめられた。

左前方に――こんもりした樹叢《じゆそう》が、ある。

氷月は、黒緑の雲に見える樹叢まで行けば、一息つけるように思った。

細道に膝をつき水路に手をのばす。

生ぬるい水を、掬《すく》い、飲む。

――渇きは癒えぬ。

五角形の顔から汗をしたたらせた氷月は這うようにして、何とか黒っぽい樹叢にたどり着いている。

――タブの樹が多い、木立であった。

太い幹に蔦《つた》がびっしり巻きついていた。樹がつくる薄暗がりで、ドクダミが白い花を咲かせ、蛇苺《へびいちご》が毒々しく赤い果実をつけていた。

とげとげしい草が倒れ込んだ氷月の手を傷つけた。

薄っすらににじんだ血を、舐める。

己《おのれ》の血ゆえ滋養にならぬ。

……だけど、それは……深く、甘い。

その時である。

風が、変った。

湿った風が木々を揺らした。

氷月は、風の中に——血腥《ちなまぐさ》さを嗅いでいる。

気が付くと腰が浮いていた。

荒々しい草を踏みながら、氷月は風が吹き寄せる方に歩いていた。


近江とは——湖国《ここく》である。

近江の湖は、琵琶湖だけではない。

この頃の琵琶湖は内湖《ないこ》と呼ばれる沢山の弟分、妹分にかこまれている。大きい内湖、小さい内湖がある。内湖でもっとも大きいものは諏訪湖より広い大中湖《だいなかこ》、その隣の西の湖《にしのこ》だ。

金色の麦畑の先に在るのは左様な内湖の一つに接した村であるらしい。

藪を抜けた氷月の足元で大帽子花が青い花をそよめかせ、行く手には、田がある。

田植えが終ったすぐ後で、か弱い苗が並んでいた。

薄緑が吹いた水田の向うは、金色の麦畑。

麦は対照的に、取入れをまちわびており、熟し切った穂と葉を——黄金色に輝かせていた。若緑の畳《たたみ》を広くしいた隣に黄金色の畳を据えたようだ。田の面《も》には金の陽炎《かげろう》が揺らいでいた。水に映った、麦畑の影である。

麦畑の奥に、村がある。

血臭をふくんだ風は、そっちから、来る。

氷月は畦道を疾走——集落を目指している。

畦道を抜けると、蛇行しながら、村に向かう小道に出る。小道の脇に立つ榎《えのき》に古びた大草履《ぞうり》が吊り下がっていた。道端には、白い神札が二本、立っていた。

道切りである。

結界を越え、少し行くと——三十歳ほどの百姓が仰向けに斃《たお》れていた。苗《なえ》をはこぶ天秤棒《てんびんぼう》、曲《ま》げ物桶《ものおけ》が近くに転がっていた。

双眼を虚《うつ》ろに剝《む》き、悲鳴を上げた形相で斃れた男は、腹に鋸《のこぎり》を引いたような痕がある。首や腕、腿《もも》に凄まじい齧《かじ》り跡があった。盗賊に殺された後、野犬に貪《むさぼ》られたような死体だった。だが、そうではないと、元影御先の鬼には、わかっている。

――殺生鬼の犠牲者だ。

氷月は骸にのこった血を啜りたい衝動に駆られたが辛くも抑えている。死体の血を呑めば、多くの血吸い鬼は、発作を起して、死ぬ。幾割かの血吸い鬼は生きのこるが、死肉を餌として生きるみじめな存在《もの》、餓鬼に変る。

男から少しはなれた、近江刈安の原で、背中を刺し貫かれ、後ろ首と尻を齧られて俯せに転がっている童女の骸が、あった。

草いきれにつつまれた童女の体には、早くも肉食鳥がついばみ、獣が齧った痛々しい痕がある。幾匹もの蠅《はえ》がまとわりついていた。

氷月の胸は跳ね上がる。

蛇行する小道をまがる。――萱原《かやはら》の中で二人の早乙女《さおとめ》、麗《うるわ》しい若者が矢で、射殺され、刃で体をきざまれて、斃れている。――いずれも吸血痕がある。

……村自体が殺生鬼の群れに襲われた……そう遠くない日に。

胸は鼓動を速める。

近づくにつれ、血臭《におい》が強まり、もどれともう一人の自分が告げるが、己を抑えられぬ。氷月は、村に入っている。


……ひどいっ……！


――母と弟を邪鬼に殺められ影御先として生きてきた。

邪鬼の所行を憎む気持ちが、魂の底に根を張っていた。その根が、深い処《ところ》で、激震、氷月の双眸から赤い光が消えてゆく。目は常の色になり涙がこぼれていた。殺生鬼になって五日、氷月の心は鬼の渇きと、只人《ただびと》の理性の間を――さ迷っている。

青褪《あおざ》めた氷月は、ふらふら、歩く。

水路の傍に、痩せた嫗《おうな》が、斃れていた。白衣の老女は片腕を根からすっぽり斬り落とされている。腕の切断面と、骨と皮ばかりの首には、齧り跡があり、夥《おびただ》しい蠅がまとわりついていた。横に転がった桶の傍にタニシがこぼれていた。田であつめたものだろう。

媼の傍では五、六歳の童が、水路にはまり込むようにしてうつ伏せになっていた。

童の首はない。

刀で、斬り落とされた首は、青い苗が整然と並び、浮草がたゆたう田に投げ込まれ、こちらを恨《うら》みの目で睨んでいる。ドジョウが首の近くを泳いでいた。

——吐きそうになる。

殺生鬼に立ち向かわんとした男たちか。

鍬《くわ》や、鎌《かま》をもった男たちが、四人、重なるようにして血まみれで斃れている。

少しはなれた所にある小柄な女の骸《むくろ》をカラスがついばんでいた。大地に荒れ狂う夥《おびただ》しい蹄跡《ひづめ》は、殺生鬼が乗ってきた馬のものだろう。

地べたに散乱した瓜《うり》、脱穀の中途で放り出された麦、家の前にすてられた人の手、その手の臭いを嗅いでいたあばらが浮き出た犬。

氷月はカラスや痩せ犬に石を投げる。

……助かった人はっ？

風が、吹きつける——。

沼の一角に茂った葦《あし》どもが一斉に身震いしている。

ここにさ迷う魂を、冥府から迎えに来た風に、思えた。

「誰かいないの！　返事をしてっ——」

氷月は邪鬼に滅ぼされた村をさ迷う。

——刹那、

「もうし……そこな御方……」

弱声《じゃくせい》が、した。

はっとした氷月は声がした方に近づく。籬《まがき》にかこまれた菜園の向うに、板葺屋根の大きい家が、あった。

声は、戸口近くから、した。

板壁のその家の戸口からは、家をかこむ壁とは別に、板垣が一つ、里道の方にのびていた。板垣には杵《きね》が何本か吊り下げられたり、箕《み》が立てかけられたりしている。臼《うす》が、箕の前に置かれていた。

「——どうか、どうかお助けを」

声は臼の陰からしている。氷月が、近づくと、僧が一人、物陰から這い出た。

若く色が白い。髪の剃り跡が、青い。

苦し気だ。

墨衣《すみごろも》を着ていて袈裟《けさ》斬りにされていた。

「血を吸う鬼どもに……襲われ……」

「わかっている」

僧は、手首に布を巻いていた。胴からも手首からも吸われたが——死にいたるまでは、血を無くしていない。

墨衣からは抹香《まっこう》の香りがほのかにした。不死鬼、殺生鬼が嫌う匂いが彼を救ったのだ。

氷月も少し嫌な気持ちになり、自分が殺生鬼になりつつある、いや、既になっている証に思える……。眉が——険しくなる。わたしは大丈夫だ、惨劇を引き起した邪鬼を憎む気持ちがあるんだから、と自らに、言い聞かせた。

僧は氷月に、

「旅の途中なのです。一夜の宿を請うた直後、村が……鬼どもに襲われ……」

「どんな連中だった？　何人くらい、いた？」

「人数？　……大勢です。赤黒い覆面をかぶり、両眼は地獄の業火のようでした。弓矢に薙刀《なぎなた》、刀……ああっ」

僧は頭をかかえ、わなないている。

「苦しいの？　落ち着いて。もう、大丈夫」

氷月は僧をなぐさめ、背をさすっている。

瞬間――僧から漂う腥《なまぐさ》さが、鼻を深く刺した。

氷月の中で……何かが呻く。

赤城山で殺生鬼どもの血を啜った夜に心の――沼に、いついた奴だ。

そ奴は赤い鎌首をもたげ、舌をチロチロ出す。

――共に吸おうぞ。楽土に、参ろう。

氷月は歯を食いしばる。

……黙れっ！

――この法師、平家に関りあるかもしれぬではないか？

……平家に？

――清盛のために……祈禱《きとう》したやもしれぬ。

そんなことを言ったらもう誰でも良くなってしまう。駄目だ、と自らに、言い聞かすも、

――吸いたい……。

氷月の涼し気な細眼で、赤い妖気が滾《たぎ》る。……赤い眼光が迸《ほとばし》った。

僧が、こっちを見、

「……お前も……鬼……わぁぁぁっ！」

――絶叫している。

一気に血への渇望に満たされた氷月には僧の叫びが耳に痛い。耳が、われそうだ。

夢中で這い逃げんとする僧を後ろから捕まえた氷月は、叫ぶ口に掌《てのひら》をかぶせた。僧は手に噛みつき抗《あらが》わんとした。

氷月の目の前に、後ろ首が、ある。濃密な味わいの汁がたっぷり詰まっている気がする。刹那、氷月は狼の如き牙を剝き――僧の首に一気にかぶりついていた。

牙を食い込ませ、吸う。まちにまった水菓子《くだもの》を齧った時の美味《おい》しい汁が口腔で広がった。

潤《うるお》いの快楽《けらく》が、咽頭に、胃に、染みる。

一息つけた気がする。

が、すぐに、

……もっと欲しい……。

夢中で飲み耽《ふけ》る。狂おしい渇きが癒され恍惚《こうこつ》がふくらんだ……。

氷月に、吸われる僧は、

「なるほど……。血を……餌とするのか？」

ぞっとするほど落ち着いた声で、

「ならばこれが捨身《しゃしん》か。……よきかな。外道《げどう》、我が血で渇きを癒せ……。喜んで差し出さん。さすれば浄土へ行ける。このまま末法の世を見つづけるより……」

夢中で血吸いする氷月は話の半分も聞いていなかった。

はっとする。

僧が激しく、わなないている。快楽が戸惑いに押しやられる。

ぼんやり開いた口が、若僧の首からはなれる。

瞬間、僧は——息絶えた。重たい悔恨《かいこん》が氷月を襲い押し潰さんとしてきた。

——殺したの？　わたしが……。

氷月の手が口を押さえる。べっとりしていた。

驚いた手が——さっと、はなれた。

……嘘だっ！

拭い切れぬほど沢山の血で口を汚した氷月は狼狽《うろた》えの面差しで天を仰ぐ。

——どうしよう？　…………殺してはいけない人を殺してしまった。殺す気などなかったのに……。

同時に赤黒い蛇が囁《ささや》く。

——この僧は平家ゆかりの者であったかもしれぬ。それに、お前が手を下さずとも死んでいたのでは？

氷月をさらなる黒闇に引きずり込もうとしている。

……ああ……義経、わたしはっ……。

同時に、

——！

鋭気が、氷月の後ろ頭に迫っている。

さっと、首を、ひねる。

矢が板壁に刺さった。鏑《かぶら》の中に香を詰めた火矢で、薫煙《くんえん》を放っている。

——香矢——。

氷月の後ろ頭を狙ったのは影御先がつかう香矢。

香煙が、目に異様な痛みをあたえる。すぐ二本目の矢が氷月を襲うも、転がるように、かわす。

……影御先がわたしを……？　わたしも、影御先なのに！

裏口があることを期待した氷月は、板屋の内に飛び込んだ。

家の中でも凶行がおこなわれたようだ。腥い血臭《けつしゅう》が、漂っている。薄暗い腥さを突破した氷月は舞良戸《まいらど》を蹴倒し外に出た。

氷月が転び出たのは——空豆《そらまめ》、黄瓜《きうり》の畑である。幾日か前までつづいていた旱のせいか、どちらも、生育不十分である気がする。氷月は黄瓜の蔓《つる》や空豆の莢果《きょうか》を踏み散らして駆ける。

香矢が、後ろから、追ってくる。殺気を覚えた氷月が右にかわすと——矢はすぐ左を豪速でかすめた。

畑の先は小高くなっている。

葉をまばらにつけた木々に、昨年、枯死した蔓草が、絡みついている。茶に枯れた葛《くず》、白っぽく枯れたカラス瓜。木の姿が見えないくらいかぶさり、地表も隠されている。若き青草は目立たず、枯れた草が幅をきかせていた。

氷月は死せる蔓の大波に飛び込み、潜る。

すぐ傍を、香矢がかすめ——蔓に埋もれた倒木に、
ビーン！

突き立った。

枯れ蔓の底を泳ぐようにすすむ氷月は、追って来る影御先に、自分も昔、影御先だったと話せば許してくれるかと考えた。

——許さない。わたしなら。

強い声が胸で、こだまする。

今、影御先は、自分が僧を吸い殺す瞬間を目にした。

——只人を吸い殺すのを見られた以上……許しを請うても無駄。

だからといって戦う気もない。

……逃げる他ない。

氷月は懸命に逃げようとしたが、相手の追撃は——執拗《しつよう》だ。思い切り疾走して逃げようとしても凄まじい狙いで放たれる香矢の的にされる。立ち止ってやり過ごそうにも、当方の隠れ家を見定め、じわじわ、詰め寄ってくる。

いつしか日は西にかたむきかかっている。

氷月は、葦原の中に伏せていた。下は湿っていた。

追跡者もまた——この葦原に、いる。

葦は背が高い緑壁《りよくへき》となり氷月を隠した。葦原に住まう、ヨシキリの声を聞きつつ、氷月は、追跡者は女影御先であると思った。

——巴ではない。

山海の影御先の女闘士であろう。山海の影御先は都より西、濃尾の影御先は都より東という取り決めになっていたが、濃尾の影御先が瀕死《ひんし》の今、山海の影御先がここにいても、奇怪《きっかい》ではない。

赤い西日は、林立する葦の頭を、かっと照らしていて、葦の底では、陰が濃くなっていた。

……何処《どこ》だ？

夕風が吹く度、光と影の縞模様が、目まぐるしく変化する——。日輪が琵琶湖の西、比叡《ひえい》や比良《ひら》の山々の彼方に沈む。

葦原にきざまれた陰が濃くなる。

刹那、湖の東、大沼沢地に潜む氷月は、自分の左で、何者かが、葦原を潜行しはじめるのを、感じている。

——何処まで追ってくるの？

決してあきらめぬ相手に苛立ち出す。むろん、この苛立ち——今まで仕留めてきた鬼どもが感じていた苛立ちだろう。

直立する茎、剣状の葉を、掻き分ける。

緑壁を手で開いた氷月ははっとした――。

川が、あった。

幅は数間。

深そうだ。

徒歩《かち》渡りは出来ず、泳ぐ他、ない。

川向うでは青き夕闇に沈んだ葦原と幾本かの木が沈思黙考している。川に行く手をふさがれた氷月は……今までの影御先の動きが川に自分を追い込むためのものであった気がする。

……わたしもそうやって狩りをしてきた。殺生鬼が越えられぬ清流に追い込んだりして……。

氷月の躊躇《ためら》いは、狩人が張り巡らした糸を、ピンとふるわしたようだ。

ガサガサガサガサッ――！

――来る！

鳥が数羽、頭上を、横切る。戦う他ないと覚悟を決めた時だった。

一艘の黒っぽい苫舟《とまぶね》が、薄暗くなった小川を、氷月の左から――滑ってくる。
長い髪を後ろで一つにたばね水干《すいかん》をまとった、陰鬱な面差《おもざ》しの男が棹《さお》さしていた。
黒漆を塗った苫屋には黒帳《くろとばり》が下げられていた。
氷月は、苫舟からある気配を、感じる。
――鬼気。
血吸い鬼が漂わす妖気である。
一人の公家が、黒帳をめくり……苫屋から現れている。
細い。
白蛇を思わせる男であった。
顎は尖り、鼻は高い。赤い袍《ほう》をまとい、黒靴をはいていた。
怜悧《れいり》な右目が赤光りするも――左目は常の色のまま。
……不死鬼っ……。
日没と同時に現れた相手の鬼気から氷月は悟る。棹さす男は、殺生鬼だろう。
血を吸う公家は灰色の扇で氷月をまねく。
「――来よ」

不殺生鬼、殺生鬼は、日の光をものともせぬが、心をあやつるなど強い力をもつ不死鬼は——日輪を苦手とする。故に、この不死鬼は日が沈むまで黒い帳で遮光された苫屋におり、手下の殺生鬼は光に体をさらして棹さしていたのである。

葦原を突き破り影御先の闘気が急進する——。このままでは、影御先に殺されるか、自分が殺すかしてしまう。

氷月は、意を、決した。

舟へ跳ぶ。その背を香矢がかすめる——。

舟へ飛び込んだ氷月を、優形《やさがた》の体つきから想像も出来ぬほど強い力で色白の公家は受け止めている。

「——しゃあっ！」

水際で女影御先が叫ぶ声がし、また、香矢を射てきた。

吸血貴族は扇で軽く香矢を払い、

「——ほほ。虎杖丸《こじょうまる》、早う舟を出せ」

何の変哲もない小舟だが並の舟の倍速で川を下る。舟は、やがて、黒闇が一面にたたえられた内湖に出た。

女影御先は追跡をあきらめたようだ。血を吸う公家は、やわらかく、

「危うい処でしたな。貴女を襲ったのは、恐らく、磯禅師」

――磯禅師――。

面識は、ない。だが、かつて、畿内の影御先をたばね、今は山海の影御先の副首領をつとめるこの女傑を知らぬ影御先は、本朝におるまい。片側にだけ灯った赤い魔光で後ろをたしかめた吸血貴族、笑みを浮かべ、

「もう大丈夫のようです、氷月殿。さ、どうぞこちらへ」

名乗ってもいないのに名を呼び……苫屋にまねく。

氷月は用心深く、

「……貴方は？」

「昔男《むかしおとこ》と呼ばれています」

正体不明、神出鬼没、残虐非道、容姿端麗。

そんな枕詞がついた――悪名高い不死鬼であった。

氷月がまだ影御先なら最重要で片付けねばならぬ相手だ。

昔男は早くも氷月の心を読んだらしく灰色の扇を唇に当て、

「わたしを討っても――影御先にもどれぬのでは？」

愉快気に、打ち笑んだ。僧の血を啜る先刻の己が胸底に浮かぶ。

「昼間……人を殺められた」

氷月は眉を寄せ、うつむいている。

昔男は氷月に、

「若い……僧を。いろいろ悩まれる処もあるでしょう？　ただ、殺生鬼としてやっていくのも……むずかしいでしょうな。貴女は今まで影御先だったゆえ。――恨む者も多いということ」

「………」

「ご相談に乗りたいと思うのです。ゆるりと、話しながら。さ、どうぞ」

逆らい難い気持ちにさせる声色であった。

氷月は昔男に言われるがまま……苫屋に入ってしまう。

暗く密閉された苫屋には棺が一つ置かれていた。消し様が無い血臭が漂ってくる。その臭いを心地よく思う、己がいた。

＊

翌々日。

霧が山肌を這っている。草が一面にそよいでいる。

あやめとノアザミが咲き乱れ、大蓬が茂り、所々にススキと灌木が立つ。

ここ伊吹山は、艾《もぐさ》の産地である。

山に生えている蓬を摘《つ》み、唐竿で叩き、臼でついたりする。それをよく手揉みしたものが艾だ。この山には大蓬がよく生え、艾作りは近郷の百姓たちの副業となっている。

磯禅師は蓬摘みの翁《おきな》から白猪、さらに白鹿を見たという——話を聞いた。

……やはり龍気が出ておる。安倍家の話は真だった。

岩に腰かけた磯禅師は、山上に寝そべる厳かな雲気を仰ぐ。

人ならざる存在《もの》の世界を想起させる雲気であった。

——醸すべし……神変鬼毒酒。

四種の霊宝の一つである彼の霊酒を得るまたとない好機である。

ふと、地獄が如き一昨日の村を思い出し、かんばせが曇る。

——あの里にいた娘殺生鬼。あの者の仲間が、殺戮を？　鋸の如き刃をつかった惨《むご》たらしき痕が……あった。例の凶徒と見て間違いあるまい。

近江入りした理由の一つは、龍気の話の真偽をたしかめる、これが、一つ。いま一つは南近江から伊賀にかけて荒らしまわる殺生鬼の徒党である。一昨日見た死の村は間違いなく磯禅師が追う凶徒に荒らされたと見てよい。

……娘鬼を庇った、水上の鬼、あれは……昔男でないか？　あの男の姿は昔男にまつわるいろいろな噂と一致する。ならば……？

昨日は一日、娘殺生鬼と昔男を、追っていた。

だが見つからず、遂にあきらめた磯禅師は、北東近江、伊吹山に入った。

瓢《ひさご》を口にはこび水を飲もうとした時、

「——————」

かすかな気配が、山を降りて行く。禅師から少しはなれた所を猛速で。

眉宇《びう》を曇らせた磯禅師は岩陰に隠れ気配を断つ。何者かは——霧の帳の向うを、駆け下っている。そ奴が少し遠ざかった頃、腰を上げた。気配を断った磯禅師は音を立てぬよう用心して、走る。

ススキからススキに身を隠し、かすかな気を、追う。

やや距離を詰めた禅師は――、

――鬼気っ！

涼やかな双眸が、赤光りする。自らが鬼気を漂わさぬよう、心中を鎮め、気の奔出《ほんしゅつ》を抑える。

……娘殺生鬼《おまえ》か？　今日は、逃がさぬ。

霧深き萱原を駆け下る磯禅師。体は、伊吹山にあるが、心は此処にない。

――一昨日の村にあった。

首を斬られた童子や、幾ヶ所も嚙まれていた童女、鋸状の凶刃できざまれた遺体が、胸を抉《えぐ》った。

急斜面を駆け下りつつ、

――見ずにすませられるのなら、すませたい。戦わずにすませられるなら、すませたい。だが……見てしまう。見れば、許せぬ。許せぬゆえ、戦わざるを得ぬ。お前らが……どれほど強くてもな。それが、我ら。――影御先なのだっ。

前を駆けているのは一昨日の娘鬼ではなかった。

――法体《ほってい》の男である。

どちらにせよ敵だと考えた磯禅師は、尾行をつづけている。

僧形の鬼は伊吹山麓、人気のない林につくられた、さる古寺に、入った。

杉林に潜んだ磯禅師は山門に近づいて——電撃に脳《なずき》を貫かれた。

ぞわ、ぞわ、する。

……ここはっ、何じゃ——。

体じゅうから、汗が噴き出る。

とてつもない鬼気が境内に渦巻いている。一鬼や、二鬼の、気配《それ》ではなかった。陰気な山門をくぐった先は、不死鬼殺生鬼の宮殿ではないか。国ではないか。それくらい大軍が、潜んでいる気がした。

額《がく》を睨む。

——伊吹山淡海寺《たんかいじ》、とあった。

日が暮れかかっていた。

第三章　淡海寺《たんかいじ》

美男美女の生首《なまくび》の如き髑髏《どくろ》本尊が四つ、燈明《とうみょう》で照らされている。怪しい呪《しゅ》をほどこした骸骨《がいこつ》の上に漆《うるし》を塗り、人工肉とし、生首に見せかけたものである。

真言立川流が崇《あが》めるおぞましき本尊だ。妖美なる荼枳尼天《だきにてん》を描いた軸《じく》も、下がっている。

反魂香《はんごんこう》が黒い香炉で焚《た》かれ、水の代りに血、果物の代りに、何の肉か判然としない、やけに大ぶりで赤々とした、生肉が供えられている。

反魂香を好む西光《さいこう》だが……今日の匂いは、些《いささ》か濃すぎる気が、した。

隣に座す庭梅も同感であるようだ。小さな鼻を、ひくひくさせている。

無理もない。

堂内のいたる所に、闇に血が飛び散った意匠——黒漆に朱漆を散らしたもの——の香炉が据えられ、夥《おびただ》しい反魂香が、焚かれていた。

餓鬼の腐臭を消すためだ。

床下の闇に、数知れぬ餓鬼が、控えている。薄暗い堂内、揺らめく灯火に照らされた禍々《まがまが》しき祭壇に、僧衣をまとった羅刹《らせつ》女が、相対している。

黒滝の尼。

冥闇《めいあん》ノ結《ゆい》の創設者で、事実上の総帥でもある。

黒滝の尼の求めにより、後ろに座る西光が……頭という形になっているが、西光自身も自らが神輿《みこし》であると承知していたし、この結の多くの邪鬼が西光でなく黒滝の尼に鉄の忠誠を誓っている。冥闇ノ結に入って少しすれば、西光でなく、黒滝こそ総帥ということは、知れるのである。なのに何か思案があって……妖尼は決して、首領を名乗らぬ。裏からあやつることを好む。

西光は、本尊に相対す黒衣の魔女に、

「影御先の強襲により、大変な怪我をされたとか……。加減はどうか、黒滝の尼公」

振り向いた黒滝の尼、穏やかに、

「坂東からもどる途中、啜《すす》りし王血、伊吹山より噴き出す龍気により良くはなっています……」

影御先の至宝により黒滝の尼は深手を負った。だが、今、ひどかった火傷は癒えかけ、媼《おうな》のようになった肌は初老の女のそれにまでもち直していた。目元に小皺が目立つが妖しい色気も香る。
黒滝の尼、冷たい笑みを浮かべ、
「いま少しで、元の有様にもどるかと思います。西光殿」
同瞬間、西光の胸で――、
《何をしておる！　王血は如何《いかが》した》
火山噴火の如き剣幕が轟いている。
口で言うことと心で言うことが、全く違うのだ……。

数日前――。西光の寝所に、蝙蝠《こうもり》が一匹、入った。蝙蝠は黒滝の尼の声を西光の胸にとどけた。黒滝の尼は、一度あやつった禽獣《きんじゅう》を、どれだけはなれていても、意のままに動かす。また、その禽獣を通して、近くにいる人に語りかけたり、その者の心をあやつったりする。
蝙蝠から、西光に、
《上州で影御先めの奇襲を受け、傷を負うた。癒すには――王血が要る。重盛に匿《かくま》われている王血者を攫《さら》い、伊吹山淡海寺《たんかいじ》に、とどけよ。濃尾の影御先・八幡と

申す者こそ前左馬頭・義朝が落としだねで、鞍馬山を出奔《しゅっぽん》した遮那王と申す者。この遮那王の母、常盤を殺せ》

二つの厳命が、つたえられた。

西光は常盤の始末を時久、庭梅にまかせた。庭梅と仲間たちは、洛中を荒らしまわっている折、冥闇ノ結と出会い、所属を願い出ていたわけである。

もう一つ、平重盛が匿っている王血者の、略取。

この命令、実にむずかしいと西光は思った。

何故なら重盛は影御先と親しい。邪鬼との戦い方を知り抜いている。知勇兼備、当代一流の武人でもある。

――重盛に庇護《ひご》された者に、手を出し、しくじったら？　我が手下が重盛に捕らわれたら？

……危うい。

斯様《かよう》な判断から西光は重盛に庇護された王血者に手を出さず、都の近くで、新たに王血者を見つけようとしたが……なかなか上手くいかなかった。

せめて庭梅たちは常盤を仕留めてくると思っていたら……こちらも、しくじったという。

期日までに二つの下知を果たせなかった西光は、報告をせざるを得ず、血酒だけ土産《みやげ》に、取りあえず近江まで来たのだった。

かすかに緊張した西光、歩み寄る黒滝の尼に、

「極上の血酒を土産にもって参ったゆえ……」

「……ほう……？」

細く赤い目で西光を睨んだ黒滝の尼は、微笑みながら心の声を殴り込ませてくる。

《吾がのぞんだのは血酒に非ず。王血ぞ！　王血は如何した？　西光！　役立たずめ》

「西光殿。お顔の色が……優れぬようですね？」

気遣うような素振りを見せた妖尼は西光の顎に手でふれ、

《――常盤の首は？》

「…………」

《……それも、しくじったか？》

――これなる庭梅に訊いてくれ。影御先《し》が……。

《影御先など言い訳にならぬわ！　痴れ者め！》

胸の中では物凄い剣幕で怒鳴りながら相好《そうごう》は穏やかなままだった――。

庭梅が吹き出す。

黒滝の尼が、庭梅を見る。髪がみじかい魔少女はやんわり会釈して、

「黒滝の尼様。お噂はかねがね伺っております。庭梅と申します。以後……お見知り置きを」

妖尼は、猫撫で声で、

「そなたの噂は吾もよう聞いておる。都で、だいぶ派手に暴れたとか」

庭梅の艶やかな睫《まつ》毛《げ》が伏せがちになる。

「……いいえ。それほどでは」

「たのもしい味方がふえ、喜ばしい限りぞ」

妖しい果汁《しる》が滴《したた》りそうな面持ちで笑むと、

「庭梅。共に心行くまで啜り――栄えよう。京における我らが敵を掃滅《そうめつ》し手柄を立てよ」

「はい」

西光を睨んだ魔の尼は心の声で冷たく告げた。

《下がれ》

口では、穏やかに、

「蛭王《ひるおう》。西光殿がお帰りになります」

「……ははっ、ご案内いたしまする」

西光の斜め後ろに控えていた妖尼の側近が、腰を上げている。

矮小《わいしょう》な僧である。赤黒い僧衣をまとい、面は真っ白に厚化粧していた。双眸の周りはどす黒い陰影がきざまれていた。蛭王は嘲笑《あざわら》うように黄ばんだ牙を剥き、

「……西光様、こちらへ」

西光は——憤然とした様子で、動かぬ。逞《たくま》しい悪僧は険しい眼色で黒滝の尼を反抗的に見据えていた。

「諸国衆《しょこくしゅう》への下知がまだ……」

西光、庭梅の後ろには——不穏な僧俗が複数、控えていた。

諸国衆——諸州にちらばる冥闇ノ結の者どもだ。

猛烈なインパクトの、男女であった。

岩を思わせるごつごつした、筋肉が積み重なり、そのごつい体の上で、いつもにこにこ笑っている身の丈、七尺（約二一〇センチ）ほどの大入道。

面貌に幾重もの刀傷が走る角張った相好の毛むくじゃらな武士。

尼の姿をしているが、濃密なる遊び女の艶を漂わせ、なまめかしい乳を墨衣からのぞかせている女。

そんな一癖も二癖もある者どもは、総じて赤色眼光を迸《ほとばし》らせ、悪獣を思わせる牙を剝いている。諸国衆への下知は総帥、西光の仕事である。

黒滝の尼、蕩《とろ》けるような笑みを浮かべ、

「仙洞《せんとう》御所の方も西光殿がおられぬと諸事滞《とどこお》りましょう？」

仙洞御所――院の御所である。

「この者どもへの下知は、黒滝が、代行しますゆえ、さ……そろそろ」

蛭王が険のある声で、

「――西光殿？」

西光は苛立ちを露わに庭梅をともない退出する――。去り際、庭梅は、黒滝の尼の方をちらりと顧《かえり》み、如才《じょさい》なく会釈《えしゃく》した。西光は全く、振り返らなかった。

諸国衆は一応、西光に会釈してゆく。

西光は出口に近い所で若い只人《ただびと》を一人見かける。

唐輪《からわ》に結い、丸眉、冷ややかな細眼の青年武士だ。甘い顔貌をしていた。

ちなみにこの唐輪、この頃の武家の若者が結ったもので、ずっと後の世に出雲《いづも》の阿国《おくに》がはじめて、遊女たちにはやった唐輪とは、少し違う。

色白の優男だが――隙は無い。見かけによらず武勇に秀でるのだろう。

首と手首に数ヶ所咬傷《こうしょう》があった。若いのに、双眼は、どんよりしている。

――黒滝に血吸いされ、正気をうしなった若侍か……。

西光は、眉を顰《ひそ》めている。

蛭王が戸を開ける。

月が無い、夜だった。

釣灯籠《つりどうろう》の明りが広縁《ひろえん》を照らしている。

怪しく逞しい男たちが、上半身を夜風に晒《さら》し、腕組みしてたむろっていた。

その男ども――淡海寺の寺男たちは、蛭王の僧衣と同色、赤黒い袴をはき、赤黒い覆面で顔を隠していた。露わになった上半身ではごつごつした筋肉が激しく盛り上がっていた。いずれも赤い眼火を燃やし、消し様がない血腥《ちなまぐさ》さを漂わせていた。うち二名の覆面男が、西光、庭梅を、横からさっとはさむ。

蛭王が先に立つ。

西光たちは、輿《こし》が控えている所に、案内《あない》されている。

輿に乗るや、

「それでは、これにて」

嫌味なほど慇懃《いんぎん》に会釈した蛭王は引きあげて行った。

輿に揺られる、西光は、

「わかったであろう？」

わしは所詮《しょせん》飾りよ、というふうに、庭梅に肩をすくめる。

――だが……今に見ておれ！

どす黒い野心が胸でふくらんだ。庭梅は、赤眼を細め、西光を興味深そうに眺めていた。表皮を貫き、内に突きすすんでくるような目で。

……わしの心を？　まさか。こやつは殺生鬼。心を読むことは……。

「不死鬼でなくても、心を読める時って、あるわ」

魔少女は囁いた。牙を見せながら。

西光は険しい形相で黙る。

暗い輿の中だが――二人はおのおの赤い眼光を灯しており、互いをみとめ得る。

庭梅の青白い指がぷりっとした唇に当てられた。指は唇を左に右になぞりながらゆるりと動く。その指が、西光が放つ赤い点光に照らされている。

庭梅は御簾《みす》をすっと動かし外を眺め、

「ずいぶん……血腥い者どもね」

蛭王たちのことを、言ったのだ。

「近江や伊賀における度を越した凶行はあの者どもの手に因《よ》る。……黒滝の尼公が、新規に召し抱えた者どもよ」

苦い声でおしえる西光だった。

「あれだけ、派手に動けば……影御先が黙っておらぬ。衰えたとはいえ奴らはまだ侮れん。愚かな」

庭梅は御簾を直し、

「……ふうん……」

また、西光を眺めた庭梅は、黒滝の尼と西光の間に裂けた谷を楽しむかのような面差しだった。

蛭王がもどると黒滝の尼はちょうど諸国衆をたばねる立場にある不死鬼どもに、

「終らぬ夜を生きる我が友どもよ」

……あの立場に、不死鬼になりたいものよ。

殺生鬼・蛭王の赤色眼光が強まる。

「影御先どもがせっせとあつめてくれた王血を、根こそぎ奪い取れ。力を取りもどすためには王血が要る」

一斉に首を縦《たて》に振った諸国衆に黒滝の尼は、

「薫物《たきもの》結界は、只人を上手くつかって、突き破るのじゃ」

赤城山で多くの手先をうしなった妖尼だが、西国を中心に、手下は多くのこっている。

「王血の者を伊吹山に攫《さら》えば、影御先どももまた、力を取りもどした吾の前に現れる」

ぞっとするほど冷えた声で、

「その時こそ――影御先なる存在《もの》をこの地上から消す好機ぞ。者ども――行けい！」

下知を受けた邪鬼どもが退出する。

暗い堂内に、黒滝の尼と蛭王、虚《うつ》ろな目をした若者だけになる。

蛭王が、

「お帰りになられました」

「……うむ」

蛭王は、黒ずんだ床に腰を下ろし、

「あの者……このまま泳がせておいて、良いのでしょうか？」

黒滝の尼は若干《じやつかん》首をかしげている。心が読めるのに……わざととぼけたのだ。

前のめり気味に、蛭王は、

「西光のことにございますよ」

「……ああ」

「あ奴、何を企んでおるか、知れませぬ。黒滝様に害意をいだいておるように見受けられますが」

黒滝の尼の針の如く細い瞳は蛭王を見ていない。目に生気のない只人の若武者を眺めていた。

妖尼の指が、ひょいと動き、彼をまねいた。

見えない糸が若者を引き腰が浮く。美形の若武者は薄笑いを浮かべ黒滝の尼の方に歩く。黒滝の尼に近づくにつれ……若武者の両眼で、得体の知れぬ活力の光芒が滾《たぎ》り出す。この若侍の中には、自分と黒滝の尼しか無く、唯一、黒滝の尼との関りによって、生気を得られるのかもしれない。

妖尼は、別人のように目を爛々《らんらん》とさせた若武者を見たまま、

「吾が、何も考えずに泳がせておると？　あの男、まだ、利用《つか》える」

「………」

若武者が黒滝の尼の前で静止する。

妖しく白い手が若い顎にふれた。

「定益《さだます》や……。諸国衆が王血を、吾にとどけるまで——」

定益と呼ばれた若者は黒滝の尼の指を、舐《ねぶ》り出す。自らの唇を舐《な》めた黒滝の尼は、

「そなたの美味なる王血のみが、頼みの綱じゃ」

定益は黒滝の尼を冷ややかに見詰めながら、その指を甘噛みした。

で、口を、はなす。あっと小さく呻《うめ》いた黒滝の尼に、

「ありがたき幸せにございます」

笑みながら、言った。

王血——病や傷を癒し、黒滝の尼の快復にもはたらき、殺生鬼を不死鬼に変

え、神変鬼毒酒《じんぺんきどくしゅ》を醸《かも》すにも必要とされる血。この王血が……定益なる若侍の体にも、循環しているようだ。

黒滝の尼の白い手が定益の首の傷を愛《いと》おしむようにさすっている。

「いつか吾を支配出来ると思うておるのか……？　愚かな子よ」

「思うておりませぬ」

頭を振る定益に、不死の女怪は、

「お前の心など手に取るようにわかると申しておろう？　いい加減、学べ。だが……それくらい小賢《こざか》しきことを思うておるから、そなたの血は美味なのかもしれぬ。今宵も少し……」

定益は穴が開くほど妖尼を凝視しながら、

「——喜んで」

血を吸う尼は、只人の美男を、閨《ねや》に誘《いざな》う。

その背を睨みつけた蛭王の面貌で、炎が燃えていた。愛欲と恨みがまじった炎が。

黒滝の尼、つと立ち止り、ひざまずいた蛭王を、顧みる。赤い細眼を、さらに細め、

《さらなる寵《ちょう》を得たいなら、もそっとはたらけ》
心に声を吹き込んでくる。
《先ほど申したように——凶徒どもは、必ず参る》
「…………」
《影御先のことじゃ。影御先を一人のこらず滅ぼせば……さらなる寵に、二、三歩近づけると思え》
一歩ではない、二、三歩という微妙な言葉が……蛭王を喜ばす。蛭王は真っ白く化粧した額《ひたい》を黒ずんだ床にこすりつけるようにして平伏した——。
《……義経は、直々に血吸いしたい気もするが……》
黒滝の尼は淫祠《いんし》を出て、定益をつれ、さらなる淫らさに向かう。
蛭王は一人、だだっ広い闇の神廟《しんびょう》に取りのこされている。
内陣を見れば、髑髏本尊の奥、仄《ほの》明りに照らされて——一幅《ぷく》の曼陀羅《まんだら》が下がっていた。
曼陀羅の語源はサンスクリット語の「円」をあらわす語だ。円形の外法《げほう》曼陀羅の真ん中に、妖狐に乗った美しい女仏が描かれていた。
色白で豊かな体で腰布と宝飾だけをつけ、煌《きら》びやかな冠をかぶっていた。

茶枳尼天《だきにてん》である。

──黒滝の尼に、似ている。

円の中心に座す茶枳尼天を守るように、鬼が四体配されていた。

三眼をもち、猛悪な形相で咆える赤鬼と青鬼。

黒い鬼。黒龍の頭をもち、火を吹き、髑髏の首飾りをつけている。

白い鬼。白猪の頭をもち、太い牙を剝き、双眼を血走らせている。

鬼どもはそれぞれ裸の美男美女を踏みつけていた。

蛭王は、禍々しく淫らな怪奇絵に一歩、寄る。蛭王の視線は、ねっとりした気品をまとう、半裸の茶枳尼天に──つなぎ止められていた。

先ほどの言葉を思い出す。

……さらなる寵に、二、三歩近づけると思え。

茶枳尼天のなまめかしい首、指が埋もれるほどやわらかげな白肌の曲線、乳首を隠すように止った銀色の蛾《が》、臍《へそ》から下がった瑪瑙《めのう》を、血眼で凝視する蛭王は、放心したように呻く。

「……あい、わかりました」

同日夜――。霧が漂う伊吹山中で、美僧が一人、心臓に杭打たれて斃れていた。傍らに女が一人立っている。

由々しげな面差しで、

「黒滝の尼が……伊吹山におるのか」

――磯禅師であった。

＊

夕日が織りなす眩《まばゆ》い帯が、諏訪湖にかかっていて、西の山々は紫色に霞んでいた。

湖畔の松林に立つ案山子《かかし》の胸に、今、杭が突き込まれた。

「三郎《さぶろう》、そんなへっぴり腰じゃ駄目っ。もっと、しっかり腰を据えろよ！」

巴から厳しい叱責《しっせき》が、飛ぶ。

巴や三郎は、少し前、戸隠山の常在《じょうざい》が大切に守ってきた秘宝――豊明《とよあけ》の大鏡を諏訪社まで、はこんだ。戸隠の隠れ里が敵に知られた今、邪鬼を狩る秘宝を何処かに隠す必要があった。

正式な隠し場所が決まるまでは、木曾義仲《きそよしなか》、今井兼平《いまいかねひら》ら、精強な信濃武士が守る諏訪の地に、これを保管しようと考えたのである。義仲たち信濃衆と巴には邪鬼との闘いによって強い絆が生れていた。


三郎が大きなかけ声と共に杭を案山子に突き込む。

義経の従者で、新米影御先たる三郎、こと伊勢《いせ》三郎義盛《よしもり》は、

「どう、巴姐《ねえ》さん」

「巴姐さんじゃないよ……お前」

「どうですか？　お頭」

濃尾の影御先の新首領である巴は、

「やっぱり、腰が駄目」

「ちえっ……また、腰かっ」

悔し気に小石を蹴った三郎に、巴は、

「木曾冠者《かじゃ》や今井殿の杭打ちの姿、思い出してごらん」

新首領を引き受けた巴だが――濃尾の影御先は黒滝の尼との闘いで、滅びの淵

まで追い込まれている。巴としては、急遽、人員をふやすか、邪鬼との戦い方を知り、いざという時、影御先に助太刀してくれる協力者の種を、諸国に蒔《ま》く他なかった。その協力者として巴が真っ先に白羽の矢を立てたのが、木曾冠者義仲や今井兼平が率いる信濃武士であった。

今、諏訪に腰を据えた巴は、義仲、兼平、金刺盛澄《かなさしもりずみ》らに、邪鬼との戦い方をおしえつつ、義経、氷月から知らせをまっていた。

「腰の入り方が全然違うんだよ。まあ、木曾冠者は元々剛の者だから、仕方ないにしてもさ」

義仲の話をする時、巴は何故か嬉し気だ。

「あのお頭……一つ、訊《き》いても？」

三郎は……にやにやしていた。

「何だ？」

巴は威儀を正して言う。

「お頭は、木曾冠者様のことが、好きなんですか？」

「………」

巴の口があんぐりと開き、目が泳ぐ。

巴の頬が焼石のように熱くなった。

「うん、うん、わかります。大好きなんですね？」

髪を逆立てた巴は——凶暴な野犬の形相になるや、一気に三郎に飛びかかり、突き飛ばしている。

三郎にのしかかった巴は、横腹をくすぐりながら、

「お前は、何を、ませたことをっ」

「ませたって、おいら、もう元服しているし……」

「お前の元服なんて形だけのものだよ。お前くらいの子供は、元服なんかしてないんだ」

巴は三郎の両頬を大きくつねって、

「どの口が言った？　なあ、どの口だ」

「痛《いて》えっ、あ……誰か、来る」

耳を澄ます仕草をする三郎だった。

「胡麻化《ごまか》そうたってな……」

「いや、本当だよ」

三郎があまりに言うので巴も薄暗くなりつつある松林の奥に目を凝らす。

――邪鬼か？

一気に面差しを厳しくした巴が三郎からはなれ、懐中の大金串に手をのばそうとした時、目と耳の感覚に優れる三郎は、ぱっと跳ね起き、

「ご主君！」

駆け出した。

巴も、三郎を、追う。

松林を物詣での者に身をやつして、ふらふら歩いてきたのは、痩せ細った義経であった――。

三郎は義経の胸に飛び込み、巴も顔を輝かす。

「おお……八幡っ」

巴が言った瞬間、義経は大きくよろめいている。三郎と一緒に義経をささえた巴は、

「お前……飲まず食わずで上州から……？」

青褪《あおざ》めた義経は小さく首肯し、

「東の影御先は――黒滝一党のため、滅びました」

「――――」

衝撃が、巴を、ぶちのめす。

「何だって……」

「氷月が殺生鬼になり、都に……。小角聖香《しょうかくしょうこう》、豊明の小鏡は、ここにあります」

義経の手が胸を押さえる。

「お頭……わたしは急ぎ上洛しようと……黒滝がまだ……」

「上洛なんてお前、馬鹿なことを。いいから、休め」

巴の言葉の途中で義経は倒れた――。

面貌を張り裂けんばかりに歪めた三郎は、

「ああ……ご主君！　ご主……」

「死んでないよ！　生きている。気絶しただけ。三郎、こいつを、はこぶぞ！」

第四章　上洛

五月二十七日。

後白河院《ごしらかわいん》は――これより百日間、洛中の飢民《きみん》たちに、米三十石をくばるとお触れを出している。法皇が住まう法住寺殿《ほうじゅうじどの》にはこの日、米をもとめる民の波が、どっと押し寄せた。

その、人の洪水が狂奔《きょうほん》する都に、義経と三郎は、入った。


あの後――義経は、巴の宿で息を吹き返し、上州に入ってからの戦いを物語った。そして、

『氷月を……何としても、止めねば……。さらに、都におる家族に、黒滝の魔手が伸びつつあります。お頭、上洛をお許し下さい』

病床から、半身を起し、強く主張した。じっと黙していた巴は、

『都は、あんたの仇、平家一門が治める地。だけど……止めたって行くんだろ？その目は』

肩をポンと叩《たた》き、

『行ってきな。ただ、二、三日、諏訪で静養し、英気をやしなってから、出立《しゅったつ》しろ。これは必ず、そうしろ』

『……はい……』

『ちょうど、あたしも、東に起きたことを、西につたえなきゃいけないと思っていた。海尊《かいそん》を走らせたけど』

戸隠山の出来事、豊明の大鏡が諏訪に入ったことを伝える使いだ。

『赤城で起きたことも、向うに知らせなきゃね。その使いをあんたと三郎にやってほしい』

こう命じた巴は、

『上洛したら、無謀な動き、当てもない動きをしたら駄目だよ。ご母堂《ぼどう》が無事かたしかめるにも、氷月をさがすにも。……あっちにいる仲間の手を、かりるんだ』

はやる気持ちを見抜いた巴は六波羅《ろくはら》に義経が捕らわれることを、心から案じているようだった……。

藺笠《いがさ》を深くかぶり、面を隠した義経は、大きく、潤みをおびた瞳で、埃《ほこり》舞い上がる雑踏を見まわす。平家一門が支配する都の入口を睨む。

――一年ぶりか。

粟田口《あわたぐち》。

京が東に開けた玄関で剣《つるぎ》の町だ。ここは、三条小鍛冶宗近《こかじむねちか》など名立たる名工が活躍してきた。

まずは、一条大路の館に住む母の安否をたしかめたい。

多くの刀工や刀売りが暮す一角で、風除《よ》けの天然木を乗せた板屋が並び、見世棚には大小の刀がずらりと置いてある。

「おいら、あの刀っかえるかなあ」

三郎の言動には、まだ幼さが、香る。

「我らは雑傜《ぞうよう》で上洛する信濃の農夫ぞ」

菅筵《すがむしろ》で太刀をつつんだ義経がたしなめると、少々いじけて、

「……はい」

義経は笠の下から油断なく辺りを窺う。

――目立ってはいけない。

精悍な顔貌を伏せがちにし、三郎に耳打ちしている。

「一廉《ひとかど》の武者に見られたいのは、わかる。だが、真の武人《もののふ》は必要な時には、耐え忍ぶ者なのだぞ」

「わかってらい」

刀屋がつらなっているから侍が多い。

――平家の家人が、うようよおろう。

白川《しらかわ》をすぎると町の賑わいはます。

義経の前方、路上で、黄色い水干をまとった傀儡《くぐつ》の翁《おきな》が輪鼓《りゅうご》をまわしている。

傀儡とは芸を見せながら諸国をさすらう人々で、輪鼓はディアボロである。

その翁のすぐ傍、桃色の衣を着た娘が、媼《おうな》と話しながら、東海道上にちらばった牛馬糞を手際よく片付けていた。媼は道端に桶を据え洗濯している。

と、行く手から、一陣の闘気が、風に乗ってきた。

……む。

「おおっ……」

「あれ」

どよめきが行く手で起る。三郎も、はっとする。

前で人が、われる。旅人、出家、立ち話していた者どもが、どっと道の左右に駆けて行く。

——何か、来る。

川で遊んでいた雑魚《ざこ》どもを蹴散らし……大口を開けた悪食《あくじき》の猛魚が、凄《すご》い勢いで泳いで来るようだ。

義経、三郎は、群衆にまぎれ、道端に寄る。

砂埃舞う行く手に目を凝らす。

——来た。

それは、赤い少年たちだった。赤い美服をまとった、義経より少し年下、三郎より年上、幼さが顔にのこるが、体格的には大人にひとしい、左様《さよう》な少年が三十人ほど、斧《おの》や木刀、金棒、六尺棒、鶴嘴《つるはし》に縄などをもって、砂埃蹴立てて、突進して来る。

——赤い禿《かぶろ》っ。六波羅の狗《いぬ》か！

義経は、唇を嚙んでいる。三郎が表情で、

——もう気付いたんでしょうか！

……それはあるまい。狼狽《うろた》えるなっ。

目で、つたえた。

「止れっ！」

義経のすぐ傍で赤い一団の誰かが叫び、少年たちはぴたりと静止した。

さっきまで賑わっていた東海道を静けさが統《す》べていた。

連中は義経ではなく、媼が洗濯していた家を、じっと睨んでいる。禿どもが、着ている直垂《ひたたれ》は上質。皺《しわ》一つ、ない。

藍《あい》染めの暖簾《のれん》の隙間から、緊迫する街道に、小さき人が現れた。

――素裸の赤子。

家から這《は》い出た赤子は無心に笑いながら媼に寄ろうとしている。

桃色の小袖を着た娘が我に返り、赤子を抱き上げ、家に、逃げ込んだ。

呆然としていた媼は、赤い少年たちに、

「この家の者が……何か、したでしょうか？」

桃色の娘が、暖簾から手を出し、媼を引き入れんとするが、動かぬ。自分がここを動くことで、この家が、危うくなる、とでも思っているようだ。

と、西、すなわち赤い一団が来た方から、ゆったりした足取りで一人の禿が歩いてきた。

武器はもたず、やさしげな花を数輪、手にしていた……。

雪の下。楚腰《そよう》の美人を思わせる白花だ。

ザクッ、ザクッ、ザクッ……。

面妖な高下駄をはいている。歩く度に、硬い音がする。

――鉄製の下駄だ。

赤直垂をまとい、身の丈、五尺八寸（約一七四センチ）。当時としては、長身である。長い髪を後ろで一つにたばねていた。色白で面長、瘦せているが逞《たくま》しい。

花に鉄下駄の少年は、首領であるらしい。

この男が現れると――都人に、恐怖が走っている。

赤い禿が一人、鉄下駄の頭に近づき、何事か囁《ささや》いた。

若き首領は、雪の下の匂いを嗅ぎつつ、

「ああ、この家」

それを聞いた手下は、

「――やれっ！」

大喝した。

「さあ、壊せ！」

赤い暴力の波が紺《こん》の暖簾を垂らした家に殺到する――。

三郎が行きましょうと手を引くも、義経は、動かない。媼が引き倒され洗濯物が踏みにじられる。濡れ衣が踏まれる。

物々しい道具をもった禿どもが、暖簾を揺らし、家の中に押し入った。

女の叫び、赤子の泣き声が、ひびいている。板壁にも、外から、鶴嘴、斧が振るわれた。

家の破壊を泣きながら止めようとした媼が殴り飛ばされる。

鉄下駄の禿は、己《おのれ》が命じた惨事を――退屈したような顔で眺めている。

義経は、歯ぎしりを、していた。

藺笠の下で怒りがふくらんでいる。

殴られている老女を、助けたい。媼を笑いながら棒で打ち据えている、赤い禿を懲《こ》らしめたい。それを命じたにもかかわらず、己はくわわらず、全てに飽いたような面差しで花を弄《もてあそ》びながら立っている鉄下駄の少年を、倒したい。

胸が焼けるほど悔しい。

が、今こ奴らと戦えば冥府に叩き落とされよう。

……まっていてくれ。都の人々よ。……耐えてくれっ。

こう思うほか、なかった。

義経や三郎と同じく他の野次馬たちも手出し出来ない。かといって、立ち去ることも出来ぬ。群衆は見たくもないのに……足が石になり、そこから、動かなくなったようだ。

しばらくして血だらけの男が雁字搦《がんじがら》めにされ引きずり出されている。

「この男、入道相国様のことを、ひどく罵《ののし》った！　逆徒との関りを吐かせるため、厳しく、取りしらべる」

鉄下駄をはいた少年は大音声《だいおんじょう》で叫んだ。と、中から、

「女も引きずり出せっ、謀反《むほん》の余類ぞ！」

男が強く反応し、

「妻は関りない！」

直後、髪を振り乱し、口から血を流し、玉の汗を浮かべ、乳房を少しこぼれさせた女が、赤い少年たちに無理やり引きずり出された。優になまめかしい女で捕らわれた男の妻女と思われる。外で、壁を壊していた禿どもが、この女に舌なめ

ずりしながら獣じみた目をそそぎ、

「——鐵《くろがね》丸《まる》殿。この女、何か知っていそうな顔をしていやがるっ」

「しらべの方は……俺らにまかせてくれませんか？」

女を舐めるような目で見ながら鐵丸というらしい鉄下駄の少年に、言った。

「や、俺らの獲物ぞ」

初めに捕まえた方が言うと、

「皆で、しらべい」

鉄下駄の少年は花の匂いを嗅ぎながら言っている。興味なさそうな言い方だ。

赤い禿は、むしゃぶりつくように、女を引っ立てる。

四人がかりで引きずってゆく。

捕らわれた男が吠えるも——棍棒が、容赦《ようしゃ》なく叩いた。

青筋をうねらせた義経が一歩前に出かかるも、三郎の小さい手が、懸命に、押さえた——。

三郎は歯嚙みして止めている。

女は、鐵丸がこの一団の頭と気づいたようだ。髪を振り回し顔を焼けるほど赤くし、半狂乱の体で、

「赤子がおりますっ！　わたしが世話しなければ……到底生きてゆけませぬ。わたしも夫も入道相国様に逆らう気など毛頭ありません！　誰かに、はめられたのです。どうか、ご慈悲を！」

と、

鐵丸は無視した。

「兄さん、義姉《ねえ》さんっ」

暖簾を揺らし、赤子をかかえた娘が、泣き顔で飛び出している。泣きわめく赤子を見た女は、

「あの子とはなさないでっ。お願いです！」

金切り声で哀願した。その訴えも、通じぬと知るや、歯を食いしばった女は物凄い力で暴れ、子供の所にもどらんとする。

「や、女郎《めろう》、腕を噛みおった！」

にきび面の禿が甲高い声で叫ぶ。体は大きいが、まだ声変りしていない少年だ。

「――何？」

――鐵丸が、聞き咎《とが》めた。場が凍りつくほど、冷えた声で、

「……血が、流れておるではないか……」

噛まれた禿の腕から薄っすら血がにじんでいた。

鐵丸が、ふわっと一瞬で、暴れる女に近づく――。

手で、ふれた。

瞬間、何か早業《はやわざ》をかけたのだろう、女の体は大きく、高く、吹っ飛ばされた――。

砂埃を立て、頭から東海道に落ちた女は、首を不自然な角度でねじまげ……動かなくなった。

「お、おのれ……よくも殺してくれたな！　……うぬらを、呪うてやるぅっ！」

妻を殺された血だらけの男は怒鳴っている。鐵丸は構わず、女の骸《むくろ》に近づくと、雪の下を一輪、ぽとりと、こぼす。

「仏前の花は供えてやろう。女、冥土《めいど》で悔《く》いるがいい！　俺たちの衣を、俺たちの血で汚すことは、許さぬ！」

野次馬に、冷たい猛気を叩きつけ、

「――うぬらも肝に銘じておけよ！」

引っ立てられる男は、鐵丸から漂う魔物じみた気に打ちのめされ、眼を剝き、汗をにじませ、口を動かすも、もはや、声が、出ぬ……。東海道に立ち尽くす都人、旅人も、同じだ。皆々魂をもぎ取られた顔で突っ立つばかり。

白昼の大道は——鮮烈な暴力により、静けさにつつまれている。

その静黙を突き破った男がいる。

「——外道っ」

義経、であった。

思わず、口走っていた——。

何てこと言うんだご主君、という目で、三郎が見てくる。

えっ、という、混乱、狼狽えが、群衆に広がり、義経の前にいた人々が左右にさーっと大きくわかれた。

人の垣根が突如門を開けた具合だ。人々は驚きや憐《あわれ》みがこびりついた顔で、義経を見てくる。同じことを思うても口に出して言う者は稀《まれ》だろう。

ずらりと立った赤い禿が、凶暴な眼光を迸《ほとばし》らせ、一斉に義経をねめつける。

鐵丸だけが例外だ。こちらに背を向け——女に供えた花を見下ろしていた。

「おい、あんた、何、ぼさっとしてる。早く逃げろ」

義経の左にいた、番匠《ばんしょう》と思しき、顎《あご》が尖《とが》った男が低く言う。烏帽子《えぼし》をかぶり曲尺《かねじゃく》を腰に差していた。

鐵丸が、殺到せんとする手下を手で制し、ゆっくり、振り返る。

わざとらしく小首をかしげ花の匂いを嗅いで、

「……気のせいかな?」

顔を青くした番匠が、再び、

「おい、逃げろ」

「今、俺に……雑言を浴びせた者がいた気がした……」

義経は、鐵丸に、

「外道を外道と言って何が悪い? もし、貴様につかわねば、外道という言葉は死ぬ! うぬが吐く言葉こそ——雑言というものよ」

鐵丸は何故か愉快気な面差しを見せている。

笠を目深にかぶった義経を見据え、鐵丸は、

「……面白い男よ……。大方、謀反の張本《ちょうほん》か、闇に隠れて動く怪しげな輩の一味であろう」

たまたまだが、かなり近い処《ところ》を突いてくるのだった……。

「一通りの責めではうぬに勿体《もったい》ない。責め三昧《ざんまい》にしてくれる」

赤い禿どもが――歓喜しながら咆哮《ほうこう》した。

「だが、一味の者はここで……」

あっ、と思った義経が、三郎に警告せんとした時だ。

鐵丸の右足が、猛速で、動く。とたんに――鉄下駄が飛び、光の矢となったそれは謀反の一味と見做《みな》された男……番匠の喉を、ズシャ、という音を立てて潰した。

鮮血が散る。

首と白い上着を真っ赤に染めた番匠は、勢いよく後ろへ飛ばされ、唐物が置かれた見世棚に突っ込んでいる。青磁や白磁の皿がわれる音がして、番匠は棚を背でこすりながら崩れ、往来や店の中から、叫び声がした。

「また罪を重ねたな！」

義経が罵《ののし》る。

相手は、ふっと笑った。

と、砂混りの風が――鐵丸の方から義経目がけて吹き、赤い禿の首領はそれに乗せて雪の下を一輪放った。

白い花が死んだ番匠の胸へ飛んで行く。

この男は、殺した者へ花を一輪供える。だから、こ奴が花をもって現れると
……都人は恐怖する。

赤衣の下、左足が、激動する。

――来るっ。

鉄下駄。

義経の下腹を狙う軌道で猛速で迫る。

義経は、大きく跳んで、かわす。

足の真下を殺気が飛び、唐物屋の棚の下、板部に、派手な穴を開け、めり込んだ。

着地する義経。右手は、筵で隠した刀をにぎっているから、左手を、さっと後ろへ伸ばす。見世棚にあった白磁の壺を摑むや鐵丸へ投げている。

――！

相手は、ひょいと、壺をよけた。

鐵丸の向うにいた、赤い禿の顔に壺はぶつかり、粉々に砕けた。

白い欠片《かけら》に混じって悲鳴が飛び散る。

「逃げる」

三郎に告げた義経、素早く唐物屋の中に入る。三郎もつづく。笠を目深《まぶか》にかぶった二人は唐物屋の居住空間を横切り、裏口の遣戸《やりど》を蹴破り――向う側に出た。

都会の中の小さな共有地が開けた。

李《すもも》が赤や黄に、実を熟れさせている。蔓菜《つるな》や三つ葉の畑が、ある。店や小家にかこまれたちょっとした空き地が菜園になっている。菜園の先には、竹竿をつかって、洗濯物が干されていた。

義経主従は――蔓菜を踏み、洗濯物を払いのけて、走る。

後ろで夥しい足音と罵声が、する。

赤い禿どもだ。

さすがに鞍馬の遮那王とは気づかれていまいが……捕まれば――。

何としても逃げねばならぬ。

行く手に、小家が、あった。

裏口らしき網代戸《あじろど》を蹴飛ばして開ける――。

中に入ると、蒲葵扇《あじまさ》を振りながら、李を食っている、烏帽子をかぶった、諸肌脱ぎの男がおり、傍らで小さな女の子が李の皮剝きをしていた。粗末な筵《むしろ》に座った女が赤子に乳をあたえていて、壁際には胡《やな》ぐい。幾本も矢が立っていた。

——侍の貧乏所帯だ。

「家を、間違った。失礼する！」

明るく声をかけた義経は、茫然とする一家団欒《だんらん》を貫《つらぬ》き、この家の表へ向かう。

暖簾に手をかけた時、

「おおいっ！　そこの者！」

武士の声が追いかけてくる。

義経主従は、さっと外に出ている。

同時に武士の家に夥しい足音が踏み込んでいる。

細くじめじめした通りに出た義経たち。小家や棟割《むねわり》長屋が、密に立っていた。

今、義経は「河東《かとう》」と呼ばれる地区にいる。

鴨川《かもがわ》の東の新市街だ。鴨川の西が、旧市街・洛中である。

義経は目前にあった竹の編戸を突き破り三郎と共に中に押し入る。

「キャーッ」

叫びが、ひびく。

昼間から戯《たわむ》れていたのか、裸の男女が目を真ん丸にして驚き、夜衾《よぶすま》をかぶり、壁に背中をくっつけて、茫然と義経たちを見ていた。

「失礼した！」

声をかけた義経は颯爽《さっそう》と裏口に行き、ぼろぼろの戸を蹴破って、外に出る。

またも、薄暗く、狭い街路に出た——。軒に忍草《しのぶぐさ》を吊るした、みすぼらしい家が幾軒かつらなっている。

物陰に蹲《うずくま》っていた三毛猫が意地悪そうに牙を剝く。

義経、三郎は、右に走っている。

と、バタバタと急速の足音がして、赤い突風が行く手で吹き、退路をふさぐ。

三人の赤い禿だ。浅黒く逞しい禿、小柄で目付きが鋭い禿、背が高く端整な顔立ちで薄っすら髭を生やした禿。

木刀をもった三人は、

「こっちじゃー！」

「おったぞぉっ！」

そして、悪鬼の形相で、突撃してくる。

義経は無言で筵につつんだままの太刀を振るい——三人を一つ数える内に、殴り倒す。

禿どもは吐きながら倒れる。義経、三郎は、狭小な街路を、ひたすら前へ、西へ、駆けた。後ろから大分距離をあけて追いかけて来る禿どもを感じた。

——一気に、眼前で明るさが開ける。

義経、三郎は大通りに出ている。

祇園《ぎおん》大路。

河東を南北に貫く大通りだ。

右に行けば、東海道、左に行けば、祇園社の前に出る。

……どうする？

と、

「こっちよ」

娘の声が、した。

——鍛冶屋の陰から市女笠《いちめがさ》を目深にかぶった娘が招いている。

鼻から上は陰になっており、窺い知れぬ。肌は雪の如く白い。ずいぶん、赤みが強い唇をした娘であった。

義経は——この娘を知っている気がした。声様と、唇に、覚えがある。

「さあ、急いで」

敵ではないと悟る。

義経と三郎は市女笠の娘を追い鍛冶屋の陰に飛び込んだ――。

激しい音と、煙を発する鍛冶屋の裏は、梶林になっていた。

謎の娘はどんどん林に踏み込む。義経たちも、つづく。

梶林を突っ切ると――鴨川が、温和な顔で、横たわっていた。

数知れぬ白銀《しろがね》色の光が、ひっきりなしに瞬《またた》き、小躍りして、川下へ流れ行く。

三人は膝まで衣をたくし上げ、鴨川を徒歩《かち》渡りしている。義経は娘について行けるが、三郎は遅れ気味だ。三郎とて足が速いが……娘の走力はそれを上まわる。

――只人《ただびと》とは思えぬ。血吸い鬼か……？

と、

「しつこいわね」

娘は言った。

右、三条大橋の上で、

「川じゃ！　徒歩《かち》渡りしておるっ！」

「あそこじゃ！」

執拗なる追手の怒号がひびく。

渡り切った娘は、

「この家、屋根が低いの。跳び上がれるでしょ？」

言うが早いか——ふわっと跳び上がり、みすぼらしい小家の萱葺《かやぶき》屋根に、軽々と乗った。

凄い跳躍力だ。

「まて、貴女は……」

義経が下から言うと、

「まだ、わからない……？　八幡」

振り返った長身の娘はちょっと笠を上げて見せる。

その時、風が吹き、屋上の娘の黒く艶やかな垂髪がさーっと流れた。小さくとのった顔では赤い眼火が燃えていたが、その光がすっと消える。澄んだ黒瞳に変る。

悪戯《いたずら》っぽい笑みを浮かべた娘は——静であった。

「わかんなかったよ、ちっともっ」

息をぜいぜい切らして三郎が言う。義経たちが静にまみえるのは、畿内の影御先が解散したあの日以来だ。

義経は大きく天狗跳びし――萱葺屋根に、跳び乗っている。

三郎が焦りつつ、

「そんな高く跳べねえよ。ああ、あいつら、来ちゃう……」

静は孔雀縄を出し、

「落ち着いて。これに、摑まって」

三郎は静が垂らした縄に摑まり屋上に来た。

巨大な綿を浮かべたような、白き大雲がむくむく聳《そび》える下で、三人は、屋根から屋根へ、走る――。板葺屋根に重石《おもし》を載せた、小家や長屋の上を、三人は、行く。すると、すぐ下で、

「何処へ行った！」

「この辺りに隠れたようだが」

義経たちは顔を見合わせ、笑った。

屋根から屋根へ駆けた三人はそこそこ大きな小家の板葺屋根に差しかかると、こぢんまりした庭に飛び降りた。

庭は古びた板塀にかこまれており、門は半ば、開いていた。

まず、静が外を窺い、大丈夫、というふうにうなずく。

三人は砂埃が夥《おびただ》しく舞い上がる、東京極大路を横切る。芋茎《ずいき》と豆が入った大きな檜割子《ひわりご》を頭に載せた娘、川魚を入れた曲げ物桶を頭に載せた姥、高下駄をはいて街をゆったり闊歩《かっぽ》する有徳人《うとくにん》と、主に黒い傘を差しかける貧相な従者などとすれ違う。

一際《ひときわ》、強い風が吹き、砂煙が暴れた虚を衝《つ》き、またも目を赤くした静と、義経は、反対側にあった小家の屋根に、跳び上がっている。

三郎は今度は窓に登り軒に手をかけ、自力で屋上の人となる。

こうやって三人は——再び洛中を、屋根から屋根へ、走った。


もう大丈夫だろうという所まで逃げると、笑いながら、さる家の上で崩れた。

周りは見渡す限り、屋根の海であった。

板葺屋根。

萱葺屋根。

少しはなれた所に公家屋敷の厳かな檜皮葺《ひわだ》きが見える。

一体、どれほど多くの人が暮しているのだろう。

西に沈む太陽が町を真っ赤に照らしていた。夕餉《ゆうげ》の煙を上げている家々がある。

息を落ち着かせた静が、

「三条の吉次の所に香を買いに来たの。東海道の方が騒がしいから、様子を見に出たら……貴方たちを見かけたわけ」

「助かった」

「八幡……いいや、義経。わたし……貴方の母君と共にいるのよ」

驚いた義経に静は事情を話す。

「……母上は、ご無事なのだな？　よかった。そなたや禅師様が守ってくれて……。礼を申したい」

静は頭を下げた義経を円《つぶ》らな黒瞳を細めて見詰めている。

「どうして、貴方は……都に出て来たの？　ここは……貴方にとって、とても、危うい所。天下一危ない所でしょう？」

嗄《しわが》れた声で騒ぐカラスどもが、頭上を飛んで行く。

「大変な凶事《まがごと》が……東で起きた」

悲痛な形相で、静は、

「熊井《くまい》郷と戸隠の話は……聞いている。濃尾のお頭を初め、仲間が沢山……殺《や》られたんでしょ？　常陸坊海尊《かいそん》が上洛して、吉次に、わたしたちの居所を聞き、会いにきたの」

海尊は昨日とって返した。だから、義経たちとは何処《いずこ》かですれ違ったのだ。

「……東の影御先も、滅んだ」

「えっ――」

驚く静に坂東で起きたこと、赤城山の死闘、氷月という娘影御先が殺生鬼と化したこと、海尊が語らなかった熊井郷の詳細などを、伝えた。大変な衝撃が静を打ちのめしたようだった。

静は、深く息を吐く。端整なかんばせに怒りが走る。

「黒滝の尼……恐ろしい敵ね。その黒滝だけど、今、近江にいるらしい」

「――何？」

あの後、磯禅師は東山道を都へもどった。途中、淡海寺から現れたと思われる怪しげな輿《こし》をみとめた磯禅師は、これを、尾行。法住寺殿の近く西光屋敷に入るのをたしかめている。以前、静がもたらした話などから、西光が邪鬼であるらしいことを、影御先は摑んでいた。

だが、西光が院近臣であることから、軽率に手を出さないでほしいと、平重盛から止められていた。

伊吹山淡海寺を出た輿が西光邸に入った事実は益々「西光邪鬼説」を裏付ける。

しかし、西光には、治天《ちてん》の君——院がついている。

『西光に手を出すなら万全の証拠固めをせねばならぬ』

磯禅師は重盛から言われていた。

故に、上洛した禅師は、常盤の屋敷を拠点に、西光周辺をさぐっていた。

右の事情を話した静は、

「西の京に、西光の侍が……出入りしている所があるらしい。まだ場所は突き止めていないけど、禅師様は西の京が怪しいと話しておられる。今日もしらべに行っているはず」

「左様か。では、屋敷の方には……」

義経が、言うと、

「安心して。わたしと禅師様が、邪鬼との戦い方を仕込んだ侍や雑色たちが、守りを固めているわ。それに薫物《たきもの》結界をしかと張り、よい匂いのする花を植え、要所要所にニンニクも吊ってある」

「……何から何までかたじけない」

「当然のことよ」

静は、朗らかに笑う。

日はいつしか西山の向うに沈み、三人は青き黄昏《たそがれ》の中に、いた。

不死鬼が蠢《うごめ》き出す刻限になっていた。

義経は思慮深き相好をうつむかせ、

「となると——まずは、敵の根城をさぐり出し、西光めに打撃をあたえる。つづいて神変鬼毒酒を醸せる伊吹山に向かい……」

「黒滝の尼を討つ」

夕方の青き風が、静の見事な髪をふくらませる。

義経としては——都にいる間に、殺生鬼となってしまった氷月を見つけねばならない。

静が言う。

「相手は冥闇ノ結。一筋縄では……行かない。禅師様は、山海のお頭にも便りを出したわ」

羅刹ヶ結や冥闇ノ結との凄戦《せいせん》を思い出した義経は、

「……また多くの仲間が斃れるのやもしれぬな」

静の相貌に、ひどく暗い風が吹く。静もまた……羅刹ヶ結との戦いを、思い出したらしい。

静は苦しみと悲しみ、そして、許しを乞う気持ちが絡み合った複雑な表情で、義経を見ている。下の方が厚い唇が、苦しみでふるえる。

静の父は熊坂長範……羅刹ヶ結をたばねし男。

長範こそは、義経の初めの恋人、浄瑠璃を攫《さら》い、血吸い鬼にし、彼女の死のきっかけをつくった仇だった。

また、かの邪鬼は、義経の武芸の師、鬼一法眼《きいちほうげん》を殺《あや》めている。

静は義経の言葉から羅刹ヶ結と父を、父が義経にとって仇であった事実を、思い出し、一気に苦しみに突き落とされたのかもしれない。だが、義経は……辛い戦いを共に潜り抜けてきた静を、長範の娘としてではなく、大切な仲間として見ていた。

そのことをつたえたかった。

義経を、辛そうに見詰める静は、
偽名で呼ぶと、かんばせをやわらげ、

「ねえ……八幡」

「……御母君に会いたいでしょう?」

思いやりが籠った声だった。義経はしばしうつむいていたがやがて、首を縦に振る。静は、少し考え、

「だけど、御屋敷を貴方がおとずれるのは、あまりにも危ない」

――かの屋敷には、平家の耳目が張りついていると見るべきだ。また、長成や常盤が忠実な家来と思っている者の中に……諜者が紛れ込んでいる可能性は、否定出来ない。

「どうにか外で会えるよう、算段をととのえる。わたしにまかせて」

「ありがたい」

三郎が、静に、

「静姉ちゃん。さっき話に出た氷月さんだけど……弓が得意な人で都にいるはずなんだ。何か聞いていない？」

勝手に気をまわした三郎は氷月について静に訊こうとしているようだ。

氷月が殺生鬼になったなら――影御先は許さぬ。必ず、氷月を討つ。殺生鬼になった恋人……氷月の問題は、他の影御先に、かかわらせない方がいい。

義経は少し叱《しか》るように、

「それは別に……今は、よかろう」

何でさという顔になった後、不満げに口を閉ざす三郎だった。

静は義経と三郎を不思議そうに見くらべる。そして、硬い面持ちで、

「元影御先の……殺生鬼か。戦いたくない相手ね」

義経は強く、

「まだ、そうなったわけではない」

しばらく無言で義経を見ていた静は、腰を払いながら立つ。

「宿を……どうしよう？　影御先の京における定宿は清水寺《きよみずでら》だけど……近すぎるわよね？」

六波羅にだ。

「……うむ」

常盤の屋敷に義経が行くのは危ういし、三条の吉次の屋敷は……先ほど、鐵丸たちがいた辺りと、近い。

静は溜息をつき、

「旅店にも禿が来るかもしれない。上洛早々、騒ぎを起しすぎ」

「反省……している」

ふっと微笑んだ静に、義経は、

「軒下床下をかりられる所であれば、何処でも」

「心当りがある」

＊

長成常盤夫妻から今や静は大いに信頼されている。常盤の居室への出入りも、許されていた。

すっかり日は暮れていた。

静が屋敷にもどると、常盤は自室で琴《こと》を弾こうとしている処だった。

人払いを請うと、義経の母はそのようにした。

遠ざかる雑仕女《ぞうしめ》の足音を聞きながら常盤は古びた琴に視線を落とす。懐かしさと、苦渋が絡んだ、複雑な色合いの視線。悲運の磁石が如き美しき女人は、寂し気な音を奏《かな》でながら、唇を開いている。

「そなたの故郷は何処《いずこ》？」

「若狭《わかさ》です」

雪深き風景が、胸の中に、白く広がった。

「故郷を好き？」

静はうつむく。父が母を殺した夜、荘園で身も心もすり減らし、ぼろぼろになって壊れてゆく下人たちの姿、武士どもに痛めつけられ血だらけになってはこび込まれた父の姿が、胸に浮かぶ。

「……嫌いです」

「そう。わたしは……好きよ」

常盤は静が知らぬ寂しいけれど懐かしい鄙《ひな》びた音曲《おんぎょく》を奏ではじめている。見事な腕前だ。故郷の曲かもしれない。

静は常盤が歩んだ過去を思い出す。

都人の噂で聞いた話では——。

義朝が平清盛に討たれた後、常盤は一人の供もなく、幼い今若、乙若をつれ、赤子であった牛若を抱き、奈良街道を南に下った。

常盤の故郷は大和《やまと》の龍門《りゅうもん》なる山里で、ここを目指したのである。

一度は常盤を受け入れた龍門の里は、やがて二つに裂ける。

常盤を守ろうとする人々と、清盛に突き出してしまおうという人々に……。

そんな事情に、母が都で捕まったという知らせが重なり、常盤は自ら清盛の前に出た。その、愛妾《あいしょう》となることで子供たちを助けた。

源平二人の棟梁《とうりょう》に愛された、常盤の話は巷《ちまた》に知られており、静も京で雑仕女をしていた頃、耳にした覚えがある。

常盤はやさしく琴を弾きながら、

「琴でも弾きながら聞いた方がよいのでしょう？　そなたの話は」

——賢いお人だ。

静は、一際、声を潜め、

「……影御先・八幡が上洛しました。今、都におります」

「…………」

静の言葉は熱い短剣となり常盤の胸に刺さったようだ。

琴を弾く手は止っている。きつく瞑目《めいもく》した常盤は、片手で胸を押さえていた。

少しにじり寄って、

「……お会いしたいと仰せです。この屋敷の外で」

常盤は、ゆっくりうなずいた。瞬間、眉間に寄った皺が、ぎゅっと濃くなる。

気持ちをたしかめられたと感じた。

「では……お任せ下さい」

「──おまち」

退出しようとした静を常盤が切羽詰まった声で止める。

常盤は、目をつむったまま、再び琴を弾いている。琴の音《ね》が、乱れた。

常盤の唇が小刻みにふるえる。小首をかしげた静に、常盤は言った。

「やはり……会わぬ方がよい。そう、あの子に伝えておくれ」

静はかんばせを強張らせる。冷や水を浴びせられた気がした。

開眼した常盤は水晶の如き瞳で静を見、

「今は会うわけにはゆかぬ。そう、つたえるのじゃ」

「本当に……それでよろしいのですか？」

「幾度も言わせないで」

静は納得がいかぬ面差しで退出する。

静が出て行ったとたん、常盤の頬を光の雫《しずく》が、こぼれ落ちている。

しばし、荒々しい音を奏でるも、肩を激しくふるわせた常盤は演奏を止めた。

義朝が贈ってくれた琴だった。

——真っすぐな人だった。……誰よりも……。

襖《ふすま》が開いた。

「如何した？」

長成が、入ってくる。

事情を聴いた夫は、穏やかな声で、

「何ゆえ……会ってやらぬ？　常盤、わしに気兼ねし……」

「違います」

きっぱり告げた常盤は、目に涙を浮かべ、絞るように、

「あの子が……斬られるから。入道相国は生易しい御人ではありませぬ。わたしとあの子が会えば、きっと、洛中を見張るあの御方の目に留まる」

　のびやかな性格である長成は、

「そうともかぎらぬのではないか？　ずいぶん用心してほんの一時会う分には……」

「駄目。……わかるのです。……わたくしも鬼ではありませぬゆえ、子には、会いとうございます……。されど、あの子を生かすため、会わぬと決めました」

「……何という……」

　長成は辛そうな顔で天井を見上げた。一度、面貌《めんぼう》を大きく歪めた常盤は、唇を小刻みにふるわしてうつむき、しばし黙していた。やがて深く息を吸うといつもの穏やかな面持ちにもどる。

　無理に微笑みをつくって、

「あの子はわたしを心無い親と、恨むでしょうか？」

　常盤の言葉を義経にどうつたえればいいのか悩みながら静は、侍廊《さぶらいろう》（侍の宿舎）に向かっている。

　磯禅師と静は侍廊に一室をあたえられていた。

　――あれではあまりにも、義経が可哀そうだ。

静はふと歩みを止める。

常盤の部屋の方を、顧みる。

自分が退出した後、乱れた音色がつづいていて、やがて、それも止った。常盤は冷淡だから義経と会わぬのではない。——六波羅を恐れているのではないか、義経を守るために会わぬと決断したのではないか？

静は唇を噛んだ。


その時だ。

どさり。

築地塀《ついじべい》を、誰かが跳び越え、庭に転がり込んだ——。

はっとした静は、

「何奴っ」

影御先の武器、大金串を出して駆け寄り、瞠目する。

「禅師様——」

西光一味の、西の京における根城をさがしていた、磯禅師である。

只事でない様子だ。背中から血が二ヶ所流れている。矢傷であった。毒の香《か》がした。

「如何されたのですっ」

「――ぬかったわ」

静の白いかんばせに狼狽えがにじむ。いつも涼し気な瞳にこの日は強い赤光を滾らせた磯禅師は、小さいが確固たる声で、

「取り乱すな。さしたる怪我ではない……。庭梅どもに射られただけよ」

「すぐ、手当てします」

静は怪我をした磯禅師をかかえ込んだ――。

雨が、降りはじめた。

第五章　怪猫《かいびょう》

氷月は――雨音を聞きながら血を吸っている。

目の前に、白く熟した、女体がある。

女は薄目を開けて意識をうしなっている。

氷月は脂が乗った首に噛《か》みつき――血を啜《すす》っていた。昔男の獲物の血を。

昔男は眠りの沼に突き落とした高貴の女の袴《はかま》をたくし上げ、白い脛《すね》にかぶりつき、血を貪《むさぼ》っている。

何でも、堂上《どうじょう》平家（文官平家）ゆかりの女とか。

堂上平家は、武家平家の協力者だから、広い意味では氷月の仇だろう。

昔男は先刻、薬師という触れ込みで、この屋敷に、入った。氷月は助手を演じていた。

女は――昔男に惚れているらしい。目で、知れた。

昔男は女を一瞬で眠らせ、二人は今、女の血を味わっている。

昔男が血塗られた口を女体からはなし、

「……わかったであろう？　もっとも旨味があるのは、不死鬼と動く殺生鬼」

言いたいことはわかる。殺生鬼が単独で狩りをするなら、心をあやつる術は無いから、餌食《えじき》に動けなくなるほど深手を負わせ、無理やり吸う他ない。

――かなり強引なやり方で、足がつきやすい。

「殺生鬼は、嗅ぎつかれやすい。影御先にな」

「…………」

一方、不死鬼は、操心により……喜んで血を差し出す哀れな獲物を、幾人も確保している。死なぬ程度に少しずつ血を吸えば、怪しまれにくい。周囲の者は、病にかかったと思うのだ。興が乗って、吸い殺しても、病死と見做《みな》されやすい。

最強に見える不死鬼だが――弱点も、あった。

昼、動けぬこと。日の光を浴びると滅ぶこと。

不死鬼にくっついて動く殺生鬼は、まず飢えぬ。ご相伴《しょうばん》にあずかれるからだ。おまけに太陽という弱点もない。

昔男の言葉はそういう意味だが……氷月の顔様は、冴えない。

――悩んでいるからだ。

「どうした？　氷月。もう、吸わぬか？　仇の一味の血ぞ」

口で言いながら、心に、

《そなたの誓いを破ることにもならぬ》

「…………」

この男への依存が、日に日に——粘るような強度をもってゆくのが、不安だ。いつか、驚くほど大きい対価をもとめられそうで……。

「むろん」

昔男は、真っ赤に濡れた牙を見せる。

「無償《ただ》、というわけにはゆくまいよ……」

——やはり。

舟の上で、しばし、わたしの傍におられよ、さすれば飢えもせず苦しみもすまい、と誘った男は、

「案ずるな。わたしがもとめるものなど、わたしがそなたに、あたえ得る歓喜《よろこび》にくらぶれば、小さきもの」

氷月は腰を上げる。

「今日はもう……かえる」

昔男と距離を取りたい気持ちが、ある。

「かえる？　何処《いずこ》に？」

――氷月にかえるべき宿などない。

昔男の塒《ねぐら》の外に。

かんばせを歪ませた氷月は御簾《みす》を押しやり、表に出る。

昔男が、背中に、

「雨夜の一人歩きも時には楽しいものだ」

水溜りを散らして、庭に飛び降りた氷月の胸に、昔男の声が滴《したた》った。

《そなたは――必ず、かえってくる》

＊

糠雨《ぬかあめ》は先刻、止んだ。

雲間から差す光の矢が、田の面《も》、田にかこまれた小高い林、神寂《かむさ》びた社《やしろ》と千木《ちぎ》を照らしていた。

義経と三郎は瑞垣《みずがき》の裏、柏《かしわ》の木立にいる。木々が雫をこぼす音がそこらじゅうでしていた。

ここは今宮《いまみや》神社。

都の北に、船岡山《ふなおかやま》なる丘があり、船岡山の傍に紫野《むらさきの》がある。

雅《みや》びな名だが、寂しい所で、鳥辺野《とりべの》、化野《あだしの》と並び、洛中で死んだ庶人が野晒《のざら》しにされる風葬の地だった。

屍《しかばね》が転がる野、そして、田が広がっている。

そんな紫野に今宮神社は建つ。

元は疫神を祀《まつ》る祠であったが、今では大己貴命《おおなむちのみこと》、事代主命《ことしろぬしのみこと》、奇稲田姫命《くしなだひめのみこと》を祀っている。今宮の祭りは祇園のそれと並ぶ規模で五月《さつき》におこなわれるが、今、祭礼は終り、祭りの後の空虚な安らかさが、辺りをおおっていた。

『あそこなら貧しい旅人がよく、軒下、床下をかりている』

静はおしえてくれた。

義経と三郎は静をまっている。昼頃に来ると話していたのに、まだ、来ぬ。何か、あったのか。

三郎が、明るい声で、

「ねえ九郎様。参道の脇に……焙《あぶ》り餅《もち》を商う店があったよね？」

食いしん坊の従者は、ほくそ笑む。

「……さすがに、よく……見ておるな」

今宮神社参道脇、一文字屋和輔《いちもんじやわすけ》は、長保《ちょうほう》二年（一〇〇〇）創業した。

小さな餅に黄粉《きなこ》をまぶし竹串に挿《さ》して焙る。これに、ほの甘い白味噌《しろみそ》のたれをつけて、食す。

焙り餅だ。ちなみに、一文字屋和輔は現代《いま》も、この餅を焙りつづけている。

「静さん、まだ来ねえみたいだしさ……」

三郎の腹が哀訴するが如《ごと》く鳴る。

「便利な腹をしていることよ……。お前という男は」

苦笑いする義経に、

「九郎様の分も買ってきますから。ね？」

「行ってこい」

宋銭を少しにぎらせた。

「静さんの分は？」

三郎の声が、一気に輝く。

「それも、買ってこい」

「はいよお」

言うが早いか、隼《はやぶさ》の如く駆けて行く。

義経が立つ神殿の裏は、社《やしろ》が建つ微高地のいわば縁《へり》であり、藪蘭《やぶらん》、笹《ささ》などが茂る緩斜面を降りると、小柴垣《こしばがき》があり、その向うは田だった。長らくつづいた日照りに苦しめられてきた稲は、ここ幾日かしきりに降った雨により、生気を取りもどしている。

鞍馬寺にいた頃、畑仕事に精を出してきた義経は、農事に関心が深い。土とわかち難く生きる人々を敬《うやま》う気持ちがある。雨を降らしてくれた天に感謝した。

……雨か……。

久方ぶりの雨が降った夜、はなればなれになってしまった、女人を思い出す。

——氷月。

空に近い花畑で、憑《つ》かれたようにもとめ合った日の記憶が、胸で、香った。

殺生鬼となった氷月は……どうなったか？　自分をたもってくれていればよいが……。西光一味が如き邪鬼の群れに、入っていなければよいが。

と、誰かの足音が、庁屋《ちょうや》と呼ばれる板屋の方でして、義経は振り返る。

氷月かと思ったが、違った。板屋の陰からこちらに歩いてきたのは、静だった。

だいぶおくれて現れた静は、卵形の顔を、やや強張《こわば》らせている。

悪い予感がする。

傍《そば》まで来ると、静は、

「……御母君も……きっと貴方と会いたいのだと思うの。だけど……」

「……会わぬと仰せになるのか？」

静は深くうなずいた。

「今はまだ会えぬと」

慰《なぐさ》めるように、

「……貴方を思ってのことだと思う」

義経は柏に手をつく。苦しみが、面貌からにじんだ。

長い静默の後、

「……心の何処《どこ》かで、そうおっしゃるのでないかと思うておった」

「平氏を警戒されているのだわ。貴方を守るために……会わぬと決断されたのよ」

頭では——わかる。だが、七歳で鞍馬寺に入れられ、その後は一度しか母と会っていない。母を守るために危険を覚悟で上洛した義経の胸は、重く痛むのだった。

静は深刻な面差しで、

「……もう一つ、悪い知らせが」

「何だ？」

「禅師様が襲われた。やったのは庭梅と……元は、あの男……熊坂長範の下にいた万年という奴。毒矢で射られたの。手当てしていて遅くなった」

「禅師様は——？」

「命に、別状はない」

静の報告は義経の顔を青くしている。

元々、熊坂長範の手先であった庭梅が、今は冥闇ノ結にくわわっているらしいという話は、昨日、静から聞いた。そして、長範の元子分で庭梅と動いている万年、とは、かつて、浄瑠璃をさらった、許しがたき仇の片割れである可能性が、ある。

以前は只人《ただびと》だったが、今は殺生鬼と化している。

狼の如く険しい顔で、

「——場所は、何処か？」

「西の京に怪しい屋敷がある。そここそ、敵の根城。さぐるのを手伝って」

「むろんだ」

義経は、日輪をたしかめる。

「日没にはまだ時がある。行ってみよう」

——不死鬼がいる恐れを考えたわけである。

こんな話をしていた時に三郎が、

「お待たせ。焙り餅、買ってきたよお」

三人分の焙り餅をもって走って来た。

唐《とう》の文化に深い関心をもった嵯峨《さが》帝は——平安京の朱雀《すざく》大路より西を長安《ちようあん》、東を洛陽《らくよう》と呼んだ。

大陸の長安は世界都市であったが、日本の場合、長安と呼ばれた西の京は寂《さび》れた。低湿地だったたからだ。洛陽と呼ばれた東だけが栄え、東と南に、町家をふくらませた。そのため、この都に上ることを、上洛、都の旧市街を洛中、と呼ぶ。

では、義経の頃の日本の長安・西の京は……どうなっていたか。

予二十餘《よ》年以来、東西の二京を歴《あまね》く見るに、西京は人家漸《よう》く稀《まば》らにして、殆《ほとほと》に幽廃墟に幾《ちか》し。人は去ること有りて来ること無く、屋《いえ》は壊るること有りて造ること無し。……賤貧に憚《はばか》ること無き者は是れ居り。或は幽隠亡命を楽しび、當に山に入り田に帰るべき者は去らず。

（わたしは二十年来、東西二京を観察してきたが、人家がほとんどない西の京は廃墟と言ってよい。人は、西の京から出ることはあっても、帰ることはない。家は壊れるがままで新しくつくられたりしない。……低い身分と貧しさに憚ることない者は、ここにいる。或は隠棲生活を好み、官途につかず、農業に精を出すような世捨て人は、ここに暮している。）

慶滋保胤《よししげのやすたね》は『池亭記《ちていき》』において、かく語る。

保胤の記録から浮かび上がる西の京の姿、それは……。

老いたスラム。

農地化が急速にすすみ、藪がはびこり出した廃墟。

こういう町だ。

『今昔物語《こんじやくものがたり》』を紐解《ひもと》けば、西の京には世捨て人や貧民の他、盗賊、追剝《おいはぎ》、人を襲う鬼、人を化かす狐、何を生業《なりわい》としているかわからぬなまめかしい美女、などが住んでいた。

傀儡《くぐつ》と呼ばれる芸能民や巫女《みこ》、遊び女《め》、陰陽師《おんみょうじ》も暮していたろう。

鬼の言い伝えは──血吸い鬼や殺人者の暗躍を物語る。狐の言い伝えは人を騙《だま》すことを生業《なりわい》とする輩《やから》の跳梁《ちょうりょう》を裏付けている。

──犯罪都市としての顔もあったのだ。

義経も西の京が、東の京、すなわち洛中とは全く違う、危うさを漂わせた街と知っていた。

「戦支度はよいか？」

義経は言う。

静は杖《つえ》の先をさっとはずした。鋭い刃が現れた──。仕込み杖である。

藺笠《いがさ》を深くかぶった義経主従と市女笠《いちめ》をかぶった静は、西の京に急いだ──。

＊

西の京は――広い。

おまけに途中、赤い禿《かぶろ》を何度か目にしたため、義経はその都度、近くの廃屋に隠れねばならず、かなり時間を食った。問題の屋敷に着いた時には日は暮れかかっている。

その朽ちかけた大きな家は、荒《すさ》んだ竹穂垣《たけほがき》にかこまれ、雑草がはびこった瓜《うり》畑に面していた。竹穂垣は、青竹や木の骨組みに細やかな竹穂を立てた垣だ。

西日は血色の光を廃墟や藪、畑とあばら屋に当てており、西山の方は紅《くれない》に染まっている。

磯禅師は此処が西光の仲間の根城となっていると突き止めた。が、近くで窺《うかが》っていた処《ところ》、突如、竹藪から、庭梅、万年、京童風の殺生鬼が現れ、猛然と射かけてきたという――。

今、義経たちは雑草がはびこった古屋敷を、正面から、睨んでいる。

かなり傷んだ家で竹藪を背負っていた。

屋敷は静まり返っている。打ち捨てられた、有力者の家かもしれぬ。

義経は静を見、

「――鬼気は？」

たしかめる。

……おや？

眉宇《びう》が曇る。静の目が赤く光っていない。――常の目である。このため、静は、鬼気を測れず、かんばせを硬くしていた。

……どうしたのだろう？

義経が心配になった時、静の双眸《そうぼう》に――赤く微小な光が二つ、灯る。

鬼気を測った静は、首を縦に振る。そして、指で、四、とつたえる。

殺生鬼四名、という意味だ。

もし、不死鬼がいれば……右手の中心を左手の人差し指でつつくのが、影御先のやり方だが、その所作は、無い。

故に、殺生鬼だ。

――殺生鬼四人、我らなら討てる。

目で静、三郎に合図する。

――行くぞ。

門に近づく。

竹蔀《たけじとみ》の門に。

まず、竹材を縦横にむすび、格子をつくる。正方形の隙間がずらりと並んだこの竹蔀を、門柱の上、太い貫《ぬき》から、幾本かの綱で吊る。これが、閉《へい》の状態。開《かい》の状態にするには竹蔀をもち上げ、つっかえ棒を地面に自立させ、降りてこぬようにすればよい。

今、竹蔀門は……開いていた。

義経たちは、ゆっくり、用心しつつ、黄ばんだ竹格子の下を潜り、踏み込む。庭中で、悪い臭いを放つ草がはびこっている。雑草のうねりの中、茨《いばら》、サイカチなど鋭い棘《とげ》をもつ木が、立っていた。

深草の中に古池が隠れていた。

義経は篋をすてて太刀を出し、水が腐った池を迂回、板屋にすすむ。

サイカチの棘に小袖を傷つけられた静が、かすかな不安を漂わせた顔を上に向けた。

――青い夕闇が帳《とばり》となって、空から降りはじめていた。夜がこようとしていた。


暑く、湿気もある。なのに、舞良戸《まいらど》は固く閉められていた。

——閉ざされた舞良戸の向うでかすかな気配がある。

「…………」

静を見る。

——わたしが、先陣を切る。

義経は、手ぶりした。


白刃を抜いた義経は古びた舞良戸を一気に引く——。

蜘蛛《くも》の巣が張りめぐらされ、ネズミの糞《ふん》が転がった薄暗く、がらんとした板敷で、その四人の鬼は邪《よこし》まな宴《うたげ》に興じていた。

尼が、いた。

虫の息であった。

若くもなく老いてもいない、素朴な尼で田舎から出てきた人に思われる。

上洛し……西の京に宿を取ったのが運の尽きであったか。いたる処を噛み破られて、血だらけになって倒れている。

「年貢の納め時だ！　邪鬼どもっ」

義経が一声をぶつけ、四人がかりで尼に嚙みつき吸血していた奴らが、こちらを睨む。

八つの眼は赤い。

二人は、京童《きょうわらわ》である。

もう二人には見覚えがある。水を飲む犬の姿で尼の首から血を啜っていたのは、髪がみじかい少女、庭梅。静の朋輩《ほうばい》であった少女は、鮮血を糧《かて》とするからだろうか……前見た時よりもずっと大人びていた。口元を血でべっとり濡らした庭梅が、野犬の如く牙を剝き唸《うな》る。

……年端《としは》もゆかぬ少女のものと思えぬ、物凄い面差しだった。

いま一人、鉢巻をしめた髪がみじかい男は、ある森を思い出させる。

——鞍馬山の傍、結社《ゆいのやしろ》。

恋人たちの聖地は義経にとって忘れもせぬ悪夢の地だ。

首を嚙み破られた浄瑠璃が、眼前に横たわった尼に重なっている。

「遂に、見つけたぞっ」

あの日、浄瑠璃を襲った賊の生き残りが、鬼になって——目前に、いた。

万年という、髪が短く、鉢巻をしめ、逞《たくま》しい腕をした男である。いま一人、仇の片割れがいたが、そ奴は静が長成邸で仕留めた男と、特徴が一致している。

憎い男に、

「今日という日に感謝せねばなるまい！」

「それはこっちの台詞《せりふ》よっ！」

万年の顎《あご》が挑発的に上がる。舌がゆるりと蠢《うごめ》き、歯や牙についた血を舐め取る。

「あん時、只人だった俺がよ……何で今、血吸い鬼やっとるか、わかるか？　小僧」

鉢巻をしめた屈強な男の声で憎しみの火が燃える。

「てめえらが、熊坂のお頭《かしら》の夢を砕いてくれたからよ……。てめえらを、一人のこらず吸い殺すために俺は鬼になったのよ！」

半血吸い鬼、静が双眼を赤く燃やし、

「熊坂長範に夢を砕かれた人の数をお前は数えたことがあるの？」

静にとって長範は父であり、母を殺《あや》めた仇でもあった。あの男の存在が静を影御先にしたといえよう。

静にも、血吸い鬼の血は、流れている。静はふと哀れな尼に目をやる。血塗《ちまみ》れであった。血を噴きながら呻き、首ががくんとなる。──息絶えたのだ。

瞬間、胸底で、赤い爆発が、起きた──。

血を吸いたいという強い衝動が、弾けたのだ。一舐めくらいでいいからあの尼が流した血を舐めてみたいと思った。

……何を考えているの？　わたしはっ……。

母の血を吸うあの男の姿が胸底で活写され、猛烈な不快感が静をもみくちゃにする。

双眸から赤い光がぱっと消えている。

庭梅が、見透かしたが如く、

「……吸いたいのでしょ？　あは」

──違うっ！　あんな無惨な姿を見て血を吸いたいなんて思うはずが……。

只人の目の色になった静は、猛然とさっきの己《おのれ》を否定した。面貌は青褪《あおざ》めている。

……わたしは、あの男とは違うっ！

「この娘《こ》ね……生れつき鬼の血が流れているくせに……もう、何年も、こういうことやってるの」

あきれた口調でおしえる庭梅だった。

庭梅の傍に立っていた京童二人が、嘲笑う。庭梅のあたらしい仲間か。庭梅によって、邪鬼と化したかもしれぬ二少年は、静と同い年くらいで、洒落《しゃれ》た小袖をまとっていた。

「隣の子の血を吸ってごらん？」

京童が静と三郎を交互に見ながら囁き、呼応した庭梅が、

「その子を吸い殺せば……仲間にしてあげる。今なら、まだ」

魔少女たちは――三郎の血を吸えと唆《そそのか》す。

「そんなこと、しないっ！」

庭梅と戦うために――あの力を引き出さねばと思う。

が、どうしてだろう。心が何かを恐れ、あの力が出て来る通り道に、強固な蓋《ふた》をしてしまう。故に、あの力は……そこで堰《せ》き止められ出て来ぬ。

静の目は常の色のままだった――。

庭梅は、静をじっと窺いつつ、小声で、

「……あは……」

溶岩を思わせる憤怒をまとった義経は、焼けるほど熱く、万年を睨んでいる。

義経が、動く――。

太刀を振りかぶり、万年に、跳びかかっている。

刀を取ろうと万年が動く。

疾風《はやて》に近い、速さで。

――静、三郎はニンニクを放った。血吸い鬼の力を引き出した時と、勝手が違い、静のニンニクはあまり飛ばずに近くに落ちる。三郎のニンニクは大いに飛び
――万年の横っ面に命中。

逞しい邪鬼が苦し気に叫ぶ。

万年が、刀を、こぼした。

そこに義経の太刀が斬り込み――紫電一閃《しでんいっせん》、肩を斬った。

血煙が噴く。只人なら倒れるが、さすが殺生鬼。ひるまない。赤い眼火を燃やし怒号を上げた万年は刀を摑むや凄まじい勢いで振り上げた。

――――!

火花が、散っている。

義経の剣が止めたのだ。静は、驚く。

前から強かったけど、前より遥かに……強く……？

義経目がけて黒影が襲いかかる。

京童の一人である。

そ奴は――槍鉋《やりがんな》をもっていた。番匠がつかう道具で、長い。で、尖端が、鋭い。むろん……喧嘩にもちいられる。

槍鉋が突き出される――。

義経は、右手で敵剣を止めたまま、左手で風を起し、刺突を払う。

義経の左手は三条小鍛治の名短刀、今剣《いまつるぎ》をにぎっている。

今剣が、少年殺生鬼の心臓めがけて――突かれる。

血を吸う少年は攻撃を予期、横にかわした。

が、今剣は素早く追いかけ――若き邪鬼の喉を赤く裂いた。

刹那、万年の剛剣が義経を斬らんとする。

義経は素早く床に、伏せている。振り下ろされた剣は――少年殺生鬼の肩から斬り下げて腸《はらわた》の所まですすんだ。斬った万年の肩からも血が噴いていた。

憐《あわ》れな尼の血で、汚されていた廃屋は今、殺生鬼どもの血で、さらに塗りたくられた。

少年殺生鬼が斃《たお》れ、三郎が万年の後ろ頭に香玉《かおりだま》を当てる。

「見事よ！」

静が、叫び、びくんとふるえた万年が、太声で咆哮《ほうこう》を上げる。

振り向き、こちらに突進した万年の足を義経が斬らんとしたが――さすが、万年は跳び上がってかわす。

静は右手に手拭いを巻いている。杭は、脇に置いていた。

黒い七曜が染められたその手拭い、両端に紐がついていて、一端は静の手首に巻かれていた。さっと手拭いを動かしもう一端の紐を右手が摑む。

静は、素早く、右手をまわす。

三郎が、ニンニクを赤眼にぶつけるも、怒り狂った万年の突進は止らぬ。

静の手が紐を放し、布から、球体が、勢いよく飛んだ――。

印地《いんじ》とは死者も出る石合戦である。素手で印地打ちする者もいるが、効果的なのは投弾帯《とうだんたい》という投石用の紐をつかうことや、手拭いをもちいることだ。

こうすることでより速く強く——石を投げる。

時代の言葉をつかえば、石を、打てる。

静が巻いた手拭いは、山海の影御先が不死鬼、殺生鬼を退けるためつくった武器、「投香帯《とうこうたい》」。

香をたっぷり焚き染めた手拭いから放たれたのは、石にあらず。

——香蒜弾《こうさんだん》。

まず、香で饅頭《まんじゆう》をつくる。その香饅頭に、すり下ろしニンニク、打撃力をますための砂鉄を混ぜ込んだのが、香蒜弾だ。

香玉は、火をつけ煙で敵を退けるが、香蒜弾は、ぶつけてつかう。

投香帯から高速で放たれた香蒜弾が万年の金的にバスッという音と共に命中した。

本当は、顔を狙ったのだが……。

「あっふっ……」

屈強な殺生鬼から情けない呻きが、漏れる。香気、そして、ニンニク臭が、万年の股に……拭い様もないほど染み込んだようである。右手に刀をもった殺生鬼は、左手で股を押さえ、焼けた石畳に、裸足《はだし》で飛び出た人の如く、幾度も跳ねている。

だが、鬼の力を引き出せぬ静は、ここで固まってしまい、次の行動が取れない。

「どうしたの！　鬼の力はっ」

三郎が静の仕込み杖をひったくるように取って声をぶつけてきた。静は、面貌を歪める。

その三郎に、万年が剣を動かそうとして、危ういと見えた時——襲ってきたもう一人の京童を屠《ほふ》った義経が、後ろから、大いにひるんだ万年に斬りかかる。

万年はしぶとい。

くるりと、まわる。

右手一つでもった剣で、義経渾身の斬撃をふせぎ、左手は股間を押さえたまま板敷の奥、杉の一枚板を立てただけの粗末な遣戸に飛び込んでいる——。戸を蹴倒し、奥に消える。

「ちっ」

舌打ちした庭梅もふわりと動いてこれにつづく。

「静……」

義経が心配そうに、声をかける。青褪めた静は小声で、

「様子が、おかしい。血吸い鬼の力が……」

赤い眼光が灯らない円《つぶ》らな黒瞳に狼狽《うろた》えが走った。

義経が、声を潜め、

「敵の術だろうか？」

「そういうことじゃないと思う。……大丈夫。戦える。三郎、杖を返して」

「……………」

三郎は返そうとせぬ。

「静の杖だ。返すのだ」

義経が、言った。

三郎は怒ったような、疑うような顔で、静が工夫してつくった仕込み杖を返した。

床下から猫が鳴く声がする。ここに、棲みついているのかもしれない。

影御先三人は――義経を先頭に、後を追う。

蹴破られた遣戸の先は中庭を貫く渡廊《わたろう》になっている。

屋根は、ない。日輪の片鱗はもうほとんどなく星が瞬《またた》き出した。

中庭では荒々しい雑草が海になっていて、その荒海にかけられた頼りない橋が、長板二枚を並べた渡廊である。かなり古びた渡廊の先には——また一軒、板屋が、ある。薄暗い行く手に建つ板屋も、舞良戸を閉じ切っている。濡れ縁の傍に柄杓《ひしやく》入りの手水桶が一つ、支柱に載って、据えられている。

強い反魂香《はんごんこう》の香りが行く手から漂ってきて、静は頭がくらくらした。


……向うの板屋で焚《た》かれている？

眉を顰《ひそ》めた静の内で、嫌な予感がひんやりと蠢く。締め切られた行く手の建物で恐るべき禍《まが》が手ぐすね引いている予感が——。

足を止めた義経も、大きな目を細めて向うの板屋を睨んでいた。

「七、八人おる気配がする……」

義経は囁いている。

血吸い鬼の血を引き出せれば静の五感は只人より遥かに鋭い。だが今は、力を引き出せていない。

「さっき感じた鬼気は……四つだけ」

義経、首をかしげ、

「囚われの人々かもしれぬ」

──奴らが血吸いするため、捕らわれた人々の姿が、胸に浮かんだ。もしそうなら助けねばならない。

静と三郎は、義経につづく形で、渡廊に、踏み込む。

ギイ……。

古い渡廊は不愉快そうな軋《きし》みで、三人を迎えた。

義経が途中で足を止める。

「…………」

かなり暗くなり、視界が悪くなる中、視線を下に下ろし、

「気をつけろ。ここから先、右半分の板がしばらく、落ちている。……ここですぽんと落ちると、下に鋭い杭がいくつも並んでおる」

──虎落《もがり》になっているのだ。

赤い眼光が灯っていない静の目は、夕闇に惑わされそれに気づいていなかった。

もし、そのまま突っ込めば……串刺しにされていた。

義経は左側の板を踏んですすもうとする。とたんに、かなり、危なっかしい床音がした。

甚だ不安定であるらしい。

「危ねえや。庭に降りた方が安全だい」

やんちゃな三郎が、アッという顔で振り向いた義経が止める間もなく、草の波間に飛び込む。

で、

「ひえっ」

深草に溺れた三郎から潰れたような悲鳴が放たれている。

「大丈夫かっ」

義経が、声をかける。

「草ん中に何か在るよ……痛《いて》えよ、ああっ、痛えっ……」

泣きそうな声で三郎が答えた。

義経は地面を刀で払い、そこに仕込まれた罠を跳ね飛ばし安全をたしかめつつ飛び降りる。

「鉄菱《てつびし》だっ。わたしのした通りにせよ」

静も仕込み杖で草中を払う。蹲《うずくま》り、必死に痛みをこらえる三郎の傷の具合をたしかめた義経は、

「……毒は、塗られていないようだな。無謀すぎるぞ」

安全をたしかめた静が夜の草どもに飛び降りる。二人に歩み寄ると注意された三郎は歯を食いしばっていた。

三郎は、無惨にも左足を――鉄菱に刺されたのだ。

幸い、貫通していないが、かなり深く刺さったらしい。

静は面貌を引き攣《つ》らせ、

「ひどい怪我だわ、引きあげましょう、今夜は」

「何言ってんだ、静姉ちゃんがちゃんと戦えば勝てるよっ！　さっきだって、逃げてったじゃねえか、あいつら」

怪我をした三郎は感情的になり怒りを静にぶつけてきた。静は、頰をふるわす。

「言葉に、気をつけよ」

義経が叱ると、

「――仲間割れ？　あは」

何処かから嘲笑う声が降って来た。

庭梅。

……何処？

静は、見まわしている。

渡廊の先、板葺屋根の上で赤く小さい光が、二つ灯った。髪がみじかい魔少女は夜風に撫でられながら、静らを見下ろしていた。

刹那、庭梅の下で舞良戸が開き、荒々しい人影がいくつも飛び出た――。

一人は万年、二人は荒事《あらごと》になれたような京童、二人は凶暴そうな少女。

……どうして？

さっき感じた鬼気は、四つ。

――そうか、只人っ。

万年の後ろに並ぶ粗衣の四人は赤い眼火を燃やしていない。

万年が、怒鳴る。

「殺《や》れ！」

――礫《つぶて》の雨が、影御先三人に、降りそそぐ。四人が投弾帯で、印地打ちしてきた──。

義経が石の雨に向かって立ち静や三郎を庇《かば》う。

「血吸い鬼になりたければ、あの三人を殺せ」

庭梅が命ずる。

と、屋内から小さな影が複数、しなやかに、飛び出した──。さらに、さっき静たちがいた建物の床下からも数匹の四足獣の影がさっと現れ、静らの後ろや左右に展開する。

小獣どもはやわらかく、そして、疾《と》く動き、影御先衆を包囲。赤い眼火を迸《ほとばし》らせている。

猫だ。

ただし、血吸い鬼の。

時代は下るが──高名な佐賀《さが》の化け猫は、飼い主の血を舐めることで、妖魔と化したという。

本朝に血を吸う怪猫《かいびょう》が暗躍していたことの、証《あかし》と思われる。

この化け猫ども——庭梅か万年が、猫を血吸い鬼にしたのだろう——は、一体、何処にいたのか……。何で静が屋敷に入った時点で血を吸う猫の鬼気を感じなかったのか？

たぶん、いなかったのである。

何らかの作用により近くにある隠れ家から呼ばれたのだ。

……そうか、反魂香。

邪鬼が好む反魂香の匂いが——吸い寄せたに相違ない。

投石でひるんだ静らに化け猫どもが一斉に襲いかかっている。

……速かった。

ただでさえ、猫は、すばしっこい。

その素早さが、血吸い鬼になったことで、二倍速、三倍速に、なっている

——。

静や三郎、つまり普通人で対応出来ぬ、驚異的速さだ。

静が杭で追っ払う間もなく純白の怪猫が目にも留らぬ魔風となり、脛に、かぶりつく。

鋭い痛みが足を走る。

噛んでいるのは――小さい、猫。が、そうとは思えぬ相当の牙力《がりょく》であって、獰《どう》猛《もう》な犬に噛まれたような、痛さだ。

静の麗《うるわ》しい相貌が苦悶で歪む。足を怪我した三郎を、虎猫が疾風《はやて》となって、襲う。

三郎は腰刀を抜いて、思い切り振るも――赤い眼光を迸らせた虎猫は、難なくかわし、爪で三郎の手を引っ掻いて、挑発し、血を流した三郎の足に噛みつこうとした処で、三郎に蹴られそうになって――あっという間に数間《けん》飛び退《の》いた。

猫が小さい体に本来的にもっている能力が、血吸い鬼となったことで、爆発するように活性化している。

歯を食いしばった静が雪の如き白猫に仕込み杖を突き下ろす。

白猫は、ニャッ、と低く鳴き、飛び退《すさ》っている。嘲笑うような鳴き方だ。

美貌の娘影御先は懸命に血吸い鬼の力を引き出そうとした。

だが、それは何かに突っかかり、出て来ない。

義経は石に当りながら、怪猫どもを剣で払っていた。義経の武技があれば、石をよけられるはず。

静は気づく。

……盾に……なってくれている！

熱い潮《うしお》が胸にこみ上げた——。

痩せた少年少女が、布をつかって高速で打つ礫が、怪猫と戦う義経の額にぶつかる。肩にぶつかる。腹にぶつかる。石が、義経をどんどん傷つける。

……わたしと三郎の盾に……。

さっきの白猫、そして、耳が片方千切《ちぎ》れ、毛も薄汚れたぶち猫が、赤い眼火を燃やし、静に突進してきた。静はがむしゃらに杖で叩こうとするも、白猫は素早くかわし、ぶち猫にいたっては——杖に跳び乗り、す、す、すーっと杖上を走って、静の喉を嚙み切ろうとしている。

「ギャッ！」

三郎が投げたニンニクがぶち猫に当る。驚いた化け猫は、吹っ飛んだ——。

くるりと宙でまわったぶち猫が四つの足で草を踏みながら着地するや、

「静、薫物《たきもの》結界の支度《したく》！　三郎、静の杖で猫を追っ払え！」

頭が茶、腹が白い怪猫が——顔目掛けて跳びかかったのを斬り殺しながら、義経が叫んだ。

義経の面に石が勢いよく当り、血が散る。

「石をよけて！　当っても大丈夫っ」

静が、悲痛な顔で、言った。

「そうだよっ、死んじゃうよ！」

三郎が静から引ったくるように仕込み杖を取る。

だが、義経は……礫に対する盾でありつづけた。傷つきながら、化け猫と戦いつづけた——。

静はふるえる手で火種を取り出し、腰袋から出した香炉に着火。薫物結界を張らんとした。

白猫が邪魔しにくる。横に薙《な》がれた杭が、白猫の横腹を打ち据え——ずいぶん遠く、印地打ちの少年少女が立つ濡れ縁近くまで、叩き飛ばしている。

足に大怪我をした三郎が静を助けてくれた。

……出来ることをせねばっ。

静はふるえる手で作業しながら、思う。

――どす黒い邪気が発散される。

万年。

万年は分厚い太刀を大上段に振りかぶり――力強く、跳び、全身の筋肉を波打たせ、義経を叩き斬らんとした。

刹那、香炉から強い薫煙が立ち上り、俄《にわ》かに吹き寄せた夜風によって、その煙は、静から義経の方へ、さらに……飛んで来る万年に吹く。影御先の香を弱めるべく反魂香が焚かれていたけれど、偶然の夜風はその妖香を押しやり、無香となった所に跳んできた万年が入り、その彼の顔に、静から流れた香気が絡みつく。

「ギャッ」

悲鳴が、した。

義経の鋭い突きが――香にひるんだ万年の心の臓を貫いている。

――屈強なる殺生鬼は、逝《い》った。

万年の死に庭梅は肩をすくめただけだったが、印地打ちしてくる子供たちには、衝撃をあたえたようだ。

投石は、一時、はたと、止る。

義経は濡れ縁に向かって、気迫をぶつける。

「何ゆえ、鬼になりたい！」

小柄で浅黒い少女が、叫んだ。

「……見返せるやろっ！」

少女が石を投げ、よけもせぬ義経の顔に当てる。だが、義経から放たれる気の質量は逆に強まる。

化け猫も義経に気圧《けお》されたか、その時は襲撃を止め——西の京のあばら屋は海底のように静まった。

粗衣を着た、のっぽの京童が、

「鬼になれば、強く、豊かになる。せやから……見返せるっ！」

この世の上に君臨する者たちの絶えざる圧迫が、この子らを庭梅の妖言に押しやったのだと、静は、知った。彼ら彼女らの気持ちがわかる気がする。自分も同じような所を這いまわってきたから——。だが、それこそ父が、あの男が歩んだ、滅びの道だと言ってやりたい。

義経は——激しい痛みを覚えている。体じゅうズキズキする。静、三郎を庇い、凄まじい勢いでぶつかってくる石をいくつも受けたからだ。

義経の顔は、血だらけであった。左目に額から垂れてきた血が入り、ひどく沁みる。

「さあ、打ち殺せ！　その男一人を殺せないようでは……わたしたちの一族なんかになれない」

庭梅が命じ、穴が開いた衣を着た、ぼさぼさ髪の少女はまた投げようとする。

義経が、きっと睨むや、少女はおびえ——投石をためらった。

義経は四人に、

「血吸い鬼になれば、強くなれる？　……嘘だっ！」

「…………」

「真の強さとは……何ものにも縛られぬこと。殺生鬼ともなれば……」

血汁が眼に入るのを感じつつ、庭梅を見上げ、

「常に、人の血を吸いたいという欲に囚《とら》われる！　終《しま》いには、支配される」

「あははは！」

けたたましい庭梅の哄笑《こうしょう》が廃屋にひびいている。

義経は、濡れ縁の四人に、

「其《そ》は——真の強さか？　血吸い鬼になれば、豊かになれる？　豊かになれると

なっ！」

四人は白皙《はくせき》の若者の言葉を茫然と聞いていた。

「それも――偽りっ！」

「あは」

庭梅に構わず義経は、

「いくら、銭があっても、不幸せな者がいる！　……心が平穏でないからだ」

万年の亡骸《なきがら》を、見下ろす。

この男を討てば、あるいは、己の中に裂けた谷が塞《ふさ》がるかもしれぬと感じていた。

だが……それは、埋っていない。義経の心に平穏はおとずれていない。ただ、荒涼とした暗い風が吹いていているばかり。

「これでも」

血にまみれた義経は真剣に言った。

「殺生鬼が、平穏に、豊かに生きたと見えるか」

血刀が――憎しみの形相で息絶えた万年を指している。

「己が血吸いした者の親や子から恨まれ、常に影御先に追われる。それが豊かな一生？」

「ちゃんと戦え！　でないと、お前らの家族と知り合いが、血の海に沈む……。この都で誰もお前らを知らなくなるまで、消してやるからな」

庭梅にひどく脅された四人はまた印地打ちしはじめたが、石勢は弱まっている。静は弱まった礫に迷いを見る。

化け猫が影御先衆を襲わんとするも、反魂香を掻《か》き消すほど強い、薫物結界に阻《はば》まれる。

突進してきた猫が、ギャッと叫んで、顔を掻き毟《むし》り、慌てて体を反転。もんどり打つように逃げる――。

それでも突っ込んでくる怪猫がいたが、勢いは……弱い。

三郎の仕込み杖が灰色の化け猫を突き倒す。静が取り出し、振った孔雀《くじやく》縄が、三毛猫、虎猫を追っ払う。

義経の鉄剣が――血を吸う妖猫を、幾匹も、斬り伏せた。

刹那、

「――あは」

静は、ぞっとする。

……庭梅っ！

飛び降りた魔少女は手水桶の柄杓を取る。手水桶は、濡れ縁の傍、青竹と板でつくった杭に載っていた。

庭梅は、静の予想を飛び越える動きに出ている。

義経の斬撃をかわしつつ、ふわりと跳び、あり得ぬ所に跳び乗った。

――源氏の御曹司の頭の上に。

義経頭上の人となった庭梅が柄杓を振り、香炉に水をかける。

薫物結界の源が、柄杓一杯の水で、消された――。

「――あっは！」

化け猫どもがいと嬉し気に鳴き、赤い眼光を一斉に強める。

「やあぁぁっ！」

三郎が、主の頭に乗った、魔の花の如き少女の腹に、仕込み杖を突き出した。

同時に、義経は――がさっと右膝を落とし、庭梅を揺すり、右腕一つで上へ突いた剣で、庭梅の腰を後ろから刺そうとしている。

「あ……は」

悪魔は、宙に浮き、三郎の杖を手で摑んでへし折り、静の喉めがけて——投げてきた。

静は即応出来ぬ。

喉に、鋭い刃が、飛んで来る！

刹那である。

だが、静には時がやけに長く延ばされた気がした。義経が面貌を悲痛に強張らせて振り向き、三郎が吠える、その一瞬がとてつもなくゆっくり過ぎる気がした——。

……嫌っ……。

——！

鋭気。

突風化した鋭気が、庭梅が投げた凶器を貫き、首にとどくぎりぎりで、叢《くさむら》に落とす。

一本の矢だ。

――義経も、三郎も、唖然《あぜん》としている。むろん二人が射たものに非ず。

矢が射られた方をきっと睨んだ庭梅は着地し様に静に跳びかかってきた。

抗《あらが》い様もない怪力に、乙女は、叢に倒される――。

義経が庭梅に後ろから斬りかかるも、魔少女は体をひねり――義経の剛剣を蹴飛ばした。驚異の脚力だ。

三郎が折れた杭で庭梅を叩く。

――よけもせぬ。

半分に折れた杖は、庭梅の後ろ首を打った。

庭梅の足が――鞭《むち》みたいに動いて、三郎の腹を直撃。

三郎は数間吹っ飛ばされ背中から叢に叩きつけられ、動けなくなっている。その三郎に化け猫どもが殺到する――。

「三郎ぉっ！」

叫んだ義経を白猫、太った三毛猫が、赤い眼光を閃《ひらめ》かせて襲い、今剣《いまつるぎ》を出した義経は必死に振り払う。静は馬乗りになった庭梅に押さえられ、蹴りと、転倒の衝撃で動けなくなった三郎、礫で傷ついた義経は、怪猫に噛みつかれ、絶体絶命に陥った。

――あの力を出さねば殺《や》られるっ。

体の中で何かが動く。その時だ。

――ヒュン！

また、射られた。

飛来した二の矢が――高く跳ねて三郎を襲わんとしていた一匹めの背から胸へ、三郎の体に跨《また》がり、爪を振り上げ、体を掻き裂こうとしていた二匹目の横首から横首へ、凄まじい推進力で突き破り、瞬目の間に、化け猫二匹退治した。

怪猫と戦いながら、義経が、

「……氷月っ……」

――聞いた名だ。静は思いいたる。

そうだ。血吸い鬼になったという元影御先の娘。その人が……？

憎悪で面貌を歪めた庭梅は静を押さえながら、初めに戦った建物の屋根へ、

「何ゆえ、こ奴らを助けるっ！」

押さえられた静の中で――赤い力が激動している。力の奔流は、静の心がつく

った堤を押し破らんとしている。

三の矢が義経の脛に嚙みついた白猫を朱《あけ》に染め、肩にかぶりついた三毛の化け猫を、義経が片手で引き剝がし、もう片手ににぎった今剣で、倒した時、静の眼に——赤い火が、灯っている。

怒りと共に、鬼気が、爆発した。

はっとした庭梅を静は荒ぶる膂力で突き飛ばす——。

静は跳ね起きた。

大金串を二本出す。

庭梅は転んだ先で、鉄菱二つをひろい、立ち上がり様、腕を×印にして、構えた。

——睨み合う美しき娘二人の間で、殺気と草いきれが絡んだ生暖かい野風が、吹く。

出来れば……庭梅の血で手を汚したくない。

だが、最早《もはや》、避けられぬ運命《さだめ》なのかもしれぬ。

庭梅が走ってきた——。

鋭気が、庭梅から、放たれる。

鉄菱を豪速で投げて来た――。

大金串が、庭梅が放った金属の颪を払っている。

いま一つの鉄菱で静の首を刺さんとした庭梅の腹に、右手の大金串が――刺し込まれた。同時に――左から颪を起して迫ってきた庭梅の腕に、静の左手の大金串が刺さり、首を切らせない。

静と庭梅は息がかかる至近で、赤い眼で睨み合い、鼻に小皺を寄せ、牙を剥き合う。

庭梅の腹と腕からは血が溢れていた。

四の矢が射られ、別の化け猫を倒している。

庭梅が射手の方を憎しみを込めて睨む。その隙を衝き――さっき飛ばされた太刀をひろった義経が、猛然と斬りかかっている。

素早い一閃に庭梅は背を斬られた。

獣じみた咆哮《ほうこう》が上がる。

静は大金串を庭梅の腹から抜きながら後ろ跳びして、はなれた。夥《おびただ》しく出血した庭梅は、義経、静にはさまれる形になった。不死鬼と違い殺生鬼は胸以外の処を斬られても、血を流しすぎれば、死ぬ。庭梅はかなり危うい状態であった……。

義経がまた、攻撃しようとするや——庭梅が動いている。

斬撃をすり抜け、脱兎《だっと》の如く、少年少女がいる方へ走る。

この四人、庭梅が飛び降りたころから、魂が抜けた顔様になり、石も投げず、茫然と濡れ縁に立っていた。

「血をよこせ！」

庭梅が怒鳴る。血だらけになり、血を啜るべく、殺気立って突っ込んでくる物凄い様を見た四人は恐慌に陥り、背中を見せて逃げ出した。静は今庭梅に大金串を投げれば、仕留められる気がしたが、手が躊躇《ためら》いを覚え——動かない。

「逃げるなっ！」

庭梅の凄まじい怒声がひびく。逃げる四人を救うべく、義経、静も動く。

その時だ。

屋敷の裏から——、

「捕まえろ！」

「盗賊め！」

幾人もの男の声、真っ先に逃げた少女の叫びがして、争うような物音が、した。

足音の濁流が迫り来る。

——未知なる勢力が、裏手から、廃屋に雪崩《なだ》れ込んだようだ。

後ろに庭梅、前から正体不明の者たち、どうしようと……立ち竦《すく》んだ京童を、庭梅がひっ捕らえ、噛み殺そうとした瞬間、廃屋の奥から何かが庭梅に向けて飛び——魔少女を吹っ飛ばす。

「庭梅！」

静は思わず叫ぶ。

床に赤目を剝いて転がった庭梅の額には矢が一つ、刺さっていた。さらに、複数の矢が庭梅の傍に刺さる。

それは、さっき屋上から化け猫を射殺した謎の助っ人の矢ではない。

今、新たに裏から突っ込んできた者たちが射た矢——。

「検非違使《けびいし》かっ」

義経が呻く。荒々しい声が、奥から、

「まだ、賊の仲間がおるぞ！　捕えよ！　歯向かう者は、斬れっ」

「逃げよう。三郎をたのむ」

義経が、言った。静は今——血吸い鬼の腕力《ちから》を出せる。

「わかったわ」

静は初めにいた建物の屋根を仰ぎながら……三郎に駆け寄っている。

屋上には——誰もいなかった。

三郎を担ぐ。

静に襲いかかる矢を義経が弾く。

気を失った三郎を背負った静と、静の後ろを走り、殿《しんがり》をつとめる義経は、尼の骸が転がった建物の横を抜け、夏草が茂った正面に、出た。と——竹蔀の門をくぐり、松明《たいまつ》を揺らし、武者どもがどんどん入ってきた。

検非違使だ。

巡回中の検非違使に、近隣の者が、賊同士が争っていると通報したのやもしれぬ。

むろん——義経が、捕まるわけにはいかない。

「怪しい奴、神妙にせいっ！」

検非違使どもが喚《わめ》く。

義経が、後ろから、

「垣を破れるか？」

「やってみる」

三郎をかかえた静は竹穂垣に向かって驀進《ばくしん》する。

静が、骨組みの青竹を蹴る。

竹が——バキーンと、吠え、垣根に驚いたような口が開く。

まず、静と三郎が抜け、義経がつづく。

「あそこから逃げたぞ！　追えっ」

内側で鋭い声がし、門の外にいた侍衆も、こちらに駆けて来る——。

静たちは、廃屋、藪、農地までもが混在する西の京を、右に左に逃げ回る。

逃げる静の気がかりは検非違使に非ず。

……庭梅。

かつて友であった庭梅だが、今や、殺生鬼。静は凶行を止めてほしいと願っていた。

庭梅はまず、間違いなく——息絶えたろう。であるならば、成仏してほしい。

ここで思い出されるのが、殺生鬼から……不死鬼に転生するという話である。

……全てではない。不死鬼になるのは——ごく一部の殺生鬼。多くの者を殺めた取りわけ残虐な殺生鬼は、不死鬼として甦《よみがえ》る。庭梅が、もしそれだったら？　甦りを阻むには庭梅の心臓に杭を打たねばならなかった……。

だが、その暇もなく、静たちは逃げている。

第六章　王血の子

夜空を見上げると――呑み込まれるほど沢山の星が出ていた。

氷月は慈姑《くわい》が植わった田に手を入れ、血で汚れた口周りをあらう。

蛍《ほたる》が田の上で舞っていた。

西の京は元々、低湿地であったから、川が氾濫《はんらん》する度、湖のようになった。だから人は東の京へ動いていった。

今や、西の京の湿地の多くは、東の京の胃袋を満たすのにつかわれている。蔬《そ》菜《さい》の類が、そだてられている。

義経らを庭梅から救ったのは氷月だった。昔男《むかしおとこ》とわかれ、都をさすらうち、激しい鬼気を感じ、廃墟に足を踏み入れた処《ところ》、義経と三郎が、少女の殺生鬼、猫の殺生鬼に追い詰められていた。

もう夢中で矢を射ていた。

義経は名を呼んでくれた。……気付いてくれたのだ。言葉を、交わしたかった。だが、無理であった。三郎も一緒にいたし影御先と思われる娘が傍で戦っていたから。

……それとも義経は……わたしを受け入れてくれたのかしら……？

氷月は細い目に赤い光を灯し蛍が乱舞する田を眺めている。

光の虫が角ばった白い顔にふれそうになる。弓を傍に置き、膝をついた氷月は、田の脇に茂っていた草をぐしゃっと摑み、しばし動けずにいた。

馬を有していた検非違使《けびいし》からも——義経を助けた。

氷月は、義経らを追う検非違使を後ろから射、あらぬ方に引きつけ、藪《やぶ》に三人誘い、深手を負わせて——吸い殺した。

今、検非違使の別当は、藤原成親《なりちか》であったけれど、検非違使という組織はその手足として、平家の侍を多くつかっている。だから、氷月が吸ってよいと考えている平家の者でない可能性もあったが、こ奴らは皆、清盛の家来に違いないと決めつけ、殺めた。

——あの人を助けるためだったのよ。仕方なかった……。

自らに言い聞かす。

その時である。

後ろで、男の声が、した。

「やはり……吸いたかっただけでは？」

誰だかわかっている氷月は振り向きもしない。

「あれは、摂津《せっつ》源氏の侍ぞ。平家の者ではない」

「…………」

「そなた、わたしと一緒にいないと、いとも簡単に——己《おのれ》を見失ってしまうようだ」

氷月は牙を剝いて、体をまわし、言葉でじわじわ心を侵食してくる男を睨む。

昔男が扇を唇に当てて立っていた。右目だけ、赤い眼光が灯っている。少し後ろに、虎杖丸《こじょうまる》が、無表情で控えている。さらに後ろ、網代壁《あじろかべ》や松の柱が滅茶苦茶に倒壊し、蔓草《つるくさ》の氾濫《はんらん》にのしかかられた二つの民屋の間に、音もなく近寄ってきた牛車《ぎっしゃ》が止っていて、その上を蛍がちろちろ飛んでいた。

「そろそろ、借りを返してくれぬか……」

赤い魔光を一際強く光らせ、昔男は冷たく告げた。

氷月は力なく、

「そうすべきなのでしょうね……」

昔男の扇に付着していた数匹の蚊がふわりと飛んで草を摑んだ氷月の手の甲に

止る。

「さる者の血を、採ってほしい。その者の生血は採ったゆえ、死せる血が欲しい。すぐに、とは言わぬ」

扇をたたんだ昔男は、白い牙を見せて笑った。

＊

平重盛の小松殿《こまつどの》の南に、渋谷越《しぶたにごえ》という道がある。京の渋谷（重盛の館辺り）と山科《やましな》をつなぐ道で、別名、苦集滅路《くずめじ》。

仏教の苦集 滅道《くじゆうめつどう》――苦しみを滅ぼす道に由来するだろう。

苦集滅路の南、少し前まで茅原だった所に、真新しい板屋が立っていた。

重盛がつくったこの建物――救い小屋である。貧しい者は、無償で病を見てもらえ、そうではない者は、銭を払う。

化け猫が蠢《うごめ》く廃屋で庭梅と戦った翌日、静は重盛の若党が守る救い小屋から、一人の少女を、つれ出している。

加夜《かよ》という。

――王血者である。

静が影御先になって間もない頃、大和で見つけて説得。母親と一緒に小松殿につれてきた。母も、王血者だった。

重盛がつくった救い小屋では薬師にまじって王血者がはたらき、病める人の患部、手負いの人の傷に手をかざし、癒《いや》している。

あの後、検非違使の追跡を振り切った静は、西の京で、さる隠れ家を確保した。

そこに義経、三郎を寝かせ、傷ついた二人を夜通し手当てしている。

夜が明けると静は長成邸にもどり磯禅師に報告した。

京にいる影御先は四人だが、静をのぞく皆が敵との戦いで傷ついた。磯禅師は王血者の力をかりるべしと話している。

その際、禅師は、わかっておるとは思うが、と念押しした上で、

『義経のこと、間違っても、小松殿に言うなよ。わたしが負傷したという話だけつたえるのじゃ』

釘を刺した。

あいにく重盛は留守で息子の維盛《これもり》が応対した。洛中一の美男と評判の維盛はじっと静を見詰め、

『――そなたの良きに計らえ』

応諾した。

「なあ、静はん？」

加夜の日焼けした手が、静の白い手を、揺らす。

「一条大路の禅師はんの所に行くんやろ？　道が違う気ぃするんやけど……うちの気のせい？」

加夜はドングリに似た眼をさらに丸《まろ》げている。あの小生意気な三郎と、歳《とし》は同じくらいか。ただ、顔は幼いが、背は高いから、小柄な三郎と並べば、お姉さんに見えよう。そこは――静と義経も同じである。義経の方が年上だけど、静の方がすらりと長身なのである。

静はあの小柄な若者が――礫《つぶて》の雨から守ってくれた姿を思い出す。遠い眼差しで、

「ええ、別の所に行くのよ」

きょとんとした表情が、広がった。

静は真昼の雑踏の中、足を、止める。

天秤棒をかつぎ、瓜を商う男が傍を通りすぎる。

辺りに侍がいないのを見てから、

「禅師様の他に診てもらいたい人が二人いる」

白く繊細な人差し指が、赤みが強い唇に当てられた。

「このことは……誰にもしゃべらないで」

おしゃべりな加夜は不安そうに目を泳がせたが、やがて、日焼けした顔をぎゅっと引き締める。

「約束する」


昼下がりの日差しを浴びながら静らは西の京に入った。

西の京の全てが、農地や廃墟、はたまた藪になったのではない。

中には人が住んでいる一角もある。

遊び女の小屋の前や、陰陽師の家の前を通りすぎる。

雑草がはびこった庭に、丸太で大きな止り木をつくり、首縄をつけた鷹《たか》を飼っている家がある。

鷹匠の家だろう。

その先は、左が畑になっていて、右手で築地塀が崩れていた。壊れた塀の内側は合歓《ねむ》の木の茂みになっている。見捨てられた公家屋敷で、藪が広がったのだ。藪が切れた所で静はひょいと破れ築地を越えた。

「入っていいの？」

加夜が訊《き》く。

「うん」

静は、エノコロ草を踏んですたすたと、行く。

藪、そして、草地が広がった旧公家屋敷の片隅で、その家は炊煙《すいえん》を上げていた。

たぶん、侍廊《さぶらいろう》か、雑色《ぞうしき》小屋を、住いにしたのだろう。三人の瞽女《ごぜ》が住む家だ。瞽女とは盲目の女性《にょしょう》で、鼓《つづみ》を打ち、様々な物語を聴衆に聞かせたり、霊の言葉を、故人の家族に聞かせたりして、生計を立てていた。

昨夜、三人の盲目の女が暮すこの家を見つけた静は、野犬に襲われ怪我している、とつたえ、助けをもとめている。

瞽女たちは温かく迎え入れてくれた。

垂らされた筵《むしろ》をめくって中に入ると、三郎と老いた瞽女がいるばかりで、他二人の瞽女と義経の姿は、ない。

菅筵の上に横になった三郎の傍らに水を張った曲げ物桶《おけ》が置かれていた。桶にかかった、濡れ手拭いの白さが、自分たちは死闘を掻《か》い潜《くぐ》り、どうにか生きているのだという実感を、静にもたらした。

……庭梅はどうなったろう?

ふと、不安が兆す。

「三郎。この子は、加夜」

耳たぶに唇を近づけ、

「王血の子」

手拭いを取った静は、

「貴方の傷を治せる」

半裸の三郎は、身を少し起し、日焼けした少女に頭を下げた。

「よろしく……あっ、痛《いて》ぇっ！」

気が強そうな顎《あご》をつんと反らして、白い歯と歯茎を剝《む》き出した。

加夜は素早く襷《たすき》がけして、

「三郎はん言うた？　無理して、起きんでもええよ。傷、見てもええ？」

「あたらしい晒《さらし》はそこ」

静がおしえると加夜は面差しを引き締めてうなずき、三郎の足に手をかけた。

静は汗ばんだ少年の胸を拭いて、

「八幡は、何処《どこ》に行ったの？」

「瞽女さんたちがね、化け猫に襲われたことがあるって、言うんだよ」

静は眉を顰《ひそ》める。昨日の怪《かい》猫《びょう》と見て、間違いない。

「猫に噛まれて、血を吸われたりしたんだって。他にも、西の京には……化け猫に襲われた人が幾人もいるって」

「そうだったのね」

「……子供や年寄りは噛み殺されたようだよ」

一瞬怖そうな顔をした加夜はすぐに晒をはずすのに没頭する。

「ひどい怪我や……。せやけど、泥田に隠れとった鍬《くわ》の刃で、もっとざっくり足切った子、うちは治したことがある。せやから大丈夫」

「ち、痛そうな話するなよ。痛え時にさあっ」

三郎が言っても加夜は涼しい顔で、

「大人しゅうしとき」

ぴしゃりと、叱り、新しい晒を手際よく巻き出した。

静が三郎に、

「それで八幡は？」

「うん、だからさ、退治するって……。奴らがよく出る所に案内してくれって、若い瞽女さん二人と出て行ったよ……」

静は、茫然としている。

——赤い禿《かぶろ》が、義経を、追っていた。

さらに昨日、検非違使にも目をつけられた。おまけに義経は、傷ついている。

なのに瞽女二人をつれ化け猫退治に出かけたという。

静は、険しい顔で、

「どうして止めなかったのよ」

拗《す》ねたように、

「止めたって……出て行きますよ」

口をすぼめて静と話す三郎の足には今、真っ白な晒が巻かれ、見えざる波動がおくられていた。

加夜が真剣な面差しで一寸（約三センチ）ほどはなれた所で三郎の傷に向かって手をかざしていた。

三郎は、肩をすくめ、

「……そういうお人なんで。うちの御主君は」

……もっと、自分を、大切にしてほしい。

静は歯噛みした。

昨日の義経が、鮮やかに思い出され、胸が焼けそうになっている。

降りそそぐ礫の雨から盾となって静や三郎を守ってくれた……。

投弾帯《とうだんたい》で放たれた、凄まじい勢いの礫だ。打ち所が悪ければ——死んでいた。

もし、義経が石をふせいでくれなかったら、静の頭に石が当り、死んでいたかもしれぬ。命の恩人と言ってよい。その命の恩人に、昨夜は忙しすぎて、ちゃんと礼を言えていない。

怪猫退治に出たという義経が、赤い禿や、検非違使に追捕されたら？

胸が、裂けそうになった。

と、三郎が、急速に身を起す。

火をつけたドングリのように目を剝いた加夜は、

「ちょっと三郎はん。大人しゅうしときって、言うたやん？」

三郎は構わず、

「静姉ちゃん、おいら、謝らなきゃいけねえことがあります」

殊勝なる面持ちを、見せる。

「何かしら？」

「昨日……ひどいこと言っちゃってごめん。ひどい態度、取っちまった」

目を細めた静は、視線を斜めに逸らす。三郎が、声をふるわし、

「……許して下さい」

「………………」

昨日の三郎の言葉が胸でひびき、心の傷がほじくられ、痛み出す。

己の中に流れる血吸い鬼の血に悩んだこと、邪鬼と化した父が引き起した惨《むご》たらしい所行、辛い記憶が一挙に甦《よみがえ》る。静はかんばせを歪めてうつむいている。

——わたしは自分の中に流れる鬼の血を恐れている。いつか、その血で満たされることを。わたしが、わたしでなくなることを。なのに影御先であるわたしはあの力をつかわねば……戦えない。

「御主君が言ったんだ。叱られたんだ。……静に、謝れって……」

「……八幡が？」

真っ赤な顔で、三郎は、

「うん、静の辛さを……わかってやれって。鬼の恐ろしさを誰よりも知るのは静なんだって」

胸が、熱くなった。静の黒瞳から何かが溢《あふ》れそうになる。唇が、小刻みにふるえていた。

静は顎を首につけるようにして、うつむいている。

三郎が、肩をわななかせ、

「仲間の気持ちをわかってやれない男は下《げ》の男だ。お前は、下の男になりたいか？　このわたしの家来であるなら――上の男であれ……こう言われたんだ。おいら、昨日、下の男だったよぅ。静姉ちゃんが、ここまではこんできてくれたんでしょ？　なのに、ごめん……本当に……ごめんなさいっ」

三郎はぽろぽろ涙をこぼして謝っている。

静は、きつく瞑目して、

「……いいのよ……。怒っていない」

「本当に？」

「ええ。本当よ」

多くを話せなかった。多くを話せば、何かが決壊する気がした。

溢れそうになるものを呑み、眼を開けて、少しぎこちなく笑む。

「何かなあ……うちはようわからんけど、静はんに妙なこと言うたんやな？　あんた……。そねんな話聞くとなあ、全力で介抱したろうゆう切実な気持ちが、半分ほど、失せてしもうたわ」

加夜が、言った。

「そんなこと言わないで……ちゃんと診てあげて」

静は王血の少女をたしなめる。一度、手を引っ込めかけた加夜が、溜息をつき、また手をかざした。

静は、すっと立つ。

「加夜ちゃん、三郎をたのむわ」

「何処へ行くの？」

三郎に問われた静は、

「――心配だから、さがしてくる」

面差しをきっとさせて戸口に向かう。六波羅《ろくはら》に捕縛されるかと思うと、気が気ではない。

後ろで、

「うう、おいらも行ければなっ」

「無理に決っとるやん。はい、横になりー」

戸口にさがっていた筵を、手で退ける。

外に出て少し行った静は瞠目している――。

さっき、静が跨いできた築地の破れ目から、男一人と、杖をもった女二人が、入ってきた。

義経と瞽女たちだ。竹藺笠《たけいがさ》をかぶった義経は布を広げ、草か、野菜の山を載せていた。

――人の心配も知らずに……。

静は少し憮然として、二人の瞽女と楽し気に語らいながらやってくる義経に歩み寄る。

静に気付くと、傷だらけの義経は、会話を止めて、

「おお、早かったな」

義経が布に載せているものを静は見る。

「アカザだ。体に良いからな。怪我をした三郎に食わせようと思うてな。こちらの、おみつ殿がな……美味なるアカザが生えている空き地をご存じということで、猫を追った帰りにおしえてもらったのだ」

おみつという若い瞽女が少し恥じらうように赤くなった。

「……ありがとうね、おみつさん。だけど八幡、貴方……怪我人なのよ？」

凛々《りり》しい面からは昨日の礫の激しさが漂ってくる。青痣《あざ》、赤痣、石による切り傷が、あまりにも痛々しい。

義経は、胸を張り、

「何のこれしき、怪我などと言えぬわ」

「――怪我よっ」

義経は、大きく柔和な双眸《そうぼう》をぱちくりさせている。

「……何か……怒っておるのか？」

「怒っていない。……今、三郎は、加夜という子に診てもらっている。貴方もその後で加夜に診てもらって」

「わたしは……」

「診てもらって。で、それを置いたら、少し……話せない？」

義経は一旦アカザを置きに行く。

法蓮草《ほうれんそう》の仲間であるアカザは、この頃は、雑草として取られるのではなく、蔬菜としてそだてられている。

公家屋敷の寝殿が雪崩《なだれ》を起したように崩れた廃墟まで、二人は歩いた。

静は倒れた柱に、義経は半分以上崩れた土壁に座る。

「……猫の首尾は、どうだったの？」

「三匹見かけ、一匹、仕留めた。二匹、取り逃がした。……あまりにも素早くてな」

義経は、秀麗なる眉を顰めた。

昨日の廃屋から、数匹の血を吸う猫が逃げている。捨て置けば、犠牲者が出る。──影御先が動かねばならぬ案件だ。

「千代松《ちよまつ》さんは……」

老いた瞽女のことだ。

「しばらく、ここにいてくれていいと、言っている。だから、貴方と三郎はここを宿とし、加夜に手当してしてもらいながら、化け猫を倒す。一応、禅師様にたしかめるけど、これが一番いい」

「江州《ごうしゅう》にも解決せねばならぬ難問があるが、まずは化け猫だな」

――そう。近江には、見過ごせぬ暗雲が渦巻いている。

伊吹山淡海寺にいるという黒滝の尼。

恐らく、妖尼と一つの線でつながると思われるが……東南近江から伊賀にかけて荒らしまわる、残虐無比の殺生鬼衆。

だが、それは――今、都にいる影御先が総員乗り込んでも、吹き飛ばせぬ、巨大な暗雲だ。

「禅師様は……山海のお頭に助勢をたのまれているわ」

静が言うと、義経は、

「四種の霊宝のうち……巴が守っている三つの宝をつかうべき時が来たと思う」

豊明《とよあけ》の大鏡、小鏡、小角聖香《しょうかくしょうこう》は、巴と共に、諏訪にある。

「それも、考えておられるはず。わたしたちだけでは到底無理だし山海の影御先の総力、巴たち、霊宝、みんな、必要かもしれない」

静は、身を乗り出し、

「……今はとても大切な時。黒滝の尼と決着をつけるには貴方の力が要る。だから自分を大切にしてほしいの。幾日かは大人しくしていて」

「………………」

周りに誰もいないのをたしかめてから、

「貴方は赤い禿と検非違使に追われている。おまけに怪我をした。なのに早速、化け猫退治に行く。……無謀でしょう?」

義経はこのことには一家言あるようですかさず、

「無謀ではない。まず、夜の人の目ほど、当てにならぬものはない。検非違使は、我らの姿など、ろくに覚えておらぬ」

義経は深刻な顔様で言い足す。

「それに……瞽女たちが幾度か血を吸う猫に襲われたという。この近くには殺された者もおる。故に……一日たりとも、見過ごせぬことに思えた……」

暗く、思い詰めた感情が、義経の面をよぎる。

「少しでも邪鬼の犠牲となる者をへらしたい。……それだけなのだ」

――そこまで言われると影御先の先達としては反論出来なかった。この人が、邪鬼との戦にこだわるのは、浄瑠璃、鬼一法眼のことだけが原因なのだろうか。

「……わかったわ。化け猫のことはわたしが何とかするから、貴方と三郎は治療に専念して。せめて、二、三日、大人しくしていて。来るべき闘いのために」

義経は、ようやく、

「……そこまで言われたら……。承知した。二、三日はここに潜んでおこう」

「あと……」

恥じらいに似た気持ちが、静の頬を染める。

「昨日はありがとう。貴方のおかげで……助かった。貴方はわたしたちの盾になってくれた。貴方はわたしの、命の恩人よ、八幡」

義経はしばし黙して静をじっと見ていた。

やがて、口を開く。春風のような声で、

「恩を感ずるにおよばぬ」

えっ、という顔になる静に、

「我らは——仲間。仲間が危うい時に体を張るのは、当然のことであろう」

——心が、激震していた。何かが溢れそうになっている。

静は、唇をぎゅっと嚙んで、義経を見つづける。

義経は、言った。

「鬼の力に……魅入《みい》られてしまう者も多い」

静から目を逸らした義経は、

「だが、今までの辛い歩みから……それをためらう壁を、しかともっておる。それが静……そなたという人だ」

静は吸い込まれそうな気持ちになりながら、義経の話を聞いていた。見上げた星空に吸い込まれそうになる時と同じような気持ちがした。

「それは……弱さに見えて、そなたの強みでもあるのではないか」

……強み、わたしの……？

「そなたが鬼の力をもって生れたのは、きっと、何か意味があることなのだ」

義経の言葉の一つ一つが、深く染み込んでくる。

義経はおおらかに、

「だから、あまり己を責める必要はないと思うぞ」

静の胸の鼓動が速まっていた。だが、すぐに、静の心に影が差す。

静の父は、熊坂長範。義経の恋人、浄瑠璃を血吸い鬼にし、浄瑠璃の死のきっかけをつくり、義経の師、鬼一法眼を殺めた男である。

義経が三郎に言った言葉も嬉しかったが、胸に差した影が口を重くし、何も言えなくなった。

「それにわたしの方が、静に助けられている。この前は、母上を……」

「あれは……。あの夜は、禅師様のはたらきの方が大きかった」

「それだけではないのだ。山を降り、居所のないわたしを、影御先は……受け入れてくれた。皆に感謝しておる。戦いで、恩返しする他ないのだ」

ふと、義経は、遠い目になる。

「いつまで……邪鬼を追えるか、わからぬしな……」

……え？

静は今の義経の言葉が引っかかった。義経は影御先を抜けようとしているのだろうか。

「しかし……」

義経が、言葉をつなぐ。

「邪鬼に味方する只人《ただびと》は前からいたが……黒滝一味は、それを一気にふやしている気がするな」

「…………」

「――とても危ういことだ。それは」

加夜と共に怪我人二人の世話を焼いた静が長成邸にもどった時には、日は既に暮れかかっている。

報告を聞いた磯禅師は、

「……わたしの怪我は、もうよい。ここは、わたしが守る」

庭梅、万年は、討った。だが、まだ、その残余の勢力が京におり、常盤に牙を剝いてくるやもしれぬ。

「そなたは西の京の怪猫を始末せよ。あの二人には、あまり出歩くなとつたえよ」

夜衾《よぶすま》に座した磯禅師の枕元で、邪鬼除《よ》けの香が焚かれていた。清らにふすぶる香気を見ながら、静は、

「……禅師様、一つ気がかりがあるのです。……庭梅のこと」

「昨日、斃《たお》れるのを見たのであろう？」

眉をさっと顰める磯禅師だった。

「ええ。ですが……止《とど》めを刺しておりませぬ」

かつての友に止めを刺すのは辛かったが、やらねばならないと感じていた。

磯禅師は声を落としている。

「不死鬼になる殺生鬼は——ごく、僅か……」

何処からか風が入って来て薫煙が不穏に揺らぐ。背筋を、ぞわりとしたものが、走る。

「庭梅がそうでないと祈りたいです。ですが、そうである恐れも……。——今からたしかめに行ってもよいでしょうか？」

「——今から？」

磯禅師は、驚き、

「庭梅の骸《むくろ》はもはやあの廃屋にあるまい」

「検非違使の指図で、紫野辺りにはこばれたでしょう」

平安京には鳥辺野、化野《あだしの》、紫野などの風葬の地がある。貴人は土中に埋めるが、庶人は殺伐たる気が淀《よど》む野に捨て、鳥に食われるのにまかせる。昨夜の現場からは紫野が一番近い。

「ならぬ」

磯禅師は頭を振っている。

「今から、紫野に行っても、日が暮れる。暗い中……広大な紫野で一人の骸を見つけるのは、至難の業。それに……もし庭梅が今宵、転生すれば生れたばかりの不死鬼に、そなただけで立ち向かう形になる。……これは危ういこと。不死鬼は、獣を、あやつる。紫野には骸《かじ》を齧りに来た獣どもがおるぞ」

頰をふるわせた静は、身を乗り出し、

「……あの子に成仏してほしいんです。これ以上、魔道をっ」

磯禅師の手が、静の頰にふれる。目を細めて、

「そなたの気持ちは、わかる。じゃがな……不死鬼にならぬ場合の方が、多い。明日の明け方でなければ紫野に行くことをみとめぬ。よいな？」

静が、不本意ながら首肯した時であった。

「磯禅師様」

雑仕女が唐紙障子《からかみしょうじ》の向うから、声をかけてくる。――何事という表情で、二人はそっちを見る。

「三条の金売り吉次様の使いと申す方がお見えになっております」

「左様ですか。通して下さい」

ややあってから、開かれた唐紙障子の向うに立った男の姿を見て、二人は愕然《がくぜん》とした。

長い髪、浅黒くととのった顔、山犬に似た眼光、顎髭《あごひげ》、逞《たくま》しい若山伏体の男に、磯禅師は、

「重家《しげいえ》――」

鈴木《すずき》重家――畿内の影御先の頃からの仲間である。振杖《ふりづえ》という鎖付き棒の妙手で、今は、山海の影御先として四国ではたらいていた。

黒七曜が入った柿色の衣は旅塵《りょじん》にまみれていた。駆けに、駆けてきたのだろう。いつもは疲れを見せぬ重家からげっそりと困憊《こんぱい》した気が漂っている。重家は怒りとも落胆ともつかぬ面差しで、埃っぽい笈《おい》を下ろすと、床に沈み込み、

「……大変なことが……起きましてな。讃岐《さぬき》で。ちょうど、禅師様の使いがあった日に」

伊吹山からもどった禅師は、海尊の情報を受け、義経の上洛はまだという時点で、金売り吉次にたのみ、四国に連絡《つなぎ》の者をおくった。

「では、濃尾の影御先を襲った悲劇、黒滝の尼が伊吹山におることを……そなたは……」

「存じています。善通寺《ぜんつうじ》が襲われました」

「な――」

四国善通寺——弘法大師《こうぼうだいし》ゆかりの古刹《こさつ》である。この善通寺が、讃岐における影御先の定宿であり、古くから縁が深かった。静は、真っ先に、西国一円で自分たちがさがし、善通寺に庇護をたのんだ王血者たちに思いを馳せている。

善通寺も救い小屋をもうけ王血者が世の中の役に立つよう、計らってくれていた。

「救い小屋が騎馬の一団に襲われた」

「——」

「王血の者が五人攫《さら》われ、四人斬られました。影御先も三人斬られ、僧たちも……」

磯禅師は険しい面差しで、

「お頭はいなかったのか？」

山海の影御先の頭は善通寺門前に庵を構えている——。但し、ほとんど、留守である。

「土佐《とさ》の方に邪鬼狩りに出ており、俺が留守を……。文《ふみ》を受け取ったのも俺です。燃え上がる救い小屋に駆けつけた時には……」

王血者をかかえた騎盗どもは——咆哮《ほうこう》を上げながら、引きあげてゆく処だった。

苦しみが汁になって垂れそうな重家の面差しだった。

「抹香の……結界があろうに」

磯禅師の言に、重家は、

「善通寺を襲ったのは、只人の賊どもです。だから――邪鬼に効く香りの壁は、全く、役に立たなかった」

……これを恐れていたの？　義経は。

重家の言葉は磯禅師と静を打ちのめす。二人はしばし、声を発せぬ。重家は髪を掻き、眼を爛々《らんらん》と燃やし、

「賊をたばねていた男は……魂の抜け殻のような顔をしておったと、何かにあやつられているような顔だったと、斬られた僧が話しておりました。その僧も息絶えましたが……。襲ってきたのは只人だが後ろにいるのは奴らだっ……不死鬼だっ！」

重家が板敷を殴る。拳で、血管が、逞しくふくらんだ。

嘆きをにじませ、青褪めた表情で瞑目した磯禅師が、しばし黙した後、開眼する。

その時には――もう、獲物を狙う鷹の目になっていた。

「――で、お頭は何と？」

「お戻りになり、善通寺で起きたこと、戸隠山で起きたことを考え合わされ……黒滝の尼が糸を引いている気がすると。黒滝の逆襲だと」

赤城山で源義経が黒滝の尼に瀕死《ひんし》の深手を負わせた話は山海の首領につたわっていない。戸隠山の一件までしか、つたわっていない。しかし、そこまでの情報で、かの妖尼の報復と、首領は読んでいるらしい。

「同じ考えじゃ」

磯禅師は、言った。東の影御先が――殲滅されたこと、赤城山で黒滝が深手を負ったことが、告げられる。驚き青褪めた重家は、

「お頭は、王血の者を……今の所にいさせるのは、危うい。もそっと安全な地にうつさねばと言われました」

「……今以上に安全な所が？」

磯禅師は訊《たず》ねている。

「さあ……そこは、何かお考えがあるようなのでございます。とにかく、急ぎ精鋭を引きつれ、上洛されると。濃尾の新首領、巴とも合力せねばと言われまし

た」

「——伊吹山の女怪を討つのじゃな?」

重家は、磯禅師に、

「まず、間違いないかと」

「宿の支度をせねばなるまい」

磯禅師は静を見る。静はきびきびと、

「今、八幡と三郎は、西の京の瞽女の所にいる。そのすぐ傍に……手をくわえれば住めそうな所があるわ」

化け猫など京で起きている事件も重家と共有される。

「では、化け猫退治と、廃屋の修理は俺がやろう」

「たのむ。静は明日早々、重家を八幡たちの所まで案内《あない》せよ。その後で、紫野に行け」

禅師の下知に、

「承知しました」

その夜——。

刃物に似た、鋭い月が、夜空に浮かんでいる。
腐臭をおびた夜気が荒涼たる野をおおっている。
凄気《すごげ》な、野であった。
卒塔婆《そとば》が、乱立している。ススキや篠竹の陰に白骨や腐乱死体が転がっている。
紫野である。
分厚い死臭に閉ざされた闇の底で赤い光が二つ、ぼおっと、灯る。
小さい影がむっくり起き上がる。赤い光は、眼光だった。
「——あは——」
刹那《せつな》、静は跳ね起きる。
ねばつく汗が体にまとわりついていた。
「悪夢《ゆめ》か……」

第七章　山海の首領

静、重家を夜明けと同時に西の京におくり出した磯禅師を、血相変えた金売り吉次がたずねてきた。

「禅師様、大変ですっ。小松殿から知らせが、知らせがあってっ」

「落ち着け吉次」

禅師は、何かことがあった時に、吉次を通じて連絡してくれと、重盛に言ってある。

「救い小屋の王血者が三人……行方知れずになったと」

「何じゃとっ……」

驚きの閃光に貫かれた磯禅師は、

「誰が、攫《さら》われた？」

「葵《あおい》と申す女、鮎《あゆ》と申す娘、小吉《こきち》という若者だそうです」

青褪《あおざ》めた吉次は、答えている。

磯禅師は常盤に事情《わけ》を話す。常盤は、すぐ行きなされ、と言ってくれた。長成邸の警固はこの屋敷の侍にまかせ、強い日差しに焙《あぶ》られた一条大路に飛び出す。

小松殿に急行せんとした禅師ははっと立ち止る。

滝のような衝撃が、どっと肩に叩きつけられた——。

——加夜……。葵は、加夜の母親。

加夜を小松殿につれて行かねばならない。

「何でも、お申しつけ下され」

吉次は勢いよく言う。

素早く考え、

「大がかりな戦に、近々、出立する。武具、兵糧、駄馬の手配をたのむ」

黄色が眩《まばゆ》い絹衣を着た吉次、ひょろりとした髭《ひげ》に指を当て、

「香矢、香玉、ニンニク、米？」

「左様《さよう》」

「——吉次におまかせあれっ！」

磯禅師は、三条大橋方面に走る吉次とは逆、一条大路を西へ駆ける。

静が話していた小屋に、着く。

静は紫野に向かい、義経、重家は、廃屋の修理に行ったという。小家には瞽女《ごぜ》たちと三郎、そして加夜がいた。禅師は三郎の手当てをしていたドングリ眼《まなこ》の少女を外に連れ出している。

草地で両頰に手を当て、

「小松殿から、悪い知らせがあった。……救い小屋で神隠しがあった。三人、行方知れずの者が出た」

「……え……お母《かあ》は……」

磯禅師は、一度唇を噛《か》み、

「葵の行方が……知れぬそうじゃ」

加夜は面貌をひどく強張《こわば》らす。

「一度、もどろう」

「三郎が……」

「おいらなら、大丈夫！　加夜ちゃん、もどれっ」

耳がいい三郎は戸口まで片足で歩き、だいぶはなれた所から、盗み聞きしていたようである。

加夜は無言でうなずき磯禅師と共に走り出す。

廃墟群、湿地、貧民窟、騒々しい賑わいを突き抜け、二人は駆ける。

息を切らせて苦集滅路《くずめじ》の救い小屋についた。

真新しい板屋で加夜をまっていたのは——酷《むご》い運命《さだめ》であった。

白髪頭を振り乱した王血の媼《おうな》が近づいてきて、

「昨日の夕餉《ゆうげ》の時に、若い者二人と、そなたのお母はな、もどらなかったんじゃ」

皺深き媼は、邪鬼除けの、香が薫る小屋で、言った。

加夜は高みから顚墜《てんつい》したように床にすとんと、膝を落とし、わなないている。

磯禅師は加夜の背をさする。

当初——重盛は、畿内の影御先からあずかった王血者を、自邸内に、堅く匿《かくま》っていた。が、王血者が救い小屋ではたらきはじめ、銭を得るようになると、事情は変った。得た銭を街でつかいたいと思うのは人情であろう。天下で、もっとも繁華な場所が少し歩いた先にあるのだ。

小松殿近くでは、重盛の郎党の目が光っている。

斯様《かよう》な事情を鑑《かんが》み、重盛は、日があるうちは、王血者が近くの町に出歩くことをみとめた。

磯禅師は一抹の不安を感じたけれど……何よりも、王血者自身の望みであったし、重盛にあずかってもらっている以上、あまり強硬に自説を推せぬ事情もあった。

――その変化があった直後、三人が消える事件は、起きた。

加夜は泣き出していた。

侍どもをつれた、見事な直垂《ひたたれ》の武士が、磯禅師をみとめ、歩み寄ってくる。

重盛だった。

「禅師、加夜……わしの判断が甘かった。許せ」

重盛は深く頭を下げている。

磯禅師は、言う。

「誰も重盛様が悪いとは、思うておりませぬ。悪いのは、かどわかした者」

重盛は切実な顔で、

「まだ、かどわかしと決ったわけではない。何か事情があって……もどらぬだけかもしれん」

「だと、よいのですが……」

加夜が涙に濡れた顔をこすりながら立つ。

「うち、お母をさがしてくる」

「まて」

磯禅師は、止めて、

「一人では危ない。わたしも、さがす。……重盛様と大事な話があるゆえ、それが終るまでまってほしい」


薬壺や薬研《やげん》、擂鉢《すりばち》が、棚に並んでいた。救い小屋には薬師《くすし》もいる。その男の部屋だ。斯様な部屋にも平気で足を踏み入れる気さくさが、重盛にはある。この腐敗した都で稀に見る、信頼出来る武人《もののふ》だと、磯禅師は、思っていた。

薬師の文机《ふづくえ》に肘《ひじ》を乗せた重盛と向き合う磯禅師は、

「お願いしたい儀が二つ」

「聞こう」

「一つ目のお願いは、しばらくの間、救い小屋を閉じ、王血の者を小松殿の中で匿っていただきたいということ。無理は承知の上です。あの者たちの命を守るため、お願いしたいのでございます」

「何時《いつ》までか？」

「我らが——伊吹山におる敵を討つまで」

　重盛は沈黙した。

「二つ目の願いは、西光のこと。三人の行方知れずには……西光の手先が、かかわっている気がします。三人を取りもどすべく、西光の屋敷に踏み込んでいただきたい」

　重盛は、静かに振っていた扇を止め、しばし沈思黙考し、

「一つ目の願いは聞く。ただし、二つ目の願いは、聞けぬ。西光は……院近臣。これに手を出すには入道相国様のお許しがいる。その許しは、得られまい」

　磯禅師、重盛相手に一歩も退かず、

「——貴方様はどうお考えなのでしょう？」

　重盛は一度、唇をぎゅっとむすび、考えるような顔をして、

「……影御先に助けられた一人の武人の立場なら西光めの屋敷に踏み込みたいぞ。三人を救いたい。だがな、禅師……平氏の者という立場なら、その考え、自ずと変ってこよう」

「…………」

「禅師の直感を信じ、西光が館に踏み込み、何も出なかったら——？　我らが一

門……院の逆鱗《げきりん》にふれる。一門破滅という結果まで引き起されるやもしれん。禅師の言葉だけを信じて仙洞《せんとう》が寵臣の屋敷に踏み込むわけにはゆかぬ」

深く息を吸う磯禅師だった。やがて、頭を下げて、静かな声で、

「……あいわかりました。王血の者たちを、たのみます」

「承《うけたまわ》った」

「恐悦にございます。では、葵たちをさがしに出ます」

去ろうとする磯禅師を重盛は呼び止め、

「そなたら影御先の方で、明確な証左《しょうさ》の許《もと》、西光が凶行を暴けるならば、そなたらの手で……。そこはもう、わしのあずかり知る処《ところ》に非ず」

無言で首肯した磯禅師は退出している。

静の首や背は、夏の日差しにいたぶられ、汗ばんでいた。草木がうな垂れた野を、腐臭に耐え、羽虫を払い、時には骨を踏みながらさがしまわったが……少女の死体は、無い。

西日の赤光が紫野を照らしはじめたため、瞽女の家にもどると、三郎の他、義経、重家もいた。

義経がすかさず、

「大変なことが起きた。加夜の……母御がいなくなったというぞ。禅師様がきて、加夜をつれて行ったのだ」

事情を聞いた静は大きな手に心臓をにぎり潰されるような気がした。青褪めた静が、表に駆け出ようとすると、重家の手に腕を摑まれる。

「まて、まて。ここでまっていれば……禅師様は来るのではないか」

落ち着いた声で提案する重家だった。気が気ではなかったが、重家の言葉にしたがうことにする静だった。

重家が言った通り、黄昏《たそがれ》の青き帳《とばり》が西の京に降りはじめた頃、磯禅師は瞽女の小屋に現れている。青褪め泣き疲れたような顔の加夜をつれていた。久方ぶりに再会した義経と磯禅師がうなずき合う。

静が無言で加夜に駆け寄る。浅黒い少女は、必死に、涙をこらえていた。歯を食いしばり、黒瞳をふるわせた静が加夜を抱きしめると——加夜は静の胸の中ですすり泣く。

「大丈夫……必ず見つかるから……ね？　これからもどってくるかもしれない。もどってくると信じて、まちましょう」

静が慰めると加夜は大声で叫んだ。

「もう、もどって来ーひん！　取り返す他、ないんやっ」

加夜は、目を丸《まろ》げた静からはなれ、どたどたと三郎に駆け寄り、傷ついた足に向かって手を出す。三郎が、小さい声で、

「おいらの傷なんて……いいんだぜ。もうお前のおかげでだいぶ良くなってきたんだ」

加夜は答えず、何かを堪える表情で、手をかざしつづけていた。

磯禅師が静たちに押し殺した声で事情を話す。

「いなくなった王血者は……葵、鮎、小吉、この三人じゃ。救い小屋に通っていた翁《おきな》が、若い男と東山に上ってゆく鮎を見たという」

翁によれば――鮎は、怪我をして救い小屋に来ていた男と、親密になっていたという。

「……共に歩いていたのはその男のようじゃ」

加夜と共に清水寺近くをさがしまわった磯禅師は、清水坂の物乞いから重要な証言を得ている。

東山の林で薪《たきぎ》をひろっている折、女二人が、人相が悪い男数名に輿《こし》に詰めら

れ、東の方へつれ去られるのを見たというのだ——。茂みから目撃した物乞いはあまりに恐ろしくて胸にしまったという。

「行方知れずとなった若者も、胸を病んで救い小屋に来ていた娘と睦《むつ》まじくなっていたとか」

——敵が患者として救い小屋に溶け込んだ。香で守られた救い小屋に。邪鬼じゃない。

「邪鬼に使嗾《しそう》された只人《ただびと》よ。善通寺と同じ手口じゃ。今頃は……そ奴らも、殺されているかもしれぬが……」

若い二人は、異性の誘惑により、人気《ひとけ》がない山林にみちびかれた、加夜の母はつれ出される娘を見て不審に思い、尾行し、巻き添えを食った、そんな情景が、静の脳裏で浮かぶ。

四国で起きた凶事《まがごと》、京で発生した神隠し、全ては黒滝の尼と血塗られた糸でむすばれている気がする。妖尼は恐らく王血をもとめており、そこかしこで動いているのは妖尼の手足だ。指図を出す張本《ちょうほん》を討たねば——悲劇は起きつづける。

……許せない。

静の中で闘志が滾《たぎ》っていた。双眸が、赤く光ろうとするも……すっと、おさまる。

　何かが胸につっかかっていて、力が、押さえつけられたのだ。

　磯禅師が、言った。

「加夜には、小松殿にいるようにつたえたのじゃが……三郎を診ると、申して、聞かぬ」

　静は自分からここに来た少女を心配そうに見詰めている。

「……強い子じゃ。静、今夜は加夜の傍にいてやれ」

「わかりました」

「明日、そなたか、八幡のどちらかは……必ず、ここにおること。八幡がおる時、そなたは化け猫の討伐。静がおる時、八幡は重家を手伝い、小屋の修理。重家は全力で小屋の修理に当るように」

　淀みなく下知した磯禅師は、静に、

「そういえば、紫野は——どうであった？」

　頭を振る。磯禅師は静の肩に手を置いている。

「……左様か。別の所に弔《とむら》われたのやもしれぬし、あるいは、土中に埋められたのやもしれぬ」

直感的に、そうではない気がしていた……。心の奥沼で灰色の瘴気《しょうき》がたゆたう。

「…………」

磯禅師は腰を上げ、加夜の所に行き、力ない背中をさすってなぐさめてから、

「わたしは前大蔵卿《さきのおおくらきょう》の屋敷の警固にもどる」

義経は、心を込めて、

「……よろしくお願いします……。しかしあの時、黒滝めをしかと討ち果たせれば」

磯禅師は凜々《りり》しい若者をまじまじと見て、

「かなり年を経た魔物じゃ。……そう容易《たやす》くは倒せまい。しかし今度こそ、彼奴《きやつ》を退治せねばならぬ」

翌日は朝から糠雨《ぬかあめ》が降っていた。

義経は、加夜と三郎を守り、瞽女の小屋にいた。

今、瞽女たちはさる寺に呼ばれており、静は、怪猫をさがしに出ている。

雨音は——雨夜にはなれればなれになった娘、氷月を思い出させる。

……氷月は……無事だろうか？

氷月から浄瑠璃に、思いを馳せる。くしゃっと潰れたような浅黒い笑顔が胸を抉《えぐ》る。自分が愛でる女人はどうして皆、邪鬼の毒牙にかかってしまうのか？　自分は呪いの星でも背負っているのか？

と、たのもう、と外で声がした。

家に入って来たのは、年齢不詳の坊主だった。

——只の僧ではあるまい。

仏法が戒《いまし》める五辛《ごしん》の一つ、ニンニクの茎を、悠然とくわえている。

ぼろ笠を目深にかぶった屈強な男は、義経を一目見るや、口にくわえたニンニクの茎を吐き、

「お前が、八幡か？　赤城で黒滝を追い詰めたっつう男か」

ぶっきらぼうに言った。

——ぼろい衣を、着ている。手にした太い鹿杖《かせづえ》（鹿角をつけた杖）には、七曜模様がそっと彫られていた。

黒ずんだ大きな笈《おい》を背負っており、顎、口周りをおおう無精髭《ひげ》は、白い粒の割

合が、目立つ。初老と思われるが、みすぼらしい衣の下から荒々しい精気が、漂っていた。

「いかにも、八幡にござる」

「いかにも……と、来たか。おい。重家が直してるっつう小屋に案内《あない》せい」

名乗りもせず——くるっと背をまわしている。山海の影御先の一員なのだろう、と思いつつ追いかけて、

「貴殿は？　ああ、小屋はこっちです」

「俺は、山海の影御先をあずかってる、ううん、不本意ながら……あずけられてる男よ」

「山海の……お頭《かしら》……ですか？」

義経は雨の中、愕然とした。山海の影御先をいかなる者がたばねているか、詳《つまび》らかな話は全く聞かされていない。

「ああ。他の奴は山崎《やまざき》でまたせてる」

洛南、山崎は淀川に面した湊《みなと》である。

「俺だけ先乗りしてな、磯禅師に、ここにいるって聞いて来てみたのさ。——西《さい》行《ぎょう》という。よろしくな。西光じゃねえぞ」

驚いた義経は、

「和歌《うた》を……お詠《よ》みになりますか？」

「……一応ね。俺の和歌を知ってるのか？　あんた」

「それはもう」

少し、嬉しげな顔になる西行だった。


西行法師――名は似ているが、院近臣で殺生鬼・西光とは、全く関りない。

元は佐藤義清《さとうのりきよ》といい北面《ほくめん》の武士だった。

西光は血吸い鬼で、西行は影御先。

西光は、後白河院の金庫番で巨万の富をたくわえた権勢家だが、西行はほとんど無一文で日本全土をさすらった歌人である。

放浪の逸話の他に、西行の影御先としての相貌を物語るエピソードがある。

それは、高野山《こうやさん》において、西行が――反魂香《はんごんこう》をつかって、死体を甦《よみがえ》らせていたという言い伝えがある。これなどは……西行が、影御先として捕えた餓鬼に、反魂香をかけて様子を見るなどしていたのを、他の僧が見、西行が餓鬼をつくったという話に、変ってしまったのだろう。

さらに、西行には「武」の逸話もある。

西行と同時代に文覚《もんがく》という猛烈な荒僧が、いる。

この文覚がある時、西行に腹を立て――呼び出して懲《こ》らしめようと考えた。ところが、西行がやって来ると、文覚は十年来の友の如くもてなし、何も手を出さず、一緒に寝て、帰す有様だった。

あとで弟子が問いただすと、

『あの男の目が恐ろしすぎて……到底手が、出せなかったわ』

文覚は、苦笑いしたとつたわる。

西行は歌詠みの仮面《ペルソナ》の下に――影御先の素顔を隠し、邪鬼を狩りする旅の合間に、和歌を詠み、人々から称賛されていたのだった……。

この頃、西行は、四国の善通寺門前に庵を構えていたとつたわる。

「俺の和歌を好きか？」

西行の押しつけるような気に押された義経は、

「……好き……です……もちろん」

「よかった」

かなり、嬉し気な顔になる西行だった。

恐ろしく強く、背中を叩き、

「お前……いい奴だな。素直な男だよ」

そのまま義経の背中の筋肉を揉みつつ、

「いい体してんな。で、ここかい？　重家が直してる小屋っつうのは」

「……はい」

「──小せえな？」

中に入って、くるっと見まわした西行、一人、納得したように、

「やっぱ、小せえよ。もっと拡張せんと。王血の連中もつれて来たから……これじゃ入り切らんわ」

「……王血の方々まで来られるとは……初耳でした」

「そりゃ初耳だろう。お前の確認など、いちいち取ってられねんだよ。迅速に動かにゃならんかった。兵は……」

「拙速を尊《たっと》ぶ、でしょうか？」

西行は義経をすっと見て、真面目な顔で、

「──いいね、お前」

と、
蓑笠をかぶった、静が面を輝かせて駆けて来る。

「山海のお頭！」

西行は静を見るや、

「……何処の蓑虫《みのむし》かと思ったら静じゃねえか。む、若干《じゃっかん》、女らしくなったようだな」

「やめて下さい」

ぴしゃりと言った静は、頬を上気させながら、義経に、

「──猫は全て、退治したわ」

「猫ぉ？」

訝《いぶか》しむ西行に、静は血を吸う猫が西の京を騒がしていたと話すと、

「活躍してるようじゃねえか……」

無精髭にかこまれた唇が嬉し気にほころんでいる。急に、真面目な顔になった西行は、

「俺は一ぺん、山崎へもどる。でな、明日の夕方、皆をここへつれて来る。だか

ら、八幡は、重家と一緒に、もう一軒分の小屋の、骨組みだけととのえておくように。今は、嵐なども来ん。ざっくりしたやつで構わねえ。影御先十七人、王血者、十八人が来る。だから静はな……」

「食事、筵《むしろ》？」

「相変らず……いいね、お前。そう。そういった諸々、ととのえておくように。じゃまたな」

不意に去ろうとした西行は、また、もどって来て、

「忘れてたよ」

はにかみながら、言う。

笈の上に置かれた肩箱から——あり得ないものを出した。ふつう、この木箱、経などを入れるのだが……、

「鯛《たい》だ」

塩引き魚を三匹義経に渡すや、

「山崎で、手に入れた。じゃ、また明日」

その日、義経と静たち、瞽女たちは——鯛の塩引き、湯漬け、アカザ汁という

豪勢な食事に、舌鼓《したつづみ》を打っている。

翌、六月二日。重家と義経は力を合わせ、小屋の拡張をおこなった。とりあえずの骨格がととのった処で、静が白湯《さゆ》をもってきた。

娘影御先の影の長さが、日の入りが近いと、おしえてくれる。

「こっちはあらかた、ととのったわ。白湯でもどう？」

汗で衣が重くなった二人に、静が声をかけた時、義経は、こっちに向かってくる三十人以上の一団をみとめた。

静が言う。

「お頭だわ」

西行は——車借《しゃしゃく》をやとったようだ。

三頭の大きな牛が、鼻息荒く、荷車を引いている。荷車には萱束《かやたば》が山の如くつまれていた。荷車の左右に、様々な身なりの男女が、萱束や他の荷を手に、歩いていた。富商と思しき男もいれば、みすぼらしい身なりの下人らしき者もいた。百姓娘もいれば老いた官人らしき男もいる。——王血者である。王血者を守るように、目付きが異様に鋭い男女が、辺りを厳戒しながら歩みをすすめていた。いかにも剽悍《ひょうかん》な者たちだ。

——山海の影御先だろう。

拡張中の小屋の前まで来た西行は、車借をたばねる髭面の大男に、

「鷲太夫《わしだゆう》。世話になった」

車借は洛南、鳥羽《とば》の辺りに住む。巨椋池《おぐらいけ》や淀川《よどがわ》から荷揚げされた重量物を牛に引かせた車ではこぶ男たちだ。

西行が、銭を払おうとすると、

「いや、よい。西行法師」

鷲太夫は固辞した。

「あんたのおかげで……どんどん、和歌が上手くなっておる」

古い馴染みであるらしい鷲太夫と西行は堅く抱き合う。

「琵琶湖で舟をつかう時は、鳩《はと》太夫の舟をつかってくれい」

鷲太夫の提案に西行は、

「和邇《わに》の船頭が家に婿養子に入ったあいつか？　あんたの、従弟の」

「そうよ」

「——いいねぇ。考えておく」

西行がつれてきた者たちが、はこんで来た荷を、拡張中、修理中の建物にどんどん放ってゆく――。車が空《から》になると車借衆は牛に車を引かせ、もどって行った。

讃岐で強襲にさらされ、仲間をうしない、都まで旅してきた、王血者たち。それ以前も殺生鬼の影におびえ……善通寺まで旅したのだろう。憔悴《しょうすい》した人々の衣は旅塵でまみれていた。特に、子供、老人の面には、灰色の疲れがこびりついている。

口をへの字にして王血者たちをじっと眺めていた西行は、俄《にわ》かに明るく、

「皆の衆、長旅、ご苦労であった！　明日、一気に小屋掛けするゆえ、今日は英気をやしなうべし。わしが密かにもって来た般若湯《はんにゃとう》（酒）と、恐らくは静が支度してくれていたであろう馳走でな。静、万端よいか！」

「もちろん！」

――西行は、場を、一気に盛り上げた。で、義経、重家らの所に来て、一転、鋭い眼光を迸《ほとばし》らせ、

「四国には、重清《しげきよ》を置いてきた」

重家の弟だ。

「明日は小屋掛け、評定。明後日《あさって》は必要なものの支度、手入れ。明明後日《しあさって》が、斥候《うかみ》。弥《や》の明後日、旅立ち。こういう流れで考えてる」

「行き先は？　まさか、王血の方々までつれて来られるとは……」

重家が言うと、

「行き先については、作戦の肝。評定の折、明らかにする」

西日を背に受けた首領はきびきび告げた。苦《にが》み走った面貌に一転、屈託ない笑みが広がり、

「今日はご苦労だったな。じゃ、お前らも、楽しめよ」

すたすたと歩み去り、王血者たちをねぎらう。

「みんなは、こっちの小屋。この二人がほとんど直した方の小屋に入って下さい。この二人の美男に礼を言って下さい！」

と、また盛り上げ、影御先に、

「お前らは、こっち。こいつらが骨組みだけととのえた小屋……」

影御先たちから、どっと苦情が出ると、

「ほら文句言うな。こっちの方で、萱束などにもたれかかり、やすらうように」

底抜けに明るい顔と、凄みをにじませた顔、二つの顔を見せる西行、どちらが

仮面で、どちらが素顔か、義経にはわからなかった。

重家に、

「……いつも、ああなのか……？」

「あれぞ、西行法師よ」

罅割《ひびわ》れた壁に背をもたれさせ地べたに足を投げ出しながら義経はうつむく。とうに、宴《うたげ》は終っている。

平家の悪口を言う者を取り締まり、都中で恐れられている赤い禿《かぶろ》、西の京の貧民窟が、胸に浮かんだ。影御先として旅する中で見てきた、叩かれながらはたらく荘園の下人たちが、思い出された。

邪鬼は——なるほど大きな敵である。だが、己の敵は邪鬼だけではない気がする。

——京の権門が、平家が、少しでも工夫すれば、救われる命が、沢山ある。浄瑠璃はあらゆる身分の者が安心して暮せる世を望んでいた。氷月……上洛し、氷月を見つけ、救いたかった。だが、見つける手立てが……無い。氷月もまた、平家の世をわたしが覆《くつがえ》すことを望んでいた。

義経の双眼は闘気の光芒《こうぼう》をたたえている。手が、扇を取り出した。

重盛がくれた扇。

自分が創り出す、泰平の世を信じ、まっていてくれ、源氏の若者よ、矛《ほこ》をおさめてくれ、という思いが込められた扇だ。

義経の面貌は険しい。

――重盛殿、一時は、貴殿を信じ……まってみようと思うた。だが……もはや、まてぬ。わたしは……貴殿の一門と……。

重盛は――影御先の庇護者だ。香などの支援のみならず、王血者も引き受けていた。影御先である限り重盛と戦うことは出来ぬ。義経の中で――影御先を抜けてでも、重盛が跡を継ぐ平家一門と刃をまじえねばならぬのでないか、という声がひびく。

伊吹山の黒滝討伐、この一戦を無事やり遂げたら、

……邪鬼と戦う道を抜け、六波羅と戦う。

義経の胸は――決りつつあった。

＊

紅の帳《とばり》が、張りめぐらされている。

豊満なる乳を揺らし、汗ばんだ白体《びゃくたい》が、若い男の後ろにまわる。

妙齢なるその女人、黒滝の尼である。——十歳以上は若返っている。ひどかった火傷《やけど》もほぼ消え、熟れた美肌は汗にまみれ灯火で妖しく光っていた。

「西光めが、慌てふためいておくってきた王血で血浴《ちあ》みし……若返ったようじゃ」

この女怪、手下に攫わせた王血者の血を搾《しぼ》り取り、体に浴びている。当然、血を搾られた者の命はない。

ハンガリーの悪名高い吸血鬼・エリザベート・バートリ伯爵夫人は、うら若き乙女を次々に攫い、その血を肌に浴びたとつたわる……。

裸の若者、定益《さだます》の後ろから、両乳首をつまんだ黒滝の尼、うっとりする男の耳

に、甘美な息を吹きかけ、

「明日、四国からとどいた王血を浴びれば吾はもそっと若返る。力を取りもどす」

「素晴らしゅうございます」

定益が狼のように目を光らせて言うと、

「今の吾は素晴らしゅうないか？」

「今でも十分素晴らしい。ですが、それよりさらに素晴らしゅうなられます」

「――狡い男め」

定益の首を甘嚙みする。定益が、放心したような表情になる。黒滝の尼は操心によって――快楽すら、相手の脳に送り込める。

「そなたの美味なる王血、少し味わわせよ」

首からにじんだ血をぺろぺろ舐め出した。定益の口が薄く開き、眉根が寄せられる。黒滝の尼の顎が定益の肩に乗っている。赤い眼を、細め、

「そろそろ影御先が動き出す。諏訪におる輩も、来よう……。定益、そなたは巴、義仲を……」

――何らかの下知が、定益の心に直接吹き込まれた。

定益は甘い痺れにかかった顔で、

「御……意」

「今日はここで止めじゃ」

黒滝の尼は定益の脳におくっていた快楽の波を、いきなり、打ち切った。

耐え難い苦しみが定益の面貌を走る。

「……今少し……」

黒滝の尼は、冷然と、

「ならぬ」

渇きに狂った野獣と化した定益は黒滝の尼を押し倒そうとするも、その手が白くやわらかい体にとどく直前、

「止れ」

金縛りにかけられた定益は動けなくなっている。唇をひくひく動かす定益に、妖尼は、囁く。

「見事に武勇をしめせば――鬼にしてやる。働き者の証を立てるのじゃ。そなたが怠け者と思えば――」

赤光《しゃっこう》が強まり、

「王血を搾り取るための、水菓子としか思わぬ。そうなりたくなければ我がためにはたらくことじゃ」

ほとんど殺気同然にまで欲情を煮詰まらせた定益は、

「御意！」

定益は黒滝の尼をじっと睨みつけ、不敵な面差しで、

「黒滝様……存分にはたらくために、せめて唾を一滴、飲ませていただけませぬか？」

「唾とな……。聞き分けのない男じゃ」

黒滝の尼はゆっくりと唇を近づけた。

第八章　巴《ともえ》と義仲《よしなか》

同じ頃。

諏訪下社《しもしや》の近く、諏訪湖畔の松林に面した板屋で、巴《ともえ》はぼんやり鏡を眺《なが》めている。

巴の心は今、めずらしく……邪鬼からはなれ、別のことに囚《とら》われ、縛られていた。

恋、である。

巴は幼き日より影御先として諸州をさすらってきた。恋慕《れんぼ》に溺《おぼ》れたことは、ない。巴の関心は自らを鍛えること、技を磨くことに、そそがれてきた。

ただ、男は知っている。

畿内の影御先にいた頃、丹波の殺生鬼を、始末した。

国衙《こくが》に仕える在庁官人で老いた鬼であった。老邪鬼は——丹波山中に砦《とりで》をつくり、根城としていた。家人も多い。

この老邪鬼討滅を命じられた巴は、死を覚悟した。討ち入り前日、男を知らぬまま死ぬのは、心残りと感じた。別に好きではなかったけど、同じ影御先の若者を、誘った。

二人は山中で交わっている。

……こんなものか、というのが、正直な感想だ。

ただその若い影御先が——件《くだん》の老邪鬼に喉を嚙《か》み切られて、息絶えたのを見た刹那《せつな》、胸が痛んだ。

そんな経験が若干《じゃっかん》ある。

もう、男はいい、と思った。

自分はさして美しくないし、元々男に縁はないのだ、血腥《ちなまぐさ》い道を歩み、闇の者どもとの戦に鎬《しのぎ》を削る、荒ぶる生き方が性に合っている。

そう、己《おのれ》に、言い聞かせてきた。

一人の男に会うまでは……。


——義仲《よしなか》——。

いつからだろう？　巴の心は近頃、木曾義仲に、搔《か》き混ぜられている。

諏訪下社で、義仲、兼平《かねひら》、金刺盛澄《かなさしもりずみ》、この三名と家中の精鋭に、邪鬼との戦い方をおしえている巴。邪鬼狩りの修練も徐々に終りが見えつつある。

そんな中、たまに義仲が狩りに出たり木曾谷にもどったりして会えぬ日がある。左様な日は、苦しい。また会っても言葉を交わせぬ時もある。こういう時は、辛い。

義仲と視線が交わったり、真っすぐ見詰められたまま話したり、鍛錬の最中、体がふれたりすると、胸が熱くなる。

恋かもしれぬと気づいた日は、胸のもっとも奥まで得体の知れぬ温かさに、蒸された。

義仲を恋しいと思った瞬間、諏訪で漂う義仲の噂《うわさ》が、よく耳に入っている。

義仲は色男だった。

義仲と恋した娘の話がいくつもあった。傀儡《くぐつ》であったり、白拍子であったり。木曾谷の樵《きこり》娘であったり。

義仲が泣かせた娘も多いとか。そんな話が、巴を傷つけた。

義仲の好意を感じても巴は、己の手綱を強く引いてしまうのだった。

巴はもともと鏡をもっておらず、川や湖で自分の顔を見てきたのだが、諏訪の門前町で生れて初めてこっそり……鏡を購入した。

以来、夜、まじまじと鏡をのぞき込む自分がいる。

そうすると、顔のそこかしこが気になってしまい、いろいろ角度を変えてみたり、目の大きさを変えてみたりするのだった。

そして、決って、最後には自分を嫌いになる。

——何て気持ちが弱くなってしまったんだ、あたしは……。禅師様や重家、重清……静……みんな、今頃真剣に戦っているんだよ。幾人かは死んだかもしれないんだ。義経と三郎は命がけで上洛したよ。なのに……あたしは……恋だなんて。……身分が……違いすぎる。何浮かれてんだよ。

「駄目だ」

——諏訪にいたら、おかしくなる気がする。

「……旅に出よう」

旅、こそ巴の人生なのだった。旅を忘れたからおかしくなったのだ。

もう、義仲たちは、巴の特訓がなくとも、邪鬼と戦えるまでになった。だとしたら自分はもう旅にもどるべきだ。

諸国には今も、邪鬼どもにおののいている人々がいる。

そう思った時、

「……巴……巴……」

庭から、誰かに呼ばれている。

――はじめは、気のせいと思うた。

が、今宵は暑く、舞良戸《まいらど》を開け放っている。聞き間違うはずもない。巴は、眉を顰《ひそ》める。

巴が今いる板屋は小柴垣にかこまれていて、青竹がそよぐ庭がある。邪鬼に備えて、巴は小薙刀《なぎなた》を傍に置き、義仲が取り寄せてくれた香を焚いて寝るようにしていた。

香気が漂う中、巴は目角《めかど》を立てる。

また、

「巴」

呼び声が、した。

――間違いない。

誰か、庭にいる。ニヤリと笑い、

――邪鬼か？　斬りきざんでやるっ。今日は、機嫌が悪いんだよ。

巴は小薙刀を取り、嵐のように濡《ぬ》れ縁《えん》に出る。

「誰だ?」

厳しく誰何《すいか》した。

「……俺ずら」

甘く気怠い香りを放つクチナシの陰から大きく逞《たくま》しい影がのそりと現れている。

——義仲であった。瞬間、巴の胸はひどく驚き、何か熱い感情に沸いている。

「……どうしたんだ、こんな刻限に」

わざと突き放したように言う巴だった。義仲は、ちぢこまった状態から、背をのばし、その堂々たる体軀《たいく》を星明りにさらし、

「胸騒ぎがしてな。今日会わんかったろう」

木曾の方で追剝《おいはぎ》が出て、義仲は討伐に向かったため、昼の訓練の際、その姿はなかった。

巴は、顔を顰め、

「——あ?」

喧嘩《けんか》でも売るように、言った。

「夢を……見た」

「………」

「おんしが、襲われる夢を」

「……何があたしを襲うんだよ？」

「黒い獣ずら。顔は、無《ね》え。そ奴が思う処《ところ》に——刀のような牙が生えた口が出来る。いくつもな。そんな化け物ずら」

「……物凄い化け物だね」

「そういう血吸い鬼が……おるんかと」

「いないよ。そんな奴っ」

ぞんざいに言った巴の肌がぞわっと波立つ。未婚の娘が、この夜更けに、男と二人で言葉を交わしている状況、余人が見れば、どんな噂が立つか知れぬ。義仲をかえさなければと思う自分と、もう少し話したいという自分が戦う。

義仲は言った。

「そ奴は体の中に火山がある」

「火山？」

つい、聞いてしまう。

「そうずら。体の中に……小せえ火山が、ある。動《いご》く度に、体じゅうの傷口から、燃える火の汁……ほれ、鋳物師《いもじ》の家で見られる……どろどろの火だに、火の汁が垂れる」

「わかるよ、あんたの言いたいことは」

「こぼれる度に土から煙が出る。そんな化け物が、おんしを、喰おうとした……。俺はそいつと戦った。噛みつかれた時、目が覚めて……居ても立ってもいられんようになった。で、飛んで来た」

――溶岩を垂らす魔獣が巴を襲う夢を見て、現実の巴が襲われていないか、心配でたまらなくなり、取るものも取りあえず、ここに駆けつけたようである……。

何故だろう。

嬉しかった。

「何も、無かったか？」

思わず、乱暴に、

「無いよ、そんなことっ」

胸の中に、小さい火山が、生じた気がする。義仲が言う燃える火の汁がそこを起点に、血管にめぐっていくようだ。

「……良かった。今晩《こいべ》、おんしが無事で、良かった」

一人納得した様子の義仲は……、

「では」

悠然と背を向け——さっさと、去ろうとした。

「ちょっと、まてっ、お前」

呼び止めた巴は薙刀をもったまま裸足で庭に飛び降りる。振り向いた義仲に、巴は何か言おうとした。嬉しいという気持ちをつたえたいのに、それが形にならない。

代りに、巴は、

「夢くらいで、勝手に入って来るな！　娘が一人で、寝ている所に」

巴をのぞき込むようにじっと見詰めていた義仲は、静かな声で、

「……都の公家は、季節の花など女子に贈って、夜、おとずれるとか」

「それはさあ、好きな女に、そうするんだよ……」

義仲は真っすぐに巴を見、

「……では俺にも、花があれば良かったか？」

さっきの火山がまた火を放った気がする。

義仲が、こちらを直視したまま、一歩寄って来る。巴は本能的に身を強張らせ一歩退いている。薙刀を威嚇するようにちょっと動かしてしまう。

義仲はふっと笑んだ。

何かを、取り出し、

「手を出せ」

「手だと？」

訝《いぶか》しみながら左手を出す。冷たくなめらかな感触が、掌《てのひら》に載せられた。

のぞき込むと白い光沢のある櫛《くし》であった。

「薩摩《さつま》の果て、海の先……夜久《やく》っつう所の、櫛ずら。貝の櫛ずら」

「…………」

「諏訪社の門前の店で売っとったんだに。おんしに似合う気がして、買った。追剝の噂が気になり、わたすのを忘れておった」

それだけ言うと、義仲は踵《きびす》を返し、巴をのこし、大股で歩み去った。

顔を真っ赤にした巴は魂を抜かれたように、立ち尽くしていた。

義仲が見えなくなってから、

「何処《どこ》から入って来たんだよ、お前っ……」

濡れ縁に薙刀を置く。

白い貝の櫛を胸に押しつける――。

激しく高鳴る心臓に、貝の櫛を通して、見たこともない南海の潮騒、潮の香が、流れ込んでいる。

さっきより、やわらかい声で、

「……どっから入って来たの？　あいつ……」

＊

心の底まで貫穿《かんせん》してくる目で、西行が皆を見まわしている。

「――では、評定《ひょうじょう》を、はじめる」

奥に西行、磯禅師。磯禅師は常盤の許しを得て此処《ここ》にいた。

義経、静、乃《すなわ》ち影御先衆。かなり足がよくなった三郎もいて、隣には加夜もいる。

讃岐から来た王血者の代表として顔が四角い翁《おきな》と、頰がこけた白髪交じりの女。

一同は、円をつくっていて、複数の、小さな結び燈台に険しい顔を照らされていた。

夕刻である。

屋根は萱葺《かやぶき》。壁は萱束を立てたもの。つまり、一日で建てた仮小屋に、いた。

ほとんどの王血者は隣の小屋でやすんでおり、その小屋には見張りの影御先を、つけている。

西行が、

「先月、遠く上州において、この八幡が黒滝の尼に深手を負わせた。黒滝は何とか逃げ延びた……。だがな、みんな、八幡を責めてはならぬ。こいつは氷月と申す娘とほとんど二人で、東国にいた冥闇ノ結の大部分を、冥土《めいど》へおくった……」

声なき感嘆が影御先の猛者《もさ》どもから漏れる。邪鬼との死闘を潜り抜けてきた者たちゆえ、西行の言葉一つで——義経の武を察した。義経は、魔の夜を、思い出しながら、

「霊宝の力もあったと思います。また、黒滝を取り逃がしたことは大きなぬかりでした」

「いいねぇ、この謙虚さが」

小さく笑った西行は、一転、真顔になり、

「さて、深い傷を負った黒滝は……うしなった力を、取りもどそうとしておる。王血によって。俺はこれが、善通寺で起きた惨劇、京で起きた神隠しにつながると思っておる」

結び燈台に陰影をあたえられた加夜の頰のやつれが静は気になる。三郎の足は、加夜の力で、ずいぶん快復していたが、加夜の方は——神隠しという言葉を聞くや、うつむき、頰を引き攣《つ》らせ、目を閉じている。静はすぐ隣にいる加夜を慰めたい気もした。だが、自分が下手に慰めても、よけい苦しめたり、傷つけてしまうかもしれない。だから、見守ることしか出来ない。

「一方、伊吹山のことで、磯禅師から報告がある」

話をふられた磯禅師は、

「伊吹山から——龍気が出ておる。白き猪、白き鹿も現れた……。たしかなことぞ。この龍気をたぶんにふくんだ龍水が、神変鬼毒酒《じんぺんきどくしゆ》を醸《かも》すのに、要る」

神変鬼毒酒——邪鬼封じの霊宝の一つで、その作り方は畿内の影御先の頭《かしら》につたわる。

「伊吹山は古来、花と蓬《よもぎ》の山として知られる。神変鬼毒酒には……龍気をふくんだ水・龍水、龍水でそだった新米、薫り高き花と蓬、白き霊獣の血と、王血が要る」

「あと、それを醸す乙女」

西行が言い足す。

「大金串のさなと、静」

大金串のさなという気が強そうな娘が静を睨み、ちょっと頭を下げる。——初めて見る娘だ。影御先は幾組かに分かれて動くのが常だから、静とさなの接点は今まで無い。

「王血の者と、乙女はここにおり、他は全て……伊吹山に、在る。こういうことよ」

西行が腕をくみ、磯禅師は、

「聞いておるかもしれぬが……神変鬼毒酒を吾らが飲めば、不死鬼の操心に、かからぬ。我らには妙薬となる。一方、邪鬼を誘う芳香も放ち、これを飲んだ不死鬼、殺生鬼は、死ぬ。敵には猛毒となる」

幾人もの影御先衆が武者震いする。

「そないに便利なお酒なら、何で今までどんどんつくらへんかったん？」

棘《とげ》が潜んだ言い方をする、さなだった。

磯禅師は、大金串を取り出していじりはじめたさなに、

「龍水、王血、白き霊獣の血、それらを全て揃えられる時がなかなかなかったゆえ」

「でだ、その伊吹山の淡海寺に……今、黒滝の尼がいる」

西行の言を聞いた影御先たちの相貌に緊張が走る。

西行は、言う。

「攫《さら》われた王血の者は……淡海寺にいると考えられる」

加夜の目を閉じる力が一気に強まっている。

「加夜のお母《かあ》も」

四国から来た王血者の代表たる翁を見、

「竹《たけ》の翁の、息子さんも」

「…………」

竹の翁と呼ばれる老人が、悲しみと疲れが淀んだ四角い顔をうつむかす。

「――生きていると、信じよう。助け出そう！　……な？」

強い声を出す西行である。うつむいた加夜が、ふるえ出す。加夜の辛さがつたわってくる気がして、静は、歯噛みした。

西行はつづける。

「これまでの処を、並べてみて、俺が思うのは、此度《こたび》の作戦、三つの局面から成るということ」

西行は、指を一つ上げる。

「まず、伊吹山で神変鬼毒酒を醸す。これは黒滝を滅ぼすために要る」

二本目の指が、上がる。

「次に、淡海寺で黒滝を始末する。黒滝は手強い相手だし、手下も多く、おまけに曲者《くせもの》揃い……。香、ニンニク、清水《せいすい》……神変鬼毒酒があってもまだ足りねえ」

「――他の霊宝もつかうべし」

重家が一声を放った。

西行は顔を、そちらにむける。重家を指し、

「……いいねえ。俺も、そう思ってるのさ」

苦み走った面貌から血腥い凄気《せいき》が迸《ほとばし》る。

「霊宝の大盤振る舞いをすりゃぁ、尼さんも存外、おしとやかに……三途の川をわたってくれるんじゃねえのか？　それまで幾人、血の池に突き落とすか……知らねえけどな」

——笑えぬ冗談だが、幾人かの影御先が低く笑った。

「濃尾の新首領、巴にも動いてもらうということですな？」

義経が確認すると、

「そういうことよ」

三つ目の指が上がり、

「黒滝を始末したら——王血の衆を安全な所にうつす」

磯禅師が、すかさず、

「それを最優先すべきでは？」

「いや、俺たちが王血の衆とはなれた処を、黒滝は襲う。……そういう奴だ。だから王血の者とは黒滝を討つまで共に動き、怪我人の手当てをしてもらう」

義経は深く同意するも、禅師は、

「安全な所とは？」

「——深山《みやま》だ」

西行は、皆を見まわし、

「善通寺も京の救い小屋も沢山の人が出入りする賑やかな所だった。諏訪も然り。豊かな清水が溢れんばかりに流れ、薫り高き花が一面に広がる深山を……思い浮かべてくれい。邪鬼は立ち入れん」

「お頭、お言葉ですが、善通寺を襲ったのも、渋谷越《しぶたにごえ》の救い小屋に入り込んだのも……只人《ただびと》」

反論する磯禅師だった。

が、西行は、

「見慣れん只人が深い山中をうろちょろしておったら、目立つだろうが」

「それはそうですが……守りは如何《いかが》します？　深い山中に、王血者が行ってしまえば、我ら影御先の守りの手もとどきにくくなる」

西行は、磯禅師に、

「——常在《じょうざい》」

磯禅師は、あっという顔になる。

「濃尾の影御先に常在という連中がいたろう？」

「霊宝を守る？」

「おうよ。磯禅師、俺が思うにな……今後、霊宝を総動員しなければ勝てぬ、禍々《まがまが》しい不死鬼が……出てくるかもしれん。だから、俺はもうこの際——霊宝は常在の所じゃなく、俺ら濁世《じょくせ》の影御先の許にあっていいと思ってる」

濁世の影御先とは、西行、磯禅師のように諸国をさすらう影御先である。

唖然《あぜん》とする磯禅師に、西行は、

「となりゃぁ——常在は仕事がなくならぁ。だから、王血の衆を、守ってもらうのよ。同時に邪鬼との戦い方を王血者に伝授してもらう。王血者は安全な所で守られ、常在にも仕事がある。俺たちは——霊宝で邪鬼と渡り合える。……いいこと尽くしじゃねえか……」

深く息を吸った磯禅師は、手を宙にかざしてぴたりと止め、

「……役行者《えんのぎょうじゃ》が常在に霊宝を守らせた意味を、いま一度我らは吟味すべきでは？　我らが霊宝をもって旅する中で、邪鬼に討たれたり、罠にかかったりして、霊宝を奪われたら——如何される？」

渋柿に似た頭を指で幾度か叩きながら沈思黙考した西行は、磯禅師に、

「あんたの心配は、わかった。こうしよう。あんたの考えと、俺が初めに言ったのの、間で行く。常在には霊宝と王血者を守ってもらう。但し、黒滝の尼が如き

手強《てごえ》え敵が出て来た時、今までのような遠慮はせず、もっと、速やかに霊宝をかり、邪鬼を討つ。もちろん常在に話を通して。これでどうだ？」

「……よいかと思いまする」

「王血の人々をつれて行く安全な深山って何処なん？」

さなが大金串をかざしながら問う。西行法師は、自らの胸に、手を置いた。

「そいつはまだ……此処にしまっておくよ」

さなは小さく尖った顎をひねり、

「何で？」

小さな火に照らされた西行は、深い叡智《えいち》をたたえた相貌で、

「不死鬼は……心を読む。皆が、それを知っていたら……最後の目的地が不死鬼に知られる。不死鬼を一匹でも逃がしてみろ。何が起きるか、知れたもんじゃねえ」

「…………」

「俺は一応、出家。腹の中によ——大きな袋をつくる。この袋の中に、この山なら大丈夫だろうという案を隠しておく……。奴らにも、俺の心は読めぬ。伊吹山淡海寺で黒滝を退治した後、最後の目的地を明らかにする。そうすりゃ、連中

に、露見しねえ」

まず、伊吹山に行き、王血者の力をかり、静と大金串のさなが、口嚙み酒の要領で、神変鬼毒酒を醸す。

次に、同山中、淡海寺にいる黒滝の尼を討つ。これには、巴に、諏訪から、豊《とよ》明《あけ》の大鏡、小鏡、小角聖香《しょうかくしょうこう》をもって来てもらい、戦線にくわわってもらう。黒滝を退治した後――最終目的地が明らかにされ、王血者を安住の地につれて行く。

以上の大方針が告げられた。

「ここまでの処で何か意見がある者」

静や義経の反対側、さなの隣に座っていた小坊主が、手を挙げる。

赤ら顔で毬栗《いがぐり》頭。

猿《ましら》に似た顔をした小柄な若者でよれよれの墨衣《すみごろも》を着ていた。

「何だ、西善《さいぜん》。言ってみろ」

西行に西善と呼ばれた小坊主は、勢いよく立った。

「――西行法師の一番弟子、西善っ！」

西善――むろん、山海の影御先だ。

西行は苦笑している。

「……一番弟子……と、みとめた覚えはねえがな」

えっ、と梯子《はしご》をはずされた顔になる西善だった。

「まあ、いい。で何だ？」

さなの隣に立つ小坊主は、

「……へ、へえ。伊吹山で悠長に酒など醸す暇がありますか？　黒滝の手下が、襲ってきたら如何します？」

「何が言いてえ？」

「真っ先に——黒滝を討ちに行くのが一番安全かと」

さなが、大金串を撫でながらうなずいた。

義経がすかさず、

「——操心は、どうする？　不死鬼の操心をふせぐための神変鬼毒酒であろう？」

さなが、首をひねり、

「操心、操心と、皆怖がるんやけど……うちの心は、うちのものや。心を強くもち、しっかりたもてば、ふせげる思うんやけど」

静の唇が、開く。

「貴女――不死鬼と戦ったことは？」

「無い。そやけど、殺生鬼なら四十人は仕留めたん違う？」

さなが言い、西善が首を縦に振る。

不死鬼の操心で、心を壊された仲間たちの顔が、胸の中で、凄まじい咆《ほ》え声を上げた。

「――無いなら、口をはさまないで。貴女は不死鬼の恐ろしさを知らない」

静を睨むさなの視線が一気に険しくなる。

さなが――大金串を静に向かって、飛ばす。細い鋭気が、静の横首を、かすめる。三郎の顔様が険しくなる。

「さな、止めろ。みんな、穏やかにいこう」

西行が叱った。

「あんたよりうちの方が、腕は確かなようや。不死鬼と戦ったことはないけど、古い影御先から話は聞いとる。……強い気持ちが肝、言うとったわ」

静は、さなに、

「畿内の影御先にいた者なら、みんな、知っている。……不死鬼の怖さを。貴女はその怖さの十分の一も知らない。わたしたちは……不死鬼の操心で仲間同士が殺し合う血の海を潜り抜けてきた。辛い……それは、地獄の光景だった」

　重家は、額に青筋を立て、険しい表情で腕をくんでいた。その修羅場を静、重家と共に潜り抜けた義経が、

「黒滝の操心は、途方もなく、強い。恐ろしい力で彼《か》の者が望む方に……心をもっていかれる。濃尾の影御先の頭だった船乗り繁樹、その弟、繁春《しげはる》も、あやつられ、終いには殺生鬼と化した……。首領だった人がだぞっ」

「…………」

「あの尼を、決して侮《あなど》ってはならん」

「黒滝の尼については八幡がもっとも詳しい。ここは、この男の意見にしたがおう」

　西行が起きかかった波風をおさめている。

　義経は、信濃路、上州路での死闘を思い出しながら、口を開く。

「黒滝の尼について、もう一点。あの女は、たしかな武略の持ち主。必ず、こちらの動きを読み……罠を仕掛けてくる。そこは十分、用心せねばなりませぬ。あ

の女怪、何処かで兵法を学んだような気すらするのです」

義経を見るほとんどの影御先の相貌からは、真剣さが、にじんでいた。

ただ、西善、さなは魚の骨が喉に刺さったような顔で、話を聞いていた。

西行が言う。

「ここまでで、他に異存、意見がある者。……いねえな。では、伊吹山への経路だが――」

東南近江で凶悪な殺生鬼どもが暴れているという噂を憂《うれ》えていた西行から、琵琶湖の西をまわり、和邇《わに》で舟に乗り、伊吹山の近くまで行くという案が出された。

旅支度などについて諸々の指図を終えた西行は、最後に、

「で、使いを二人、出さなきゃなるめえ。一人は、信州諏訪。巴の許だ」

「その使い、わしが適任でしょう」

かなり太った狩衣姿の、中年男が申し出る。

「上介《じょうすけ》、よろしく、たのむ」

西行がみとめるや否《いな》や――上介は双眼を赤く光らせ、その巨体から想像も出来ぬ速さで走り去っている。

上介——山海の影御先で、不殺生鬼である。

「もう一人の使いは、明後日、和邇に出す。鳩太夫に舟の手配をたのむと同時に……和邇までの道の安全をたしかめる。冥闇ノ結の罠がねえか、邪鬼の血腥え噂が、漂ってねえか、んな処をよ。首尾は、和邇の若者をこっちに走らせ、つたえてくれい。大切な役目だ。誰か、やってくれねえか？」

「——やります」

申し出たのは義経だった。義経には——皆と別行動し、この都でやっておきたいことが、ある。左様な思いに背を押された義経を、磯禅師がじっと見詰めていた。

「いいね。お前なら、安心してたのめるわ。是非、やってくれ」

西行はすぐみとめる。

と、三郎が、

「おいらも、行くよ。この御方の従者なんだい。こういう時に一緒に行かなきゃ従者じゃねえや」

さながら小馬鹿にしたようにくすりと笑い、三郎はギリッとさなを睨んだ。

「お前……足の方は……」

義経が足を見ると、

「——駄目に決っとるやろ！　もう二日、うちが手ぇかざせばな、あんたは治るんや。せやから、もう二日安静にしときぃ」

ぴしゃりと言う、加夜だった。

「加夜の言う通りにせよ」

義経が決めると、

「ちぃっ、お前が……お前が、よけいなこと、言うからっ」

「よけいって、あんたの体のことやろっ」

そんな二人を温かい眼差しで眺めていた磯禅師が、

「加夜……そなたは如何するのじゃ？」

「え？」

目を丸《まろ》げた加夜に、磯禅師は、

「我らと共に来るのか、それとも、小松殿の方へもどるか……そなたの好きな方をえらぶがよい。ただ、我らと来る道は——危うき道ぞ」

浅黒い少女は静の方を救いをもとめるような顔様で見る。静ははげますように、首を縦に振っている。

加夜は少し考えてから、目に涙を浮かべて、

「お母がつれてかれたゆう山に、うちも行く。……お母を助ける。そいで、その後は……うちらが安心して暮せるゆう、深い山ん中に行くのや……。もしそこがほんまに安全な所やったらな……京におる仲間に、こっちの方に来いって、言いに行くのや」

――磯禅師と西行は、顔を見合わせた。西行が強く、

「――そうだな。加夜ちゃん。俺はよ……みんなを癒す王血の衆が、邪鬼のせいで安心して暮せねえことが何とも悲しい。深山に創る王血の衆の里、此処が上手く行ったらよ……今、重盛殿に匿ってもらってる王血の衆、諏訪にいる王血の衆、鎮西や坂東で息を潜めてる王血の衆……皆、此処にあつめ、常在と霊宝を盾とし、守りを固めるべしと、思ってる。

ただ、その楽土をつくる前によ……どうしても討たねばならぬ奴がいる。その奴を討つために、神変鬼毒酒を醸すために――力をかしてくんな」

「うん」

加夜が言い、

「影御先衆にはずっと守られてきた。喜んで協力しますぞ」

竹の翁から、堅い意志が籠《こも》った一声が、放たれた。

評定が終ると磯禅師が義経に、

「二人で話せるか？」

静と二人で話した廃墟に、磯禅師と二人で行く。

前に静が腰かけた柱に義経が、前に義経が座った壊れた壁に、禅師が腰を下ろす。

夜の廃墟は——厳かな静けさを漂わせ、重く、口を閉ざしていた。

「ご母堂のこと……」

磯禅師が囁くように口を開いている。

「そなたに会われぬというのは……そなたを案じられてのこと、家を案じられてのこと」

「……わかっています」

義経は、硬い顔で、言った。

「だが、やはり内心では会われたいと思うておられるようじゃ」

常盤は義経が七つの時、白雪に閉ざされた洛北鞍馬寺にあずけ、九歳の時、たった一度だけ面会におとずれた。以後、会っていない。

——あれから八年か……。

寂し気な皺《しわ》が義経の額《ひたい》にきざまれた。

磯禅師は、押し殺した声で、

「……母君とお会い出来るよう、計らおうと思う」

打たれたようになった義経は、はっと、禅師を見る。

「やってみるがお会いになるか否かはわからぬぞ」

念を押す言い方だった。

「承知しています、お願いします」

磯禅師は、屋敷で会うのはあまりにも危ういと話し、

「——明日の夜、清水《きよみず》の舞台で会うのはどうか？」

清水という言葉が、闇を裂く稲妻の如く——義経を驚かせている。

実は義経が別行動してでも行きたかった所は、一つ目が、清水寺である。

清水寺は観音信仰の聖地であり、夜もすがら観音にすがる参籠者《さんろうしゃ》で、ごった返す。様々な噂話が囁かれる。

つまり、清水は、都中の噂があつまる磁場、であった。

……氷月の噂も何かあるかもしれん。どんな手掛かりでも……。

義経は、考えていた。さらに義経が赤子の頃、義朝の死を聞いた常盤は三人の子をつれ、まず清水寺に詣でてから、都落ちしたという。左様なゆかりの地なので、何か啓示のような気がしている。

もう一つたずねたい場所が——小松殿。

扇を返す所存である。平家との開戦の意志を、重盛にぶつける気だ。

ちなみに清水寺と小松殿は、ごく近い。

「では明日、戌《いぬ》の刻、清水の舞台にいよ……。西行法師にはわたしの方から、そなたは明日中に発つ旨、つたえておく」

義経の胸は禅師への感謝でいっぱいだった。行こうとした磯禅師、つと、顧みている。

「そうじゃ……そなた、静とは——」

「静……？」

「……いや、何でもない」

不自然に声を呑んだ禅師は歩み去った。

第九章　五条大橋

六月四日、夜。

諸々の支度をととのえた義経は西の京の隠れ家で西行や静に暇乞《いとまご》いし、松明《たいまつ》もたず、かすかな月光を頼りに出立している。義経は赤い禿《かぶろ》に目をつけられていたから、上洛の日と違う筒袖、笠を、身につけていた。静が用意したものだ。

大きめの笠で面を隠し、笹模様の筒袖《つつそで》をまとった義経は、筵《むしろ》で剣をつつみ、洛中を行く。

義経は五条大橋をわたって、清水に行こうと考えていた。

……五条の橋をわたれば、すぐ清水寺。……来て下さるだろうか？

——五条大橋に近づくにつれ霧が出はじめている。

獣の目を思わせる細月《さいげつ》が、夜空に浮かび、何となく不穏の気が立ち込める夜だった。霧がぬるぬると地を這《は》っていた。

刀を隠しもった義経は橋に足を踏み入れた時、橋向うに立つ大きな影に気づく。

「…………」

警戒して歩速をゆるめている。

五条大橋をふさぐように佇《たたず》むのは……大薙刀《なぎなた》をもった巨漢らしい。

止る。と、相手は、のし、のし、のし、のし、近づいてきた。

白覆面で顔をつつみ、高下駄《げた》をはいた、山法師らしき大男で、手に薙刀、腰に大太刀を佩《は》き、公家屋敷の妻戸を壊せそうな兵椎《へいつい》を背負っていた。木の巨大ハンマーである。

——身の丈は六尺三寸（約一八九センチ）超。

物騒さの塊《かたまり》と言うべき男だ。

凄い巨体から恐ろしい気迫が漂ってくる。

——賊か？　殺生鬼か？　早くも待ち伏せしておったかっ。——面白い！

義経はひるまぬ。逆に、この物騒な男への、興味が湧く。刀を隠しもったまま、あえてゆったり歩み出した——。

義経と荒法師の間で霧が身をくねらす。今度は高下駄が、止る。低く濁った声で、

「京童《きょうわらわ》。辻斬りでもして来たかよ？　つつんでんのは刀だろう」

荒法師は、言った。

義経は立ち止り、わざとおやという仕草をしている。

答えずにいると、

「ふざけた野郎よっ。——辻斬りは俺一人で十分じゃ。その刀、置いて行けや！」

太声で、命じてきた。

——こ奴《やつ》が剣《つるぎ》入道かっ。

剣入道は平家、あるいは平家に親しい公家を襲い、剣を奪う、悪名高い賊である。義経は前に噂《うわさ》を聞き、興味を覚えていた。

義経が黙って立っていると、剣入道は、やにわ、猛獣の闘気をぶつけてきた——。

——豪速で飛んで来た物体をかわす。

大音立てて、高欄《こうらん》に何か、めり込む……。

それは鉄丸だ。

木にぶつかって、弾かれて、転がらず、逆に埋まり込んで橋の一部と化したことが……異常の勢いを物語っている。ただ、それを軽くよけた義経も、凄まじい。

剣入道、ギラリと目を光らし、

「さては……平家の刺客《しかく》か？　間抜けの検非違使《けびいし》では一向捕まらぬから、重盛か宗盛が、兇手を差し向けてきたかっ」

「………………」

相手は、愉快気に、

「面白《おもしれ》え！　久しぶりに、楽しませてくれる奴が来たようだな。ナマコのような野郎ばかりでな。お前のような愛《う》い奴が来るのを、心待ちにしておったのだ」

義経は一人合点する荒法師に、落ち着いた声音で、

「違うと申したら？」

「……あ？」

「刺客でない、只《ただ》の参拝者と、言ったら？」

荒法師は取り合わず、

「……怖気《おじけ》づいたか……。それは、無《ね》えだろう今さら。――死ねや」

薙刀が爆風となりさしもの義経も驚く。素早く跳躍して、欄干に乗るも、今度はその欄干目がけて薙刀が凄まじい勢いで旋回！

義経は懐から宋銭を出し左手でバッと放りつつ、また天狗跳びして斬撃《ざんげき》をかわし、大男の頭上を超越、今度は反対側の欄干に降り立った——。

面に銭が当った大男はぶるぶる頭《かぶり》を振る。

刹那《せつな》の応酬で、義経は知った。

——こ奴……百人の精兵《つわもの》に匹敵する……。

同時にこの猛者を家来にしたいという思いがふくらむ。殺すより、生け捕りにする方が、遥《はる》かにむずかしい。だけどどうにか生きたまま倒し、家来にしたい。

——なるべく傷つけたくない。血吸い鬼でなくて……これほど強い男がいるのか。斯程《かほど》の男が何ゆえ、追剝などしている？　この男が今までどうやって生きてきたか……知りたい。

それは恋ではないけれど、恋に近い感覚であった。

荒法師は薙《な》ぐと見せかけて義経の下腹目がけて突いている。

猛撃を間一髪払う。

火花が散り、腕が稲妻にやられたように、痺《しび》れる。

「すばしこい奴っ」

また、突いてくる。

義経は的確に払い、悪僧を驚かす。相手が動かそうとした薙刀に思い切り刀を振った。

義経の剣が薙刀の刃を根元から断つ。荒法師は、刃が無くなりささくれ立った薙刀の柄で、義経の喉を突き破らんとするも、義経は払いのけている。同時に単なる棒となった薙刀をすてた強敵は後ろ飛びしながら大太刀に手をかける。

すかさず義経が、斬り込んだ——。

が、神速で抜刀した荒法師は発止《はっし》と止める！

小兵の義経と、鬼の如き体軀《たいく》をもつ荒法師は、数合打ち合った——。二人の面から、自然に、笑みがこぼれる。好敵手にまみえた会心の笑みが。

双方、一歩も、退かぬ。

——やはり手強い。

笑っている場合ではない。義経は、正眼《せいがん》の剣先に鋭気をそそいで強敵を窺《うかが》った。

相手も、上段に構え——凄まじい殺意の濁流を叩きつけてくる。

……どう料理する？　向うは殺す気で、こちらは殺す気がない以上、やや分《ぶ》が悪いか……。

冷たい汗が引き締まった背を流れた。

「名は？」

「俺の名なんて聞いてどぉするよ、平氏の犬」

「──わからん男だな。人違いと言っておろう」

「まだ、言うか。まあ、うぬは、今日死ぬる！　故に、おしえよう。──西塔《さいとう》武蔵坊弁慶《むさしぼうべんけい》とは俺のことよ。血反吐《へど》を吐いて復唱せいや」

物凄い眼光をきらめかせて言葉をぶつけてきた。

義経には──弁慶なる男が、どうも血の気の多い人のように思えている。

……だとしたら……。

挑発的に、

「どうもお前は……その名を誇らしゅう思うておるようだが……初めて耳を汚す名だ」

「耳を汚す？」

優美な白首をかしげて、

「西塔……何坊？」

「武蔵だ。糞犬っ。てめえを八つ裂きにし、その肉を犬島《いぬじま》に放り込み、てめえの仲間の糞にしてやるよ」

犬島は……淀川にある島で犬の流刑地だ。京じゅうから、札付きの悪犬が流される。

弁慶の巨体で、どす黒い怒りが弾ける。

義経は大跳躍、弁慶の額を蹴りながら、向う側に着地、見向きもせずに刀を頭上に構え——風をともなって振り下ろされた弁慶の一撃をふせぎ、ぶつかり合った二つの鋼《はがね》は悲鳴を上げた。

腕の骨が、粉々になりそうな一閃《いっせん》だったが——歯嚙みして耐える。

次の刹那、義経の体は前へ跳び、橋の欄干を蹴りながら、体を軽やかに翻《ひるがえ》し、弁慶の顔すれすれに——撫でるような一閃をくらわせ、大男の反対側に着地した。

白い覆面がはらりと落ちた。

まさに、紙一重の斬撃……。

義経の剣は猛者の覆面と鼻の皮をかすめたが顔肉《にく》は断っていない。

「………」

弁慶はぶるぶる顔をふるわし、こちらを睨んできた。

四角い骨格で目がギョロリとしている。太く厳《いか》つい眉、大きな双眸は暗く、荒《すさ》んでいる。義経から見て左の頰に長く深い刀傷が走っており、向かって右の額から眉にかけて深い傷があり、その部分に毛は生えていない。

笠を少しもち上げた義経は微笑し、

「もう、勝負あったようだが」

「――ほざけ――」

来た。

激怒の鉄塊となった弁慶は高下駄で荒々しく橋を踏み、大上段から斬りかかってきた。

義経はぎりぎりまで動かない。

大太刀が頭上に迫った刹那――横跳びする。

――！

弁慶の刀は橋桁《はしげた》に深々とはまる。

抜こうにも、抜けぬ。

義経は刀をゆっくり傍に置く。

――刀をつかわず、決着《けり》をつけるという意思をあらわしている。

弁慶の肩が、激しくわななき、

「俺相手に……素手で？」

拳の旋風が、襲いかかってきた――。

人が起したと思えぬ風圧が。

義経は、かわす。

また、拳が来る。

的確によけた義経は相手の懐に飛び込み衣を掴まんとするも、弁慶はさせじと腕を激動させ――二人の手は勢いよくくみ合った。一瞬の隙を衝いた小兵は、巨人を背負うようにして――投げつけた。

背から落ちた弁慶は腹巻鎧《よろい》もつけていたため、恐ろしい衝撃に襲われ、目を白黒させている。

ゆるりと近づき、

「お前はわたしが平氏の手の者と思うたようだが、違う。その平氏に追われている者」

義経は厳かな声で、

「前左馬頭《さきのさまのかみ》・義朝が九男、義経と申す」

「義朝の九男——鞍馬から、逃げたっつう……？」

大男は水を浴びせられたような顔になった。

「まだ、やるか？　弁慶」

「——俺の負けだ」

「立てるか？」

義経は、肩をかす。二人は霧がたゆたう河原に降りた。夏草どもが、膝を撫でる。

「そなたがいかなる男なのか、前から興味をいだいておった。何故……平家から刀を奪った？」

「世話になった寺を焼いちまってな……。銭が要《い》る。後、俺の大嫌いな爺《じじい》が六波《ろくは》羅《ら》べったりで、俺の好きな人たちが……平氏の者に傷つけられたからな」

悪僧は長い物語をはじめた。

武蔵坊弁慶——紀伊《きい》の生れである。

この地の大豪族にして大神官、熊野別当《くまのべっとう》・湛快《たんかい》に、弁吉《べんきち》なる娘が、いた。

気立てがよい娘だったが、醜く、なかなか良縁にめぐまれなかった。

弁吉の許に通ってくる男が現れた。身分が低い樵《きこり》で、大力《だいりき》の者であった。

「昔、紀州の山深くに、人の血を吸うが……人を殺さねえ鬼が、棲《す》みついていたみてえでよ。その鬼の子孫の里が、あるんだってよ。親父はその里の出だったらしい……」

……不殺生鬼？　弁慶は……不殺生鬼の末裔《すえ》なのか？

樵と娘のことを知った湛快は、

『我ら熊野別当家は貞信公《ていしんこう》が一子、師尹朝臣《もろただのあつそん》が末裔なるぞ。樵風情に娘をやれようか！』

樵を殺そうとした。

父の企みに気づいた弁吉は、男と駆け落ちし、出雲《いずも》まで逃げている。雲州で出産した赤子は……鬼のように厳つく、力強かったため、鬼若《おにわか》と名付けられた。

鬼若こそ——弁慶である。

「俺が生れてすぐ後、湛快の兇手が出雲まで伸びてきた」

湛快について話す弁慶の面差しは、険しい。

刺客が、夫を殺め、泣き叫ぶ弁吉と赤子は、紀州にもどされた。

父の屋敷にもどされた弁吉は、気がふれていた。獣じみた唸り、憑かれたような笑いを発するだけで、言葉を交わせなくなった。湛快にとって鬼若は呪いの瘴《しょう》気《き》を吐く不吉の子であった。鬼若が人並外れた立派な体つきであること、生れたときに既に歯が生えそろっていたことも、熊野別当を不安にさせる。

『血吸い鬼という化生《けしょう》が……おるようじゃ。こ奴は、血吸い鬼の眷属《けんぞく》かもしれぬ。……生れてはならぬ子だったのじゃ。山に捨ててこい！』

狂ったとはいえ——鬼若に対する愛情だけは、弁吉の中に、濃くのこっている。弁吉は只ならぬ執念で山じゅうさがし、とうとう鬼若を見つけた。

その時、鬼若は笑いながら山の木の実を鳥たちと食っていたという……。

湛快はまたも赤子を殺めんとしたが——、

『兄者。どれほど、憎くとも……貴方の娘が腹を痛めて産んだ子じゃ』

弟、湛真《たんしん》に諫《いさ》められ、辛くも凶刃《じっこん》を引いている。湛快、湛真、共に武勇に秀で、遺り手であった。平清盛と昵懇で紀州一の有力者だった。湛快は非情であったが、弟、湛真の方はまだ情に厚い処《ところ》があった。以後、弁吉は鬼若から決してはなれようとせず、我が子を守ったが……鬼若三歳の時、儚《はかな》くなってしまう。湛快はすかさず——鬼若を葬ろうとしたが、湛真の方が早い。

湛真は子宝祈願に、京より訪れた、二条大納言なる人に事情を話し、鬼若を引き取ってもらったのである。

三つで京の貴族に引き取られた鬼若。手に負えぬ暴れ者にそだった。

鬼若はまだ、母がいなくなったことを、わかっていなかった。

祖父が自分を深く憎んでいることは――承知していた。だから、思う存分、大納言邸で暴れれば、母がいる所にもどしてもらえる、おまけに自分を憎む祖父を困らせられる、と考えたわけである。鬼若は乳母《めのと》や雑仕女《ぞうしめ》の髪を引っ張ったり、嚙《か》みついたり、顔を引っ掻いたりするのはもちろん、屋敷中の什器《じゅうき》を壊したり、高価な襖《ふすま》に小便をかけたりと、筆舌に尽くし難い乱暴をはたらいている。

大納言屋敷はたった一人の子供のために、消耗し、疲労した。

「そんな俺の面倒をよく見てくれたのは、あの家の牛飼童、文殊丸《もんじゅまる》っつう人だった。ところが文殊丸は、辻で平氏の侍と喧嘩《けんか》になり、めちゃくちゃに殴られ、牛飼の仕事が出来なくなっちまった……」

文殊丸が面倒を見られなくなると、大納言夫妻は、音を上げた。

七つの悪童は――延暦寺《えんりやくじ》に厄介払いされた。

この頃の大寺院というのは、社会から厄介払いされた者、社会に潰されそうになった者、俗世間に背を向けて隠遁《いんとん》を志す者が、あつまっていた。

そこにはまず、血の順序により、官界での出世は望めぬと判断された、貴族や武士の次男坊、三男坊などがいたし、諸国から食をもとめてやって来た貧しい庶民もいた。寺院には功徳《くどく》を積もうと気前がいい長者が来る。寺院の前で物乞いする方が、他所《よそ》で物乞いするよりも、食いっぱぐれる確率が、低い。

故にこの頃の大寺には日本中から僧や尼に形態《なり》を変えた貧しい人々が、集結し、朝廷も手を焼いていた。

真面目に修行しようという者たち、仏の教えを真剣に学ぼうという清らな僧たちの横に、嫌々寺に入った公家や武家の子弟や、ここでしか生きる術を持たぬ貧しい人々が、いる。

こういう中から、学問に一切手をつけず、喧嘩と武技の鍛練に明け暮れ、遊女を買い、酒を飲み歩くといった無頼の集団が現れるのは、ごく自然な流れだろう。また、寺院の方も、検非違使や国司があてにならぬ以上、盗賊から身を守るべく、自前の武を持つ必要がある。

これが、僧兵とか悪僧とか呼ばれる集団である。

七つで延暦寺西塔《さいとう》に入った鬼若は、武蔵坊弁慶なる法名《ほうみよう》をあたえられ、この集団で揉《も》みに揉まれている。

人並外れた体軀をもつ弁慶は十三歳で、西塔最強と恐れられた、讃岐坊俊栄《しゅんえい》なる荒くれ者を半殺しにして山から追い……俊栄の集団を乗っ取った。

以後、同じ叡山の東塔《とうどう》や横川《よかわ》の悪僧衆や、三井寺《みいでら》の僧兵どもと、血塗れの喧嘩に明け暮れたという。

弁慶は義経に、

「喧嘩があると聞きゃああの頃は何処でも行ったな……。山の中でも麓《ふもと》でも恐れられるようになった。

そんな時よ。かの……という娘に出会った」

かのは比叡山麓の漁師の娘で耳が聞こえなかった。それまで、野獣の如く眼光を迸《ほとばし》らせて語っていた弁慶は、かのの話をする時だけ……心なしかやさし気な面差しになる。

「俺の……悪い噂も……あいつには、聞こえなかったかもしれねえ。あいつは……俺を……」

弁慶の中で――強い感情が激発しそうになる。潤《うる》んだ眼が泳ぐ。

「内気で静かな娘だった。平家の侍に騙《だま》されて、すてられたとか噂《うわさ》があってよ……村の中にも友達は少なかった。俺のことを怖がるような素振りはてんで見せなかった。ふつうに、接してくれた。あたたかく」

——弁慶はかのに引かれている。かのも、弁慶を受け入れた。

——一輪の儚《はかな》い恋が咲いた。

だが、その花は無残に踏み散らされている。

悪獣どもに。

「東塔の……俺に半殺しにされた悪僧どもが、かのを襲った。奴らは、三人がかりで乱暴した」

かのは琵琶湖に身投げして、死んだ。

深い悲しみをたたえた弁慶は瞑目し、

「——奴らを殺生禁断の山ん中で、半殺しにした。林に引きずり込み、この外《げ》道《どう》、外道と叫びながら、両腕両足の骨を折り、誰だかわからなくなるまで顔を殴った。で、数珠《じゅず》繋《つな》ぎにし……」

弁慶は連中がかのを暴行した浜まで引きずり下ろし、斬ろうとしていた。

参道を降りる途中、師に止められた。

師は薙刀をもった僧兵三十人をつれていた。荒ぶる弁慶を止めるには——それくらいの人数が要ると考えたのだろう。

「俺の師匠は……小せえ爺《じい》さんだった。いつも、大人しく、にこにこしていて、文句なんぞほとんど言わねえ。だから俺が何か荒事をしても、小声でたしなめるだけなんだ。あの爺……悲し気な顔で、血だらけになった三人を見ていた。『もう……その三人を許してやってくれぬか？　十分償《つぐな》ったろう』爺《じじい》の奴、そう言った。俺は『全く十分じゃねえ。かのは死んだんだぞ！』と、吠えた」

するとと老僧は、

『弁慶。お主が先に手を出したのであろう？　その報復に、かのが襲われ、さらなる仕返しでお前はその三人を殺めようとしておる。違うか！』

めずらしく叫んだ。

『爺、てめえに、何がわかる！　どけ！』

弁慶が大喝《だいかつ》し三十の薙刀が一斉に向けられる。

老僧は、言った。

『わしとて……恋をしたことはあるよ』

慈悲深く静かな声であった。

『その女人への思いを断ち切るために、山の上に参った……』

『――うるせえ！　てめえの恋の話なんて聞きたくもねえ。いいから、退《の》け！

た。
老僧は弁慶の怒りを受け止めるかのように、真剣にうなずきながら聞いてい
聞こえねえのかっ、糞爺！』
弁慶から威圧が迸る。
『退け！』
すると、いつも穏やかな老師は、かつてない厳しい眼差しで、
『……否《いな》！』
弁慶の足元に痩せた小柄な老僧がすがりつく。
『どうか、この三人を許してやってくれっ。殺さんでくれ！　どうしても殺すと
いうなら拙僧の首を刎《は》ねて行け』
目に光るものをたたえて弁慶を止めようとしている。老僧を斬り、三人の男を
殺せば、自分は世の中から完全に見放される気がした。今までと全く次元が違う
奈落に落とされる気がする。その予感が——弁慶に恐怖をあたえた。
弁慶は足から手をはなし合掌《がっしょう》をはじめた老僧に、
『何で、こんな屑《くず》どもに……』
師は言った。

『そなたが……魔になるからよ。弟子であるそなたを魔にしとうないっ！』

『………』

弁慶は長いこと黙って立ち尽くしていた。暗い気を五体から漂わせ、唇を固くむすんでうつむいている。三十人の僧兵は、薙刀を向けたまま弁慶を睨んでいる。

やがて弁慶は血だらけの男を引きずっていた縄から手をはなした。

『……許しはしねえ』

三人に、

『覚えておけ。次に同じ真似をしたら——俺はお前たちが、何処に逃げても……目玉と肝を引きずり出しに行くからな』

この日、武蔵坊弁慶と三人の暴漢は、比叡山を追放された。

「日雇いをしたり、博打をしたり、商人の用心棒のようなことをしたりしながら、旅をした。幾人か女も抱いた。だが……心が塞《ふさ》がるばかりだった」

鴨川に石を投げた弁慶は過去を思い出す顔つきで、

「どうしてもよ、あいつの、かのの寂しそうな笑顔がよ。胸にこびりついてはなれねえ……。初めてな……仏の教えを知りてえと思った。仏はこういう時、どうすりゃいいと言っているのか、知りてえと」

「………」

「流れ流れて……播磨《はりま》の書写山《しよしやざん》にたどり着いた」

播磨国を代表する聖地、書写山に流れ着いた弁慶は、あたらしい師、慶豪《けいごう》に出会った。慶豪は厳しくも温かく弁慶を迎えてくれた。

書写山にも当然、悪僧は、いる。彼らは入山初日早くも弁慶に目をつけた。だが、弁慶は彼らに近づかなかった。人が変ったように修行に打ち込み始めたのである。鹿苑《ろくおん》に熊が迷い込んだような異物感があったが……真面目な僧たちの中に入り、学問に精を出している。

悪僧どもは何かと弁慶にちょっかいを出したが弁慶は相手にもせぬ。播磨の悪僧どもの中で、何か隙あらば弁慶を辱《はずかし》めてやろうという、怪しい気運が首を擡《もた》げ出した……。

ある日のことである。

弁慶が昼寝をしていると——悪僧の一人が顔に落書きした。

かの恋し。

顔に墨で書かれた。

悪僧の一人が近江に寺の用事で行った折、比叡山に漂っていた弁慶の噂を、聞いた。

何も反撃しない弁慶を軽んじる気持ちが、書写山の悪僧どもにあり、かのの名を弁慶の顔に落書きしたのだ。

自分が辱められたのなら、耐えられたかもしれぬ。

だが今、辱められたのは――かのである。

三人の暴漢に襲われ、それを恥じ、琵琶湖に身投げしてしまった恋人。必死で忘れようとしていたその恋人の死を、掘り起され、踏みにじられ、かのの尊厳に、泥をかけられ、笑われた気がした。

激甚《げきじん》な怒りが――爆裂した。

誰がやったか弁慶はすぐに察している。

肩を怒らせ、その奴らの坊舎に、殴り込む。

その五人の悪僧は囲炉裏《いろり》をかこんで大笑いしていた。

弁慶が戸を蹴破って押し入ると、五人は手に唾《つば》したり、罵《ののし》ったりして、腰を上げる。

が――弁慶は手にもつ下駄で、嵐の如く坊主頭を殴打。あっという間にやっつけた。一人は逃げるも他四人は灼爛《しやくらん》たる溶岩のように、顔を血だらけにして、打ちのめされた。

弁慶はそ奴らをまだ許さず、襟《えり》を固く捕まえ、十分、炭が熱くなった囲炉裏に、ジューッと顔を押し付けたものだから、凄まじい悲鳴が全山に轟《とどろ》いた。

さて、逃げたのは首謀者の男、落書きの張本《ちようほん》である。

「奴が逃げた先は……わかっていた。あの野郎、書写山でも一、二を争う長老めの遠縁でよ。きっと、長老ん所《とこ》にいると、俺は踏んだ。で――その御殿みてえな僧房に殴り込んだんよ」

弁慶は邪魔する男どもを軽々と張り倒し、大和絵《やまとえ》や宋の絵が描かれた高価な襖を蹴破り、殴り倒し、奥へ奥へすすむと――例の落書き魔が長老にすがりつき、でっぷり太った長老が、

『わかった……。あ奴にはよくよく言い聞かせる』

などと言っている現場に出くわした。弁慶は、泣きながら許しを請う落書き魔を長老から引きはがし、張り倒す――。長老が止めに入ったため、軽く平手打ち

すると、歯が二本吹っ飛び、目を白黒させた長老は襖を倒しながら気絶した。

その長老の姿に、むしゃくしゃした。

——こんな男を匿うための書写山かよ！　こんな男を庇《かば》う貴様が、長老か？

という憤懣《ふんまん》だ。

左様な気持ちでいっぱいになった弁慶の目が……囲炉裏を、みとめる。

——燃えちまえ。

と、思った。

長老の住いなんぞ燃えちまえと。

弁慶は長老の庵《いおり》に火をかけると、料理をまつイカのようになった落書き魔を背負い、庭に出た。

石畳があった。

弁慶は落書き魔を高くもち上げ——勢いよく、石畳に叩きつけた。

骨が幾本もおれた。

幾人もが取り巻いて見ていたが……誰も、止められなかった。

折からの強風に煽られた火は思わぬ拡大を見せている。長老の僧房全体はもちろん、隣接した他の僧房や庫裏《くり》、さらに観音堂、経蔵など数多《あまた》の堂宇《どうう》を全焼させせた。名高き仏師の手による仏像や唐宋渡りの貴重な経典が灰塵《かいじん》に帰した。燃え上がる業火と逃げ惑う人々を見たとたん、初めて、弁慶の中で……やりすぎた、という気持ちが芽生えた。

弁慶は意外にも神妙に縄についている。

弁慶の裁きは、師である慶豪に一任されている。

弁慶のあたらしい師、慶豪は、武士の子で、前の師より遥かに厳しい人だった。この日、たまたま播磨の国府に出かけていた師は、弟子がしでかした大事件を知るや愕然《がくぜん》とし、烈火の如く怒った。

火を消すように降り出した雨の中、弁慶を庭に座らせ、

『――必ず償え！　そなたの一生を賭けても。その償いから、断じて逃げるなよ。どう償えばよいかわかったら、わしの許に参れ』

と、叫んだ。

弁慶は雨に打たれながらどう償えばよいか考えた。一つの結論に、達している。

――釘代（建築費）、払うしかねえ……。

釘代を払う旨、置手紙した弁慶は、書写山を出奔《しゅっぽん》した。弁慶が焼いた建物の

建築費は想像を絶する大金となる。冷たい雨が降る野山を走りながら弁慶は考える。

――どう、稼ぐ？　商いの才覚はなさそうだ。百姓仕事で、そんだけの銭を稼ぐのは無理だ。……追剝……いかんだろう。寺を再建するのが汚れ金では……。地道に勧進《かんじん》する他、ねえか。

燃えた寺を再建すべく、ささやかばかりの援助をしてほしいと、勧進帳をぶら下げ、諸国をさすらい、寄付を募るのだ。

「だから俺は勧進をはじめた。……全然、あつまらんかった。野垂れ死ぬんじゃねえのか、と思った。そんな時、盗賊に苦しめられている里を通った」

弁慶は、ふと思った。

――民百姓を苦しめる盗賊をやっつけて、連中がため込んだ銭を釘代にまわせば……？

だが、弁慶はもっと奥深く考えている。

「よくよく考えると……賊もよ、横暴な武士に搾り取られ、里を逃げ出した輩《やから》よ」

同情すべき連中であるという気持ちが湧いたという。

弁慶の話に黙って耳をかたむけていた義経は、なるほど悪党であるが、掘り起した先に在るのは——決して腐った根ではない、と思った。

星空を仰いだ大男は、

「で……急に思いついたのよ。平家こそ、賊の親玉みてえなもんじゃねえのか……奴らが薙刀や刀で脅しつけ、銭金をてめえの所にだけあつめてるから、奪われた連中は山賊やら海賊やらになる他ねえ……。世の中、どんどん腐ってるのよ。文殊丸もかのも平家に傷つけられた。賊の親玉みてえな平氏から刀ぁ奪えば、書写山再興の釘代にもなり、怖気づいた平家もその刀で下々を脅すのをためらうんじゃねえのか？　一石二鳥。そう思うたのよ」

ふっと笑った義経は、

「それで剣入道と呼ばれるようになったわけか？　これからどうする？」

弁慶は、ごわごわした鬚を撫で、

「まだ、釘代が足りん。まあ、あんたが見逃してくれたらだが……平家が沢山いる湊《みなと》などに行って同じことをするさ」

義経は厳烈な気を放ち、

「——許さぬ」

「俺を殺すかよ?」

「いいや」

弁慶は一気に怒って青筋を立てる。

義経は目にもとまらぬ速さで扇を出し——弁慶の首を指した。弁慶は扇から放たれた強力な鋭気に、眉を顰《ひそ》めている。

義経は静かなる声調で、

「——お前は、武の使い処をわかっておらぬ。故に止めたのだ」

「……何……」

義経は麗しくも険しい面差しで、

「お前は平家の木っ端《こぱ》侍を襲っておるようだが、その連中は、真の敵に非ず。むしろ、彼らは味方にしていかねば」

「てめえは平家を仇とするんだろうが?」

「左様。だが、お前が殺めた男たちは、ただ、命令にしたがっているだけ。左様な男を百人殺めた処で、世の中は変るのか?」

「………」

「彼らに命令をしている者ども。そ奴らを討たぬ限り……世の中は変らん」

「清盛、重盛、とかか?」

「さん（そうだ）」

「……無理だ……。俺如きが、一人で清盛や重盛を討つなど」

「だから、そなたは——武の使い処を知らぬと申した……。使い時を知らぬと言ってもよい」

義経は、諭《さと》すように、

「お前は六波羅が民の敵と考え、その手下を斬ってきたのだろう? されど、お前が殺めた中に民に慕われている侍がいたかもしれぬ。そこまで、考えたことは?」

「…………」

「だとしたら、そなたは書写山を焼いた罪を償うため、また別の罪を犯してきた」

面貌を歪める弁慶だった。

義経は、猛者をつつみ込むように、

「そなたは……武の使い処をおしえてくれる者と会わねばならぬ」

「誰だよ?」

「——目の前に、いる。わたしが、そなたを、みちびく」

弁慶は生唾を呑んで、義経を見た。

「この義経の家来になれ。わたしは、そなたを気に入った」

義経の清冽《せいれつ》なる気が作用《はたら》いたか、弁慶がまとっていたどす黒い怒気が、やわらぐ。

弁慶はごわごわした鬚を掻き、唇をほころばしている。

「俺を家来にして、あんた何をおっぱじめる気だ？」

「わたしは今、影御先の徒党に入り、人を殺め、血を吸う邪鬼と戦っておる」

ぽかんとなる弁慶に影御先にくわわった経緯、邪鬼との死闘を語る。

「何だか……とんでもねえ話だな」

呟く弁慶に、

「……信じられぬか？」

「いや。あんたが嘘を言う男には思えねえ。俺の先祖も、山の鬼だったと言うしな……。で、あんた、その邪鬼っつうのと、この先ずっと、戦ってくのか？」

義経は首を横に振る。

「——人に仇《あだ》なす鬼は、邪鬼にとどまらぬ。今、天下の権勢をふるう者どももまた、人々から生きる活力を吸い取っておる。わたしには——志がある。人が生れや育ちにかかわらず……安心して暮せる世を創りたい」

　一度、夜の鴨川に視線をうつした弁慶は、また義経に向き直り、あらたまった様子で、

「一つ、約束してくれねえか？　お前が俺の主にふさわしくない、つまらん野郎と思ったら寝首を掻いて野に下る。いいか？　それで」

「よかろう」

　義経は即答している。そうならぬという自信、弁慶を家来に出来る喜びが、細身の体から漲《みなぎ》っていた。

　ぶはっと、苦笑いした弁慶は、

「——なってやるよ！　てめえの家来に」

　初めての家来、少進坊は既にない。今いる家来は伊勢三郎のみ。

　義経はこの日、生涯で三人目の家来、弁慶を、得た——。

　義経は清水寺に生きわかれた母が来ているやもしれぬ旨をつたえた。

二人は、寝静まった清水坂を霧を踏みながら登る。

あえかな燈火に照らされた本堂は、夜もすがら祈り、参籠する人々の後ろ姿に埋め尽くされていた。

本堂は人でごった返していたが、清水の舞台は、閴寂《げきせき》の中に在った。

三人の人がいるばかり。

腰がまがった翁と、壮年の男。市女笠を目深にかぶった雑仕女《ぞうしめ》らしき女。

——約束の刻限は少しすぎていた。

義経は、胸の動悸を覚えながら、ゆっくりと、女人に歩み寄る。

と、夜の舞台の上を、市女笠の雑仕女らしき女も躊躇《ためら》いがちな足取りで、す、す、すと近づいてくる。

義経は目を凝らす。

女人の影は、やわらかい小声で、

「……九郎殿？」

その人が誰だかわかった義経は——体がふるえ、しばし声が出ない。

八年ぶりに見る母が、月光に照らされて、観音のような微笑を浮かべて、立っていた。

「母……上っ」

常盤はゆっくりうなずく。

弁慶に、押し殺した声で、

「検非違使など怪しい奴がおらぬか用心しておれ」

大男は、無言でうなずく。

で、のし、のしと、本堂に歩み寄っている。弁慶は太い柱に背をもたれさせるように立つや義経、常盤に近づく胡乱《うろん》な奴がいないか、険しい形相で睨みを利かした。

義経と常盤は東山の林を見下ろす高欄の傍へ動いた。

「あちらの者は？」

弁慶について、常盤が問う。

「我が家来です。ご安心を」

「たのもしき家来がおるのじゃな。……立派に……なられました」

常盤は、声を詰まらせる。

「お一人で、ここに？」

常盤は声を潜め、

「ええ。屋敷のどの者が六波羅と通じておるか知れぬゆえ、一人で参りました」

感情の潤みをたたえた双眸を義経に向けた常盤は、

「一度、鞍馬に登った外は、そなたをたずねようとしなかった。薄情と思うておろう？」

「………………」

どれだけみすぼらしい身なりをしていても、雑草に紛れた百合《ゆり》に似た清らなたおやかさが、常盤にはあった。

「ずっと……そなたのことが気がかりでした。僧になるそなたに煩悩をすてさせねばと思い、鞍馬には登らなかった。出奔したそなたが、上洛したと聞いても……わたしが、見張られている気がして……」

義経は、苦し気な常盤に、

「わかっています、どうして恨みなどいたしましょう。あれから……八年も経つのですな？　……血吸い鬼に、襲われたとか？　よくぞ、ご無事でいらっしゃいました……」

「ええ。おぞましき者たちね。そして、その恐るべき魔と戦うべく、旅しておるのじゃな?」

「はい」

長いこと黙って義経を見詰めた常盤は、

「……いつまで、その旅は、つづくのか?」

今度は義経が黙り込んだ。

しばらくして、

「わたし自身にも、邪鬼と戦わねばならぬ理由がありました……。また、天下を乱し、人々を恐れさす悪鬼どもの所行……許し難きものがあり、我が武芸、ここでつかわずして、何時《いつ》つかうかという思いも、ありました。さらに、影御先は、山を降り、居所のなかったわたしを、受け入れてくれました」

磯禅師、静、巴、船乗り繁樹……死んでいった者もいたが、仲間たちの面差しが、義経の胸に浮かぶ。

「その恩は返さねば。ただ……今、権勢をふるう者どもの誤りも糺《ただ》したい。近江に凶悪な邪鬼がおり、天下に災いを引き起しています。その邪鬼を討ったら、影御先を抜け、あらたなる戦いに踏み出したい、斯様《かよう》に考えております」

常盤はじっと義経を見詰め、

「そなたの母として、もう……死出の山に登るなと言いたい。じゃが、武人の母としては、よくぞ申されたと思うぞ。今日、長成は来られなかったが、こう申しておりました。『来るべき日のために、安全な所で、力を蓄えられよ。奥羽がよい』と」

「奥羽……」

「長成様の親族に、藤原基成《ふじわらのもとなり》と申すお方がいます。今、平泉《ひらいずみ》にいます。このお人をたよるがよいとも」

藤原基成——奥州に住む亡命貴族である。娘を、北の巨人、藤原秀衡《ひでひら》に、嫁がせていた。つまり秀衡の舅《しゅうと》で、平泉の顧問的立場にある。

「——心に留め置きます」

後で考えれば、このやり取りが、義経のその後の運命に、大きな影響をおよぼすことになる。

まだもっと話したかったが、ここは六波羅に近く、常盤を長居させるのは危うい。

義経は、弁慶を呼び、

「お前は母上を屋敷まで送りとどけてくれ」

「はっ」

凄まじい猛気が弁慶の筋骨から放たれた。常盤は……弁慶を恐ろしげに見る。

「家来になったばかりにござるが、信頼出来る者です。でな、弁慶、向うに磯禅師という方が、おる。このお方の下知を我が指図として聞くように」

「心得ましたっ」


弁慶に母を託した義経は、名残惜しさを抑え、一度本堂に入る。ひそひそと話す参籠の者どものうちに入り、氷月にまつわる噂はないか探るも、収穫はない。義経は一旦、清水寺を出た。まだ京で――やっておかねばならぬことがある。

重盛への扇の返却。つまり、平家への宣戦布告。氷月にまつわる情報収集を、清水寺で夜明けまでおこないたいが、扇の返却も、暗いうちに済ませたい。そこで義経は一度、重盛邸に向かい、また清水にもどってこようと考えた。

幸い、重盛が住む小松殿は――清水寺から近い。小松殿は、寂しい鳥辺野を下った先にある。

義経は一人、重盛邸に向かって、夜の坂を下っている。

――重盛の館《たち》は静けさの中にあった。義経は高い築地《ついじ》の向うに人がいないのを、見計らい、白い喪服を着た入道の人形《ひとがた》と、重盛がくれた扇を紐《ひも》で巻いたものを、ポーンと中へ放る。

人形はもちろん、清盛をあらわす。

明日、庭男が見つけ、重盛に報告されよう。悠然と去ろうとすると、
ピーッ！

邸内で、高い音が、裂けた。

……指笛？

義経の面相が曇る。また、別の所で指笛がした。相貌を強張らせた義経が坂を駆け、鳥辺野の方へ、行こうとした時だ――。

熟睡中と見えた小松殿から何者かが築地に跳び乗る。黒装束のそ奴は、いくつもの殺意を放っている。

義経は素早くかわす。

――手裏剣。

黒衣をまとった素早い影は手裏剣を投げながら、塀の上を、駆ける――。義経

は飛んで来る飛刀をさけつつ、黒々と寝静まった大葬地、鳥辺野へ、逃げようとした。痛みが肩をかすめる。

築地の内で、犬の吠え声が、した。

と、塀の上を疾走していた影が斬りかかってくる気配がしたから、義経は筵を敵に投げながら抜剣。飛び込んで来た敵を叩き斬った。

瞬間、小松殿から新たな影が四つ——飛び出る。二つは、義経の進路に。もう二つは斬られた影の数間後ろへ。黒装束、黒覆面をつけた面々は物言わず剣を構えた。武士がつかう彎刀《わんとう》でない。一つも反っていない直刀だ。重盛の手先だろうが……侍とは異質な気を放つ、者たちだった。

——手強いな。

邸内では今、犬が、吠えている。武士が殺到するのも時間の問題だ。

その時だった。

坂の上、つまり、義経の進路をふさぐべく立っていた男の喉が、後ろから……突き破られたと思うと、ビュンと飛んだ細い突風が、坂の下にいた男の胸を貫く。

矢だ。

敵が、二人、斃れる。

新手か、と坂の上に一人だけになった敵が、射手がいる方に首をまわした刹那、義経から今剣《いまつるぎ》が飛び、その男を制圧。素早く後ろへ薙いだ義経は突っ込んできた最後の一人を斬り捨てた。

「……重盛が飼っている伊賀の者どもよ」

すらりとした女のシルエットが鳥辺野の方から音もなく降りて来る。

弓矢をもち、赤い眼火を燃やして、歩いてきた女を、一目見た義経は、

「――氷月――」

呻いている。恋しさが濁流となって押し寄せる。

上洛の目的の一つには殺生鬼となった氷月の捜索もあった……。廃墟では氷月に助けられたが、言葉は交わしていない。その女が、まさに京を発とうとした夜、現れた。

耳をそばだてた氷月は、

「――武士が来る。こっち」

氷月はくるりと背を見せ駆け出す。血刀を鞘《さや》にもどした義経も、つづく。

二人は妊婦の如く腹がパンパンに膨れた男の骸《むくろ》、腐肉を蛆《うじ》に食われ、頬骨が剝

き出しになった女など、凄まじい屍《しかばね》がいくつも転がった野を、走る。

東山の雑木林を目指していた。

臭う霧を、貫きつつ、

「西の京では……助けられた。そして、今宵も」

氷月は、

「もしや、怪我をした？」

「かすった程度だ」

赤く細い目を光らせた氷月は、

「……いけないわ。あれには、毒が塗ってあるのよ」

やがて、あらゆる色や形をもやもやした闇に落とし込んでしまう、夜の林がかぶさるように二人をつつむ。氷月は赤色眼光を頼りに真っ暗い楢《なら》林をどんどん行く。かなり行った所で、

「もう、大丈夫だわ」

殺生鬼になってしまった女影御先は義経に手をのばした。肩の傷口をあらためている。

赤い眼光を灯す影は、

「烏頭《うず》ね。……毒抜きしないと危ない。わたしが汚れた血を吸い出す。やっていい？」

義経は、本能的な危うさを覚えている。咄嗟《とっさ》に、答えられぬ。

と──こちらの許しも得ずに氷月は義経の肩を嚙んだ。

痺れるような痛みが、肩から、脳へ走る。血をある程度吸った氷月が口をはなす。氷月は、叢《くさむら》に、血を吐こうとして、

「…………」

躊躇っていた。と、何を思ったか、氷月は義経の血を、ごくりと飲んでしまった──。

「何をするっ。毒の血をっ……」

義経は、驚く。相手は口についた血を拭きもせず、

「いいの、殺生鬼は只人より丈夫……」

異様な感情が漂った赤い眼火、がいよいよ燃え盛る。氷月が、義経の傷を凝視したまま、手をのばしてくる。氷月の目は……只事でない。傷を癒そうとしてくれている人の目ではない。官能の炎が、強すぎる。これは、欲情した鬼の目だ。

義経は思わずぞわっとした。

身を硬くし後退っている。

「助けようとしているのよ？」

氷月は悲し気な面差しになり、赤い眼光が弱まる。途端に切なくなった義経は、

「……わかっておる。ただ、そなた」

「わたしが信用出来ない？」

寂しげに呟く氷月だった。

義経は——女性《にょしょう》に、とりわけ、幸薄い女性に、弱い。この時も、強く言えず、

「……いいや。左様な訳ではない……」

「なら……………」

「…………」

「毒の血を、体の外に出すのを、手伝わせて……」

羊歯《しだ》原に腰かけ、苔《こけ》におおわれた倒木に背をあずけるよう、うながされて、ついその体勢になってしまった義経が何か言って、最後の抵抗をこころみようとした時、やわらかいものが口をふさいだ。

自分の血の味が口に入ってくる。

有無を言わさず口づけした氷月は顔をはなした。

「烏頭は、体に毒よ。血を吸う女より、始末に悪い。さっさと追い出しましょう」

氷月の舌が、肩の傷を、舐める。

「血を呑むな」

「…………」

「そなたが——」

瞬間、噛みつかれて義経はかすかに顎を仰《の》け反《ぞ》らせた。氷月が血を啜《すす》り出す。

「烏頭で死ぬっ」

面をはなした氷月が、氷室《ひむろ》の闇のような、暗くひんやりした声で——、

「死んだっていい」

「何?」

「これで死ねるなら、それでいい。貴方の血で死ねるなら……」

氷月は凄い勢いでまた肩を齧り、義経の毒血を、じゅうじゅう吸い出した。熱い血潮を吸い出す牙と舌が、冷たく心地よい。

「やめろっ。邪鬼になる前に、やめろ」

血だらけの口を義経からはなした氷月は相貌を痛々しく歪め、自嘲的に笑い、

「もう、なっている……」

また、深く一啜りするや、弾かれたように首を上へ仰け反らせる。——夜の樹のあわいからこぼれてくる青褪《あおざ》めた月光を血塗られた顔に浴びている。瞑目した氷月は、二、三度大きく、痙攣したように、体をふるわせた。その姿は、魔的に美しかった。

「…………」

義経は茫然と氷月を見ていた。この女を、何とか魔道から救い出したい義経は、

「今ならまだ……間に合う」

弱い声で、囁いた。赤い妖光を瞳にたたえた氷月は首を振り、

「——もう、無理。あの日、いきなり鬼になったのではない。熊井郷で黒滝に噛まれた時から……声がするようになった。その声に引きずられてゆく己《おのれ》がいた。力の強い不死鬼は、そんな芸当が出来るのよ」

ぎこちない微笑みの寂しさが、もう救い出せないほど深闇に沈んでしまったことを、語っていた。

……またか……。

熊坂長範によって血吸い鬼となった浄瑠璃を思い出す。浄瑠璃と氷月が、重なって見えている。

――何とか助けたい。

義経は、氷月を、抱きしめ、

「わたしに出来ることは何でもする。……そなたを、救いたい！」

いきなり――猛獣の咆哮が、氷月から飛び散った。恐ろしい力が義経を羊歯の上に叩きつける――。牙が喉すれすれで止る。赤い眼光を爛々ときらめかせた氷月に、一瞬で、押し倒されたのだ。はっと我に返った氷月は、苦悩の皺《しわ》を額に寄せ、泣きそうな顔になる。

「あんな近くで血の匂いなんかされたらっ……。ごめんなさい」

「そなたは、悪くない」

自分にのしかかる女殺生鬼に穏やかに言う義経だった。

「甘いのね」

「…………」

「貴方の血」

肩の傷を妖しく見詰める、氷月は、

「何でもしてくれるの？　……わたしを救うために」

「…………」

「……渇きを忘れさせてくれるの？」

「する」

氷月は、小袖をくつろげ、小さいが形がいい乳房を月明りにさらし、

「なら、抱いて。でなきゃまた……啜りたくなる」

義経は辛そうに瞑目する。やがて、目を開き、

「……わかった」

義経は――一気に、氷月にむしゃぶりついた。下から、乳房を吸い、つまみ、熱をおびた箇所を攪拌《かくはん》するような手付きでさする。

羊歯の上に、押し倒す。

二人は血と汗と、草汁にまみれて絡み合う。氷月が自分の唇を血が出るほど強く嚙んでいるのを見た義経は、口吸いは避けた。

――血吸い鬼は、血を吸った対象に、己の血を呑まして、仲間をふやす。

さっき口づけした時、氷月の口についていたのは義経の血だけだったが、今や

氷月の血と義経の血の混合液が、ついている恐れがある……。だから義経は口吸いを避けつつも激しく氷月を抱いている。

焙《あぶ》るような朝日を浴びて義経が目覚めた時――氷月はもういなかった。太腿に氷月が甘噛みした痕があり、歯型がのこっていた。

激しい喪失感を覚える。義経は力なき足取りで山中を独行。廃屋を見つけ、菅《すが》筵《むしろ》を一つ引きずり出して刀をつつみ、琵琶湖で体をあらって、和邇《わに》を目指す。

義経が投げ込んだ扇は、洗顔を終えた重盛に、直ちにわたされた。

白い寝間着をまとった重盛はただ一言、

「さもあらん……」

第十章　赤蛭《あかひる》

和邇《わに》の、鳩太夫は、三十歳ほど。

髪をみじかく刈った男で鉢巻をしめていた。寡黙な武骨さがにじむ、四角い顔で、日に焼け、眉は太い。時折、自分は車借《しゃしゃく》の子、婿《むこ》養子で、舟と湖のことは、まだよくわからねんです、と自嘲する裏から、船頭としての揺るぎない自信が垣間《かいま》見える。

義経の話を聞いた鳩太夫は舟をあつめはじめた。

翌日、都から西行や磯禅師、そして山海の影御先に王血者たちが、到着。

一行は一気に四十人以上の大所帯となっている。

京から来た人数の中に――弁慶もいた。

弁慶は、三郎や加夜と、吉次がつけてくれた駄馬から荷を下ろしたりしている。

三郎は弁慶に、

「やい弁慶。おいらの方が先に仕官したんだからな。おいらの方が上だぞ。その荷は、こっち」

加夜が小さく笑う。三郎の怪我は……もうよいようである。鉄の巨人のような弁慶は、小柄な三郎に、

「……はあ……先だから上というわけでもねえ気がしますが……。こっちですな？　わかりました」

吉次の下人、駄馬は都へ返し、その日は、和邇に泊った。

鳩太夫は、五艘の舟を、掻《か》きあつめてくれた。

静は義経と三郎、弁慶という義経のあたらしい家臣、加夜と四国から来た王血の子二名と、同じ舟に乗った。四国から来た子は加夜と同い年くらいの少女と、その弟。静が乗る船の棹《さお》は、鳩太夫の倅《せがれ》がさしている。

岸からそう遠くない所を舟は北へ行く。

今日は一日、北上。高島《たかしま》まですすむ。明日、湖を横切る。

左から叡山の北につらなる山並みが黙然と船団を見下ろす。

遥か右手、広々とした湖水の向うで、湖東の山々が青く霞《かす》んでいる。

「伊吹山は……どれなんやろ？」

湖風に髪を揉まれながら加夜が言う。

「……あの山よ」

静は鬼門と呼ばれる丑寅《うしとら》（北東）に聳《そび》える山を指す。

伊吹山の辺りだけ――大きな蟹《かに》のような暗雲がかかっていた。

怪しい舟など近づいてこぬか、湖上を見張っていた静は、すぐ隣、船縁に摑《つか》まった義経の様子がおかしいと気付く。

御曹司は、端整な顔を青白くさせ、紫に変色した唇を嚙《か》みしめ、ひどく苦し気な相貌をしていた。

「ご主君？」

弁慶が苦笑いを嚙み殺したような顔で案じ、静は、

「どうしたの？」

義経の手が慌てた様子で口を押さえる。

「――うっぷ！」

……船酔いだ。

義経は湖に向かって黄水を吐いた。額《ひたい》には、玉の汗が、にじんでいた。

「どうもわたしは……舟を、苦手とするようだっ、おおぇっ！」

「——大丈夫？」

静は義経の背をさすりながら、この若者にも苦手とする処《ところ》があったのだと知れて、何だかおかしく、そして、ちょっとだけほっとした。


夕刻。

一行は高島に着いている。

いくつかの漁師の家、祠《ほこら》などに泊る。静は義経や重家と不寝番に当ったが、異変はない。

「どうした静、やけにむずかしい顔だが」

義経が話しかけてきた。

「明日はいよいよ……湖を横切るでしょう。お頭は、子供などの足弱《あしよわ》を案じられて、水の道を行かれるのだろうけど……」

瀬戸内《せとうち》を縄張りとする山海の影御先は、何かことあると、水路をつかいたがる。

「あとは、近江の東南で暴れる殺生鬼の群れを回避する意味もあろう」

静は胸に漂う不安を口にする。

「逃げ場のない湖上で襲われないかしら？　それが、心配」

「水戦ということは矢戦になろう。当方には、十分な香矢がある」

——吉次がそろえてくれた香矢だ。

「お頭もそのあたりのことは、深く考えられていよう。大丈夫だ」

「…………」

夜明けと共に一行は動く。青い油のように、気怠《けだる》い穏やかさを漂わせて広がる琵琶湖を、小船団は、東へすすんだ。

空は薄曇りで、鳩太夫は、まず荒れることはあるまい、と話していた。

……義経は大丈夫かしら？

静が顰《しか》め面の義経を見た時である。

俄《にわ》かに風が強くなっている。

舟は琵琶湖の真ん中辺りに来ている。

今さら高島にもどるのは距離があり、対岸、朝妻《あさづま》まではまだ、遠い。強い向かい風が波を起こし、衝撃で舟が大揺れした。

王血の姉弟が叫ぶ。加夜も、瞠目している。

歯を食いしばった静は、

「しっかり摑まっていて！」

「こんなん、近江の海じゃいつものことよ。この程度では沈まぬ！」

弁慶が言った。

舟酔いした義経は口を手で押さえている……。

と、

「鬼気じゃっ！」

前方で、誰か、叫んだ。不殺生鬼の影御先だろう。

……鬼気――？

不安の矢が刺さった静は荒れる湖面を見まわす。庭梅と戦ってから……どうしても、力を上手く引き出せず、目は常の色のままだ。

南。

小さな影が四つ、湖上に、ぽつんと、あった。

舟だ。

怪しい舟が四艘こっちに寄ってくる……。

前の舟で、

「香矢を支度！」

西行が大喝、暴れる琵琶湖をもてあましていた五艘は、南から近づいてくる正体不明の四艘に厳戒している。

と、気まぐれな湖風は――いきなり向きを変える。今まで東から西に吹いていた風が、一旦おさまり、一息ついたかと思うと、今度は南から北へ、鎌鼬《かまいたち》が如《ごと》き強さで吹きつけた――。風に押された苫舟《とまぶね》四艘はこちらに急迫してくる。

不気味なことに……楫子《かじこ》一人だに見えぬ。

西行が、

「もっと引きつけよ！」

まだ、香矢の射程ではない。

刹那――苫舟から黒い猛気が次々と、勢いよく放たれ、味方の舟に向かって、飛んで来た。


――――！

物体は静が乗る舟の後ろを行く舟に衝突し、静や義経の舟と、西行、磯禅師の舟の間にも、青黒い湖面を激しく殴りつけながら落ちた。

磯禅師が、大声で、

「石ぞっ！」

赤子ほどの石。

四つの舟の苫屋《とまや》の暗がりに、殺生鬼が隠れ、石が積まれているようだ。連中は異常の膂力《りょりょく》にものを言わせ次々に投石している。

矢がとどく距離ではなく、当然、こちらが投石してもとどかぬ。血吸い鬼の力があっても、肩の筋肉だけではむずかしい。

……どうやって？

灰色の旋風が静の髪を勢いよくかすめ、大飛沫《しぶき》を怒らせて湖に消える——。はずれた石が次々に水飛沫を立てる。さっき石が襲った舟に、また石が二つ落下、一つは王血者の若者の頭を柿を潰《つぶ》したようにし、いま一つは、船底を大きく裂いた。

「……沈むっ！」

舟が悲鳴にもだえる。さっきまで船酔いでぐったりしていた義経は、青褪《あおざ》めた顔で叫ぶ。

「舟を後ろへ！　あっちの舟が沈んだらこっちに救い上げる！　みんな、余計な荷をすてい！」

義経と弁慶は勢いよく俵を琵琶湖に放る。静や三郎、加夜もそれにならい、舟の上に場所をつくった。だが、その作業も、落ち着いて、おこなえない。

――石だ。

噴火後のように一抱えもある大石が、容赦ない雨になって降りそそぐ。

沈みかかった舟に静の舟が近づく――。静や義経の頭の上を、殺意の突風が豪速でかすめる。

西行らは風に向かって香矢を射るもとどかない。味方の矢は、敵船の手前で……湖に落ちる。

「もっと近づいたら、跳びうつり退治するのだが」

太刀を抜きながら義経は呻《うめ》いた。

沈みかかっている舟の後ろにも、味方の舟が、ある。が、この舟の楫子、さらに同舟に乗り香矢を射ていた影御先の頭に、石弾が直撃。二人の男は湖に叩《たた》きつけられ、水底に沈んでいる。

今度は――静らが乗る舟の楫子、つまり鳩太夫の子の胸に、石が当り、血反吐《へど》を吐いて水に転がった。大飛沫が激しく上がり、西行の舟をあやつっていた鳩太夫から……悲鳴とも怒号ともつかぬ、凄まじい声が迸《ほとばし》る。

静、そして、王血の姉弟の口から悲鳴が、迸った。加夜は茫然としていた。

また、飛んで来た。

赤子大の石が――。

三郎が加夜を庇うようにかぶさり、弁慶が虎が数頭吠えたような咆《ほ》え声を上げ、大薙刀《なぎなた》をふるう。

――っ！

弁慶の信じ難い膂力は、石弾を叩き返し、琵琶湖が派手にしぶく。

「弁慶、石をふせげ！　三郎、棹をひろえ！　舟をまかせた！」

義経が叫ぶ。

「おうよ！」「はいっ」

弁慶と伊勢三郎が口々に応じた。

さて、敵はそれ以上は舟を近づけてこない。香矢を、警戒しているようだ。

四艘の敵舟、その苫屋から、異様な男どもが、現れた――。

ごつい、大男どもだ。

いずれも半裸。

幾人かは、あらわになった上半身に刀傷を複数きざんでいる。

皆、不吉に赤黒い覆面で面を隠していた。

静は、はっとする。

敵はとんでもなく大きな、漆黒の投弾帯《とうだんたい》をもっていた。いかにも丈夫な道具で、これをつかい、赤子ほどの石を、矢もとどかぬ遠さから、飛ばしたのだ……。

静は知る由もないがこの投弾帯、髪の毛、黒漆によく漬け込んだ人の生皮、針金でつくられている。

古代地中海世界において、強大なローマを、武勇によって震撼《しんかん》させた、島々がある。

バレアレス諸島。

この島の男たちがつかった武器、それは「石」である。

バレアレスの島男は人の髪と獣の腱《けん》から極めて丈夫な投弾帯をつくった。その投弾帯により、彼らは弓矢と同じくらいの距離、礫《つぶて》を飛ばし、石勢《せきせい》たるや、青銅の兜《かぶと》を陥没させて戦士を打ち殺すくらい強かった。「カタパルト」と言われる木でつくった大投石機に匹敵する攻撃を、腕の力で成したという。

謎の礫部隊は——特に腕力に優れた殺生鬼から成る。当然、バレアレスの投石兵よりも、力がある。そして、彼奴《きやつ》らがつかう投弾帯は、針金仕込み。バレアレスのものより強靱だ。

——！

岩。

今度は、一抱えもある岩が飛来、さっき楫子が屠《ほふ》られた舟に、隕石《いんせき》の如く落ち、船体をぶち抜いた。悲鳴の飛沫が上がる。舟が一気に沈み、人々が湖に投げ出される。その一つ前の舟も沈みかかっている。

一際《ひときわ》大きな邪鬼が岩を投げている。投石手は各舟に、二、三人ずつ、いる。静は連中がかぶる覆面が赤黒い蛭《ひる》の頭の如く見えた。また苫屋から、幾人か現れる。そ奴らは鋸《のこぎり》状の刃をもつ刀を手にしていた。

——こいつらだ。南近江や伊勢で、沢山の血を流したのは……。

西行は……神出鬼没の邪鬼が跳梁《ちょうりょう》する南近江の沼沢地を迂回、湖を横切り、東に向かったわけである。

ところが、赤い化け蛭どもは、来た……。

青褪めた義経が三郎に、

「舟をっ、沈んでいる二艘の方へっ」

——早く助けねばならない。十人以上の仲間が、投げ出されている。が……三郎の操縦は、拙《つたな》い。舟は意地悪い波に弄《もてあそ》ばれ遅々としてすすまぬ。

静が唾を飛ばし、

「わたしが、やるっ！」

「静姉ちゃん、舟なんて……」

「山海の影御先よ。瀬戸内を舟でわたったわ」

静が棹を奪う。

静の操船は、ずっと、まともであった。舟は沈む二艘に近づいてゆく——。

「助けてくれ！」

「早くっ」

溺《おぼ》れる人々から叫び声がする。

と、敵の苫屋から頭が大きい小男が姿を見せ、大男の傍に立つ。所々擦り切れた赤黒き衣をまとい、坊主頭。顔は白塗り。双眼の周りは黒ずんだ男だ。

薄気味悪い小男は牙を剝き、赤い眼光を燃やしている。

「山海の影御先・西行法師じゃな！」

手に香矢と弓をもつ西行から殺意が迸っている。

「いかにも！　てめえは？」

「冥闇《めいあん》ノ結・蛭王。影御先に王血者、雁首《がんくび》揃えて何処《どこ》へ行く？　舟遊びか何かかの？」

「何処に行こうが俺たちの勝手だろうよ」

西行は風を正面から受けながら、親しい友に語りかけるような調子で答えた。

「……ふふ……ふふ」

血の気が無い相貌で笑みが歪む。

「──そういうわけにもゆくまいよ。わしらとうぬらの、因縁を考えれば。まあ、うぬの行き先など聞かずとも知れたようなものじゃが。通行料をいただこう。ここは、黒滝様の荘園が如きもの」

西行は大きく首をかしげ、

「……初耳だな。ここは天下の船頭が行き来する……」

「であればこそ、我らが主の荘園。天下の血は、悉《ことごと》く我らが主への供物《くもつ》ゆえ。四の五のぬかすと……」

今にも石弾が放たれそうになる。

「まってくれ！　まってくれっ」

西行は――必死に止めている。

敵の攻撃はとどく。だが当方の香矢はとどかず、おまけに強い向かい風だ。

「通行料とは？」

小さい魔人は、西行に、

「そうさな、王血者を半分もらおう」

「王血者を半分？　それは、いくらなんでも……」

夜の野火を思わす暗い火を双眼に浮かべた、相手は、

「――さすれば、通行をみとめてつかわす」

……そんな条件、受けられない。

静が操る舟が沈む二艘の近くまで、来ている。

義経や弁慶の手が溺れる人々を救う。西行らの舟では、磯禅師が青白く冷えた相貌で、じっと——蛭王を睨み、西行は顔を真っ赤に燃やして、両手をこすり合わせ、

「王血者を見すてることは出来んっ。蛭王殿……代りに香矢を全て水にすてるというのは……」

「——たわけ！　そんな条件が呑めるか！」

蛭王は、罵っている。

「元より全員湖上で討てとの仰せであった。ただ——」

白く化粧した顔の中の、黒と赤の穴、つまり……周りが黒ずんだ赤眼が義経を刺すように見、

「皆殺しにすれば逆にお叱りを受ける気もした……。むつかしい御方でな。御《おん》自《みずか》ら、少しずつ血吸いして長い時をかけて始末したい、斯様《かよう》なご執心をそそがれておる者が、うぬらの中におる気がするのよ」

西行は青筋をうねらせ苦悩していた。

この時点で、もう一艘の壊れた舟は、全く沈んでいた。今や板切れに四人しがみつくばかり。他の者は、既に溺れていた。

板につかまっているというのは、評定《ひょうじょう》に出ていた王血の媼《おうな》、むつ、という王血の娘、春茂《はるもち》という王血の若者、大金串のさなである。

むつは――静が伊予《いよ》で見つけて保護し、善通寺につれて行った同い年の娘で、静とは気が、合う。春茂とは善通寺で恋人同士になったと聞いている。

西行も、蛭王と交渉しつつ、この舟のことが気になるようで、時折視線を向ける。

むつやさなは板切れにつかまって助けをもとめている。

静は、船尾で棹を動かし、

「もう少しだけ頑張って！　もう少し」

その時、蛭王の横にいた覆面の殺生鬼が、肩を動かし、

「時を稼ぐな！　とっとと決めろっ」

――大石を放っている。

もう少しという所まで静が動かす舟が来た時、石風が吹いて、春茂の後頭部が真っ赤に弾け――向き合うように、板にしがみついていた王血の媼の額にその石はめり込み、飛沫を立てて二人は水中に没する。

衝撃で板が跳ねるように動き、さなとむつも、沈んでしまった――。

「むつっ……！」

悲痛な叫びが静から迸る。

静が動かす舟が風に押されて、むつ、さなが溺れた辺りにつく。

手が——湖から出て空《くう》を摑む。

むつの手だ。

棹から手をはなした静が、むつの手を取ろうとした。隣で義経がさなを助けている。

静とむつは——少し、遠い。指と指がふれ合うも……静は救いをもとめる手を、摑めない。

手は……沈んでいった。ごぼ、ごぼ、と泡が浮いてくる。

静は思わず湖に飛び込もうとする。三郎が加夜と腰に抱きついて、悲痛な声で、

「駄目だっ！　溺れちゃうよっ」

三郎の隣で、義経がさなに水を吐かせた。

と、何かに気付いた義経が、

「危ないっ」

突っ立った静を抱きかかえるようにして伏せる。

すぐ、上を灰色の猛気が、ビュンと、目にも留らぬ速さで駆け抜け、ドボーンと大飛沫が上がっている。

また、礫《つぶて》が、くる。

その大礫は弁慶の大薙刀が弾いた。飛沫が、静と義経に、かかる。

一方的な攻撃に対し、西行が、泣き叫ぶように、

「わかった！　わかった！　もう投げるなっ。よし……王血者を半分わたす！」

義経に抱きしめられる形で、身を起した静は、愕然《がくぜん》とし身をわななかせた。

……王血者を半分、わたす？　それは、影御先として――？

影御先、王血者の面に、狼狽《うろた》えや戸惑い、不審が、走る。

だが、磯禅師と義経の面差しに、変化は、無い。二人はちらっと西行を見たきり、あとは敵舟を窺っている。この二人が左様な態度なら、何か西行には考えがあるのでないか。

西行は蛭王に、

「ただし……条件が、在る！」

「うぬが条件など提示出来る立場か」

「悪い条件ではないと思うのだ……蛭王っ」

西行は情けないくらい必死に蛭王に懇願した。

蛭王は、嘲笑い、

「……一応、聞くか」

投石は止んでいた。まだ、風向きは、変っていない。

「王血者を差し出したら、黒滝の許につれて行くのじゃな？」

「左様」

王血者たちの顔におののきが走っている。

「わしも、尼公の許につれて行ってくれぬか……？」

意外な申し出に、蛭王は、眉を顰める。

「何？」

「いやさ、影御先の大将として、そちらの大将に、何ゆえ罪もなき人々を殺めつづけるのか、不殺生鬼にもどれぬのか、直談判《じかだんぱん》したいのじゃ」

蛭王が何か言おうとするのを制した西行は、

「また、王血者だけ差し出し、影御先だけ助かる。そんな無様な真似が出来るわけもなかろう。故に、俺も、同道する。どうか、お願いするっ」

同じ舟に乗る竹の翁《おきな》や、こっちの舟に乗る王血の衆を見て、

「わしと共に行ってくれるか？　王血の衆」

腕組みをしてうつむいた竹の翁が、

「若い者はのこし……老いた者で行くとするか」

蛭王は、すかさず、

「我らが主は、若い血を好まれる。若い方をよこせっ！　子供の方からよこせ！」

風に乗ってきた厳しい声に、影御先の歌人は、うなだれる。

王血の子供たちは恐怖で面を青黒くして、強張っている。

西行は呟いた。

「……ということだ……」

本当にこの首領、策があるのか……、もしかしたらさっきこの人が言ったことは、嘘偽りない真情ではないのか、物凄い不安が、軋《きし》みはじめた。

静はもう一度——影御先・八幡を、義経を、窺う。義経は、無表情である。

和邇では加夜をふくめ王血者が十八人いた。今は、十二人になっている。

もっとも年少の王血者が乗っているのが、静の舟であったから、この舟を敵方に王血者六人と西行を送り込む舟とした。だから、西行の舟と、もう一艘の舟が近づいてきて、人員の交換がおこなわれる。

この時、予期せぬことが、起きた。

西行の他にあと一人、影御先が——王血者のふりをして、敵方に向かう一団にくわわったのだ。

その影御先、どうも自らの固い意志で……王血者として、敵地に乗り込みたいと思ったようだ。

で、西行に無言でつたえ、西行も無言で同意し、その影御先の直接の主たる義経も、これを言葉なく許したため、一人の影御先が王血者に化け、西行たちに、同道した。

——少年影御先・伊勢三郎義盛だ。

三郎は、加夜に恩を感じているらしい。

加夜は一刻も早く伊吹山に乗り込みたいらしく、敵に差し出される六人にえらばれたのを嫌がったりせず、獲物を狙う猛禽《もうきん》のような目で、蛭王たちを睨んでいた。三郎は怪我から立ち直らせてくれた加夜と同道したい、加夜を、守りたいと思ったようなのだ。

そして大人の影御先だったら蛭王に警戒されたろうが、三郎が王血の子供に紛れて肩をすぼめて座っているため、敵もまさかこれが影御先とは思わず、ごく自然に、王血者と見做《みな》してしまったようなのだ。

今は白昼。

――心を読める不死鬼は敵方にいない。

かくして、西行と三郎、加夜をふくむ王血の子や若者たちが、一艘の舟で敵方に向かう。


西行が笈《おい》を背負い杖《つえ》をもったまま舟をうつろうとするや、小さい魔人、蛭王が、

「まて！　その笈と杖は置いて参れ」

放浪の歌人はやや狼狽《うろた》えて、

「……だ、駄目かの？　この笈の中に、黒滝殿に読んで聞かせたい経が入ってるんだが……」

「ならぬ」

西行の笈の中には香がたっぷりと入っていた。

「残念だ。……だが、致し方あるまい」

西行は義経や静、弁慶が乗りうつった元、自分がいた舟、つまり、磯禅師がいる舟に笈と杖を置いて、三郎や加夜の舟にうつる。この時、義経は笈の側面から何かを取り出したのを見逃さなかった。西行はそれを墨衣《すみごろも》で巧みに隠し磯禅師にめくばせすると元々漁師をしていたという王血の若者に棹《たく》をもたせ、蛭王たちの船団の方へすすみ出した。

蛭王が、鋭い声で、

「他の舟は近づいてくるな！　約束を違《たが》えれば、うぬら全員沈むぞ」

刹那、浦風に弄ばれ渺々《びょうびょう》たる湖水をけなげにもわたらんとする一羽の鳥が、西行の上をせわしなく羽ばたいて、通りすぎた。

鳥は、高くけたたましい声で、何者かをおしえてくれた。

ホトトギスだ。

刹那《せつな》、西行は——、

「ほととぎす　鳴き渡るなる　波の上に　声たたみおく　志賀《しが》の浦風……」

当意即妙《とういそくみょう》の一首をひねり出している。

こんな土壇場にも、山海の首領の歌心は発揮されると知った義経は、深く驚くと共に、弁慶に、

「――お前の体でわたしを隠せ」

囁いた。この舟――元、西行が乗っていた舟は、櫂《かい》ですすむ舟だが、櫂の他に、棹があった。義経は棹を取り、細工しはじめた……。

西行たちの舟が蛭王の方にすすみはじめて、少しすると、琵琶湖から風が消えた。

磯禅師、目を細め、

「お頭が何か動いたら、一気に仕掛ける」

小声で言う。

「元より承知」

義経が答え、静が――えっというふうに、見た。

その時である。

義経は――北から背に吹きつけて来る風を感じる。

同時に、何事か弁慶に耳打ちしている。

近江の海を四艘の邪鬼舟に向かい南へすすむ西行、その老いても逞《たくま》しい背中が、風の逆転を感じる。

向かい風が追い風になった。

……いいねぇ。

ほくそ笑んだ西行は、

「皆、危ないから、よしと言ったら伏せてくれや」

王血の子らに下知するや、墨衣に隠してきた物体をさっと水に浮かべた。

それは小さな木の舟である。玩具の舟と言っていい。

玩具の舟は北風に押され、西行が乗る舟の斜め前方を——蛭王たちの舟に向かってすすむ。

玩具の舟には、小さな木の家があり、その中から香煙がたゆたっていた。不死鬼、殺生鬼を調伏する凶器の気体は北風に押され、蛭王たちの方へ、漂ってゆく——。

「……こんなこともあろうかと用意しておいた小舟よ」

「——下らぬ小細工を。あの舟を潰せぃ！」

蛭王がまだ余裕の面持ちで命じ、手下どもの投弾帯が、躍動する——。

邪鬼舟から玩具の舟目がけて――次々に、灰色の曲線が、描かれる。二、三投の礫で、玩具舟など撃砕されるかと思いきや……そうでもない。

琵琶湖の波に左に右に揺らされる小さな玩具舟になかなか石が当らない。……微妙にはずれた所で飛沫が上がる。

「何をしておる?」

人間が乗る大きな舟だからこそ殺生鬼の投石は上手くいっている。だが、小さすぎる的《まと》は、なかなか捉えられず、その間、彼らがもっとも苦手とする薫煙はどんどん蛭王たちに迫ってきた。

焦慮《しょうりょ》が、殺生鬼どもの面貌に浮かぶ。

西行はゲラゲラ嘲笑《あざわら》い、舟をあやつる王血の若人に、

「兄ちゃん、舟、ゆっくりでいいから」

「ええい、もうよいっ。西行じゃ、西行を殺せ!　西行の舟をあやつる男を討て」

顔を白塗りにした首領が、赤色眼光をギラつかせて叫んだ時だ。

弁慶が――動いた。

強大な、悪僧は、小男を、湖に、放り投げた――。

投げられた小兵、それは義経だ。

人間の歴史で……人が人を投げた際、これほど長く飛ばされたことは、いまだかつてなかった。それくらい義経は湖上を飛んだ。

南に向かって投げ飛ばされた義経は紐《ひも》で何かをぶら下げた棹をもっていた。

口に太刀をくわえた義経は、飛ばされながら棹を振り――水飛沫を上げて湖に入る直前、紐がついた物体を蛭王目がけて飛ばしている。

遠心力によって、物体は――驚くべき飛距離を見せる。

「………」

蛭王は一瞬……何がどうしたか、わからなかった。

それくらい、この意想外の攻撃に不意を打たれた。

義経が着水寸前投擲《とうてき》した物体は初め、黒点であったが、どんどん、大きくなる。

飛翔する物体は、蛭王の顔に、ぶつかった。

――香玉《かおりだま》。

香気が、香煙が、顔じゅうを襲う。

「あっ……ぐわぁぁぁっ……ぎほっ！」

蛭王は激しく噎《む》せ、顔を掻《か》き毟《むし》り、身悶《みもだ》えした。香玉は舟底に転がり濛々《もうもう》たる抹香臭さは、今まさに投石せんとしていた手下二人にもまとわりつく。

「早く、何とかせよっ！」

蛭王が、痙攣《けいれん》しながら、命じた。同じ舟の屈強な殺生鬼二人が、西行への投石を止め、仏事の匂いを煙らせる玉に手を伸ばすも、むわっと上った薫煙に目をやられて、手を引っ込めている。

首脳部を襲った混乱は他の舟にも波及している。

投石に迷いが生れ、西行を狙った投石は――全部はずれた。そうこうしているうちに玩具の舟がどんどん寄ってきて、さらなる薫煙が四艘全てを襲う。

混乱の嵐が殺生鬼どもを襲い、それを見ていた西行は、香木で出来た手首の数珠をはずして、ゲラゲラ笑った。

蛭王の手下が苦鳴を上げながら香玉を摑み、琵琶湖に放りすてた時だ。

湖水がわれ――水滴を滴らせながら、凄まじい殺気が恐ろしい速さで蛭王を襲った。

義経。

水魔の如く湖から現れた義経は――ビュンと振った刀で蛭王の両足を牛蒡《ごぼう》でも切断するように、造作なく叩き斬った。

蛭王が腰に下げた鋸《のこぎり》形の刃を抜かんとするも、義経の刀の方が、速い。

剣先は早くも、心臓を一突きにした。

「冥闇ノ結の蛭王、濃尾の影御先・八幡が討ち取った！」

「……実に、実に、いいねぇ。よっしゃ！　一気に舟を近づけい！」

西行《げ》が、叫ぶ。

蛭王の舟には他に二人、殺生鬼が、乗っている。赤黒い覆面をかぶり上半身は裸、瘤《こぶ》状の筋肉をふくらませた大男どもだ。

殺生鬼どもは溶岩を双眼に滾《たぎ》らせ一人は鋸刀を抜こうとし、今一人は長い爪がのびた手で義経を摑もうとした。

義経は刀を抜こうとした方の首を斬って腹を蹴って湖に落とし、摑みかかって来た方は、腰に下げた竹筒の清水――今朝、高島の清流で汲んだものである――を、顔面にかけ、ギエッという奇声と共に湯気が立つや、左手一本で捕まえ、琵琶湖に投げ捨て、他の舟から飛ばされた石弾を身を低めてかわしつつ、船縁を摑んで登って来ようとしたそ奴の目に剣を突き立て、湖中に沈めている。

──一艘目の敵は、義経一人で、片付けた。

二艘目の敵が義経に石を打とうとしている。義経は、身構える。

その時だ。

────。

何か小さい物体が、西行が乗る舟から飛ばされ、義経に投石しようとした殺生鬼の横面にぶつかった。殺生鬼は石を琵琶湖に落とし膝を舟底について苦しんだ。

……香蒜弾《こうさんだん》？

香蒜弾を、投香帯《とうこうたい》で放って、義経を助けたのは──三郎であった。

三郎が義経に、

「一人で活躍させねえよ！」

「その意気ぞ！」

義経の称賛と同時に、

「……いいねえ、お前……」

言った西行が──跳ぶ。

舟の上から魚を狙う近江のトンビのように飛んだ西行は、墨衣をふくらませながら、二艘目の舳先《へさき》に着地。

香木の沈香でつくられている数珠を鞭《むち》のようにつかう西行は、

「悪い奴、見ぃつけ」

と言いながら、三郎の香蒜弾で苦しんでいた殺生鬼の喉に、豪速で振った数珠を叩きつけ——声を上げる間もなく水中へ、送り出している。叩き飛ばされた殺生鬼は背中から湖面に落ち、派手な飛沫を上げ、沈んだ——。

西行が乗り込んだ舟にはまだ他に邪鬼が二名いた。

邪鬼どもは、鋸刀をさっと抜く。

西行は一人の足元に香木の数珠を投げて、ひるませるも、もう一人が——突き出す。

笠を素早くはずした西行、そのぼろ笠を盾のようにして刺突をふせいだ……。

もちろん鋸刀は貫通すると思われたが、
ガチン！

戛然《かつぜん》と音がして、ぼろ笠は、鋸刀を止めた——。笠から粉末が出る。

　実は西行の笠には鉄の香箱が仕込まれていたのである。

　西行法師、自分の刃で煙らせた香気に苦しむ敵に、

「ふつうの笠じゃねえ。嫁さんがつくってくれた、変り笠なのよ」


　一般的に西行はさる女院に身分違いの恋心をいだき、この恋に破れたことがきっかけで、発心《ほっしん》したと伝わる。

　また、西行出家の際、妻との間に一子あり、この子が抱きついてきたのを蹴飛ばして、家族への情愛を断ち切り、仏道修行に邁進《まいしん》したという。

　これらの話は俗説にすぎない。

　実際には……こういうことなのである。

　西行には、子供がいた。この子が、血吸い鬼にされた。西行の子は血を吸おうとして父に取りついた処を、蹴飛ばされたのである。西行は子供を、人の血を吸ってはいけないと厳しく叱り、父親を襲おうとしたことを悔やんだ子供は、反省し、もう何も口にしないようになってしまった……。

子供は見る見るやせ衰えた。西行は自分の血を飲ませようとしたが、子供は拒み、餓死した。

子煩悩な西行だけに、子供が得体の知れぬ魔物のせいで、血を吸うようになってからは、先が見えない暗黒の日々だった。

子をうしなった一筋の光もない闇が——西行を出家させ、遂には影御先にしたのである。

西行の影御先人生は畿内の影御先への参加からはじまっている。高野山に宿を取っていた畿内の影御先に、属したのである。この時、妻も女人禁制の高野山の麓まで来て、西行とわかれた。

以後、手先が器用な妻は高野山麓に住い、西行が必要とする道具をつくりつづけている。決して嫌いでわかれたわけではない。心は深く繋がり合っているのだ。

ちなみに高野山の麓、天野《あまの》の里には、西行の妻が暮したという西行堂と、西行妻娘《さいし》の墓がある。この娘が血吸い鬼になってしまった子供なのか、それとも別の子なのかは、定かではない。

左手にもった変り笠を盾とした西行、そのまま鋸刀を押す形で、突っ込み、さっと出した大金串で刺す。

――――ッ！

笠越しに突き出た大金串の尖端が、殺生鬼の左胸を刺す。

二人目の殺生鬼を倒した西行に、三人目、つまりさっき数珠でひるんだ敵が突進する。

西行は、笠から香粉をかけつつ、大金串を喉に放つ。ひるんだ敵の蟀谷《こめかみ》に、さっとひろった香木の数珠をぶつけ――湖に飛ばした。

「西行さん、石っ」

三郎の警告が飛ぶ。

「石ぃ？」

言いながら、西行は自分に放たれた石弾を身をかがめてよけた。

三艘目、四艘目の敵が、西行、義経に石を放つも、別方角から香矢の雨が降りそそぐ。

――磯禅師たちである。

敵が恐慌に陥った。敵が、混乱したと見た禅師は、舟をすすめるよう下知し、一気に近寄らせた舟から追い風を味方にした矢を、降らせたわけである。

香矢が次々と殺生鬼を射殺《いころ》してゆく。

混乱する敵の舟に、乗っ取った敵の舟を近づけた義経が、船酔いに耐えるような苦し気な表情で——さっと湖上を跳んで斬り込み——のこる殺生鬼を、全て斬り伏せた。

「でかした、八幡！」

若き影御先をたたえた西行は肩で息をしながら磯禅師の方を振り返る。

禅師とうなずき合うと、山海の首領は暗い溜息をつく。

「何とか勝ったが……俺たちの動きを読んでいたということか。巴たちも危ういのではないか」

影御先と王血者、船頭合わせて十数人が、犠牲になった。


同日夕刻。

美濃国、方県《かたがた》駅。

東山道《とうさんどう》の駅であるこの山間の里に木曾谷から来た精強な面々が入った。

巴や常陸坊海尊、そして義仲率いる木曾武者二十名である。

海尊はひしゃげた顎を夕日にてからせながら、

「こうも、すぐ西に上るとは……信濃にもどらんで、この辺りでお出迎えすればよかった」

「そんなこと言って……。道中の宿で、美味《おい》しい思いでもしてるんでしょ？」

巴は言う。

すると、山伏のなりをした不殺生鬼の影御先は、ぺろりと舌を出し、

「なぁに……いくつかの里で寝ている美女の血を、そっと吸わせてもらった程度。あと、遊女を買い、そういう遊びが好きなんじゃと申して、少しばかりの血を……」

「そういう話は止めなよ海尊。信濃衆が、薄気味悪がるから」

東山道は青田にはさまれていて、田の向うに亀がまどろんだような、丸みをおびた低山がつらなっている。巴の郎党の如き姿に身をやつした義仲は、鋭い目つきで宿の人々を窺っていた。

一昨日、西行の使い、上介が諏訪に現れた。

只人には真似出来ぬ驚異の速さで都から駆けてきたのである――。

巴は早速、義仲に相談。

すると、義仲は、

『今井を信濃にのこし、俺はおんしと共に行く』

言ってくれた。

頼もしく、そして、嬉しい。同時に——不死鬼との闘いにまた義仲を巻き込んでよいのだろうかという気持ちになる巴だった。

すると義仲は巴を真っ直ぐに見詰め、

『おんしのおかげで俺は、半分影御先ずら。それに……おんしを行かせて、俺が行かぬわけにはいかん』

かくして、巴たちは昨日、諏訪を出立、方県まで来た次第である。

巴の馬には汚れた松の木の箱がゆわえつけてある。この箱の中に、豊明《とよあけ》の大鏡、小鏡、小角聖香《しょうかくしょうこう》が入っていた。

……伊吹山につくのは明日か。今日は方県に宿を取るほか、なさそうだ。

と、

「おう、婿殿ではないか？」

義仲の若党に宗任《むねとう》なる者が、いる。この宗任に話しかけてきた男があったのだ。それは東山道をゆったり歩いていた白髪頭の武士で、足早な巴たちが追い越した瞬間、声をかけてきたのである。

「おう、舅《しゅうと》殿……」

細面《ほそおもて》で皺《しわ》深い武士は、宗任の舅であるらしい。大きな瓢簞《ひょうたん》を杖から下げた老人は垂れ気味の小さな目を細めて、

「土岐《とき》の知人をたずね、今から不破《ふわ》へもどる処での。婿殿は……」

「主命により、上洛する処にござる」

行き先をぼかす宗任だった。

「左様か。今日は、方県に泊るのじゃろう？」

「ええ」

宗任の舅は、穏やかな笑みを浮かべ、

「ここの長者の屋敷で醸《かも》す酒は実に旨くてのう。もって参るゆえ、今宵は久方ぶりに一献かわしつつ、語らおうぞ」

宗任の舅は、宿に入った婿のために、言葉通り酒甕《さかがめ》をもってきた。

巴や海尊――生粋の影御先は、飲もうとはしなかった。義仲もそれにならう。

が、義仲は、

『明日は生きるか死ぬかの戦いずら。舅殿が酒をもって参ったら、おんしらは、飲むべし。ただし、ほどほどにな』

巴の中で、今井兼平がいれば、半数の侍を飲ませないようにするなど配慮したのではという考えが、薄っすら漂うも、口には出来なかった。義仲が影御先のために、いや、ひょっとしたら巴のために、これだけの兵を催してくれたことを、巴は感謝している。影御先の中のことはともかく義仲の兵の統率にまで自分は踏み込めないと思っていた。

その夜……。

異様な物音が巴を目覚めさせた。

それは、胃の中身を吐く音だった。

義仲の家来が板敷に身を屈《かが》め、吐いていた。次の瞬間、むかつくような臭いが、巴の鼻に降りかかる。幾人もの武士が——身悶えし、吐きはじめている。

巴と同時に目覚めたらしい義仲が、七転八倒する家来たちを前に、

「おのれ……毒ずら！」

——毒？　さっきの酒に？

霊宝が入った箱を抱きかかえた巴に目を赤く光らせた海尊が近づいてきて、

「――夥《おびただ》しい足音が近づいておるっ。罠《わな》だったんじゃ、巴！」

「まさか舅に謀《たばか》られるとは……。死んでも、お詫び出来ませぬ！」

宗任が身をふるわして嘔吐《おうと》しながら、叫ぶ。

巴は、板敷のそこかしこに抹香を焚くべく据えた火鉢の小火、ニンニクを吊るしてある鴨居《かもい》に視線を走らせ、

「邪鬼の罠だったのか……。だけど、ここに突っ込んできても、結界で押し返せる。敵が来る！　戦える者は、武器を取って！　ここで迎え撃つよ！」

「巴の言う通りにするんじゃ！」

義仲も大喝した。

鬼気を読もうとしているのか、ぐっと気を凝らした海尊が、ふるえる声で、

「……違う……巴。邪鬼ではない」

……え？

次の瞬間、凶刃をひっさげた覆面の男どもが幾人も、襖《ふすま》を開け――乱入してきた。巴は彼らにニンニクを投げるも、何らひるまない。覆面の敵は無言のまま刀をふるい、身悶えし、嘔吐する義仲の家来たちを、次々に斬殺しはじめた――。

「こ奴ら……只人《ただびと》ぞ！」

海尊が怒鳴る。

――只人……。

冥闇ノ結が只人をつかうという警告は、上介の口から巴の耳に、入っている。

だが邪鬼に使嗾《しそう》される小人数《こにんず》の只人がいるにせよ、大人数の只人に己ら影御先が襲われることはあるまい、四国で起きたことは何かの間違いではないかという考えが、巴にはあった。それはやはり……、

――影御先は只人を邪鬼から守る者。只人の命と暮しを守るために、あたしらは戦っている。

という信念に、根差していた。

只人の武士たちの夜襲に直面した巴は、背中から斬られた気がした。

義仲が巴に、

「これでは戦にならん！　一旦、退くぞっ！」

宝の箱を左脇にかかえ、右手に小薙刀をもった巴、巴を守る義仲と海尊は脱出をはかる。宗任ら毒酒に苦しみながらも何とか立ち上がった侍が幾人かつづく。

宗任が、舞良戸《まいらど》を蹴倒した。

刹那、

――！

いくつもの細い鋭気が飛び――宗任を貫いた。

矢だ。

「どうか……ご無事で……。大きなる武将に、おなり下され！」

宗任が鋭く吠えて斃《たお》れ、義仲は怒気を煮え滾《たぎ》らせる。

築地の上に半弓をたずさえた敵影がいくつかある。そ奴らが、宗任を射たのだ。敵影の一つが庭に飛び降りている。

髪を唐輪《からわ》にした細身の男であるようだ。――薙刀をもっていた。その細い男……一片の戦気も漂わせておらず、構えらしい構えも取っておらず、強いのか、弱いのか、巴でも一瞬見切れなかった。

「小癪《こしゃく》な男ずら！」

「ようも、騙し討ちをっ」

嘔吐物で直垂《ひたたれ》を汚した木曾の荒武者三人が、細い影に斬りかかる。

鎌鼬《かまいたち》のような殺気の旋風となった薙刀が――三人の剛の者を、一瞬で、斬り殺している。

……この男、義仲と同じくらい、強い。

巴の背筋を凍《い》てつかせた細身の男は、ふっと笑い、

「名立たる木曾の荒武者とはこの程度の者か。まるで——斬り甲斐がないの」

「——何と言うた？　おんし」

頭の血管が幾本も切れる音が聞こえてきそうな、義仲の声音であった。

義仲が唐輪の武士に斬りかかり、巴は香蒜弾を、投げる——。

……邪鬼じゃなくてもニンニクが目に入れば痛い。

巴の香蒜弾は相手の眼の辺りに当り、強敵はひるむ。そこに義仲が斬り込んだ。

が、剣風を読んで——さっとかわした。

なおも斬りかかろうとする義仲に、巴は、

「逃げるんだ、義仲！　敵の大将は、そいつじゃないっ」

——あんたの剣で伊吹山にいる大将を斬ってほしいんだよ。

*

翌日——。

三十三人の者が朝日に照らされて伊吹山を目指している。

朝妻を出た義経たちだ。西行を筆頭に義経主従三人や静ら、影御先衆、二十一人。加夜をふくむ王血者、十二人。

山岳宗教の大聖地であり、日本武尊《やまとたけるのみこと》の死のきっかけをつくった白猪や、酒呑童子の伝承など、神話が息づく伊吹山、今この山で……龍気が噴き出し、龍水が流れ、それらを存分に吸った、白い霊獣の目撃情報まである。

闇の者を引きつけ、一度、魔性が飲めば必滅する……神変鬼毒酒《じんぺんきどくしゅ》。

不死鬼のマインドコントロールをも退けるかの霊酒を醸すには――。

龍水。

龍気と龍水を存分に吸った白い霊獣の生き血。

新鮮な王血（生き血の状態）。

龍水で生育した新米。

数種類の香り高き花。

蓬《よもぎ》。

以上の素材を口嚙みする未通女《むすめ》。

が、必要だ。

端的に言えば、王血者を伊吹山に登らせ、白猪か白鹿を狩り、他必要なものをあつめ、影御先の乙女——大金串のさな、静——が口嚙みして、醸す。この機を逃せば、次にいつ醸せるか、わからない。

むろん頭痛の種は黒滝の尼だ。強い不死鬼を討つには、霊酒が要るが、霊酒をつくるには……強い不死鬼がいる所に行かなければならないという、何とも悩ましい事態だ。

伊吹山淡海寺こそ、黒滝の尼の新本拠地、と言ってよい。

伊吹山麓には、山岳修験の祖で、影御先をつくった役小角《えんのおづぬ》や、北国修験の巨人・泰澄《たいちょう》がかかわった複数の修験寺院が展開する。淡海寺はその一つ……。磯禅師が京でしらべた処では、数年前まで、蛭をつかった修行に凝っていた変り者の老僧が、住持をしていたが——気がふれてしまい、寂《さび》れたという……。

この僧が蛭王だったのかもしれぬ。

蛭王は討った。

が、これで黒滝の尼が手を引くとは思えない。

そんな魔の山に——一行は向かっている。

道中、禅師は静とさなに命じ、清流沿いにある水田から、まだ青い稲穂を取らす。

と、男が、前から、駆けてきた。

「お頭」

「おお、上介」

巴との連絡をになった上介は信濃の仲間が出立するのを見とどけてから、近江へ早駆けし、山伏寺で宿の手配をすますように言われていた。上介は――昨夜、巴に何があったか知らない。

「巴は明日には参りますぞ。逞しい木曾武者どもも、共に来てくれます」

西行は、応じる。

「噂の木曾冠者《かじゃ》殿だな？　どんな若者なのか、楽しみだ」

「宿は取れましたが……」

人数が激減していることに気づいた上介は、出かかった言葉を唾で呑み下した。面差しを曇らせた上介は、よけいなことは言わず、

「弥高寺《やたかでら》に……全員泊れます」

「……いいねえ」

伊吹山に複数ある山寺の中で弥高寺はもっとも大きい。

開山は役小角、影御先との関りは、濃い。

畿内の影御先は幾度も逗留、磯禅師は住持《じゅうじ》と顔見知りだった。

重家が、顎鬚《あごひげ》を撫でる。

「淡海寺に、斥候《うかみ》を出しますか？　禅師様の案内《あない》で」

義経はこうしたやり取りの間も、怪しい者がいないか、四囲を鋭く見まわしていた。

青田にはさまれた一本道に立つ西行は日輪を仰ぐ。

――日は、じゅうぶん、高い。

西行は冗談めかして、

「そう急《せ》くな重家、相手は尼さんだ。あんまり急かすのはよくねえ。ゆっくり、ことにおよぶべきだ」

「…………」

「斥候は……戦の前に出すもんよ。酒造りの前は止めておこう」

一転、険しい顔様で、

「――今はばらばらに動かん方がいい。今日は大人しく、弥高寺に入ろう」

その夜のことである。

血塗られた知らせが、弥高寺に入った一行にもたらされた――。

濃尾の影御先で不殺生鬼、常陸坊海尊が、血だらけで弥高寺に駆け込んでいる。

「巴に木曾冠者殿、そしてわし。あとは巴が戦い方を仕込んだ、木曾谷の郎党二十人がおったんですが……」

僧房の一室。

西行と磯禅師、義経と重家が急ぎ呼ばれる。海尊が怪我をしているため静が加夜を呼びに行っている。油皿の上で灯火が、不安げにふるえている。

肩に刀傷、腰と腿に矢傷を負った海尊は力なく頭を振り、

「騙し討ちにされた。何十人もの、只人の精兵に」

重家が憎々し気に、

「……善通寺の時と同じじゃ」

「巴と木曾冠者殿は消息不明。郎党のほとんどが、討たれた……」

「……霊宝は如何した？」

西行は問う。

「……わかりませぬ」

「――何で、そんな大切なことがわからぬ！」

西行が珍しく声を荒らげると、傷の痛みからか海尊のひしゃげた顎がびくんと痙攣《けいれん》したようになり、頭が床を擦るように動いた。

寝ぼけ眼《まなこ》をこする加夜をつれ、静が入ってきた――。

満身創痍《まんしんそうい》の海尊を一目見て加夜は、

「何処の傷が一番ひどい？」

「肩……」

加夜の小さい手が肩にかざされる。

海尊は、苦しげに、

「豊明の鏡と小角聖香は、巴が、お頭があずかっていたが……お頭の消息が知れん以上、宝の行方もわかりませぬ」

目を閉ざした磯禅師の額に深い険が立ち、

「豊明の大鏡、小鏡、小角聖香、いずれの行方も？」

「……はい。大不覚にござる！」

「常陸坊殿のせいではあるまい」

義経は言った。黒滝の尼が相手では、西行だろうが、磯禅師だろうが、容易に足元をすくわれかねない。

西行は腕組みして、

「派手に、やられたのう……」

一言呟いた。

眉を寄せ白皙《はくせき》を下に向けた義経は、

「木曾冠者殿が一緒であるなら……巴殿も無事かと思うが」

巴と義仲の武に、望みを託したい。

「敵は……鏡と聖香の威力をよく知っていた。故に只人の手先をつかったのじゃ。何処までも周到なる女よのう」

磯禅師の双眸は、赤く燃えはじめた。

加夜の力が効いてきたか、こぼれんばかりの汗にまみれた海尊の表情が若干楽になる。

「加夜と静。この者の手当て、まかせてよいか？」

磯禅師が、言う。

「はいっ」

静はさっと答え加夜も唇をむすんだまま首肯した。

西行と禅師、義経と重家は病室から、出る。

燈明《とうみよう》に照らされた薬師仏の前で話す。

右手は施無畏印《せむいいん》、左手に薬壺を載せた、薬師仏の周りだけが、厳《いず》をともなう灯火に照らされ、暗い夜を照らす朧月《おぼろづき》のようにぼおっと浮き上がっていた。

「如何いたします？　もし霊宝が盗られていれば、邪鬼どもに破棄されましょう」

禅師の言に、西行は、

「……そうよなあ……」

能天気な言い方だが、悩んでいるようである……。巴がもってくるはずだった豊明の鏡は、妖尼に甚大な効果があった。

義経が——赤城山で実証している。

——豊明の小鏡ですら一度は黒滝を退けた。ましてや大鏡なら……？　しかもあの時、小鏡は、かなり霊光をつかい、到底万全とは言えぬ有様であった。

万全の小鏡、ないしは大鏡なら黒滝一党を確実に討ち果たせると義経は考える。

それらの鏡と、やはり強い力をもつ小角聖香の行方がわからなくなっている……。

伊吹山に入って一日、義経は早くも妖尼が張った、拱陣《きょうじん》に、追い詰められている気がした。

薬師如来は何か答を知っているかのような半眼で一点を見据え静黙していた。

西行が、低い声で、

「……一刻も早く、宝を取り返さねえとな。でないと奴らは、どんな手をつかっても宝を無にする。もっとも、奪われていたとすればだが」

巴がまだ生きていて――宝が奪われていない可能性が、薄っすらと、ある。

「ええ。だけど、最悪の場合を考えた方が」

「もちろんだ禅師。もし奪われてりゃぁ、定石は――明日の明け方、淡海寺に霊宝を拝みに行き、そのままふんだくってくることだろう。そして、尼をやっつける」

西行は一拍置き、

「もっとも恐れるべきは黒滝たち不死鬼だが、日中は寝ている。だとしたら敵は殺生鬼のみ」

西行の言に、義経は、

「そうともかぎりませぬ。日の光の差さぬ所が淡海寺にあれば……あの女は昼でも恐るべき妖力をふるう。熊井郷ではそれが出来るよう地下城をきずいておりました」

西行は舌打ちをする。

「同じもん……淡海寺にもつくってるかな」

「――そう見た方がよいかと」

西行は、黙り込む。

重家が、発言する。

「黒滝が霊宝を奪ったとして、淡海寺に無い恐れは？　奴としたら己の首を斬る道具を、傍に置く形になる」

磯禅師が唇に指を置く。

「左様な道具だからこそ、傍に置くのでは？」

西行は少し考え、

「……よし。淡海寺の朝詣では、無しだ」

西行は決める。

「予定通り――酒造りに行く。神変鬼毒酒がなければ戦えぬ。山には清水が流れてんだろ。今は――龍気を孕《はら》んだ龍水が」

「いくつか清らな流れがあります」

磯禅師が言うと、

「山上には香り高き花畑もある」

山がこぼす清らな水と香り高き花――いずれも人に仇なす血吸い鬼を阻《はば》む壁となる。

「これらの結界の中に、陣を、張る。その陣を根城に白い霊獣を、さがす」

磯禅師は首領の言葉を吟味している。

「白い猪か、白鹿が狩れたら、伊吹山にある材料をつかい……さな、静に、神変鬼毒酒を醸してもらう。その般若湯《はんにゃとう》を土産《みやげ》に、化け物尼を拝みに行く」

「黒滝は我らの動きを全て読んでいる様子。山で彼奴の手先に、襲われるのでは？」

磯禅師の憂慮に、

「……だろうよ……」

不敵に笑った西行は、

「――王血者の群れが、分厚い抹香の壁で守られた弥高寺を出て……伊吹山に動く。邪鬼どもにしてみたら――餌が動いているようなもの……。必ず邪魔してくる。そこを迎え撃つ。我らには清水と花の壁があり只人の侍相手には……」

義経の肩が、ギュッと、西行ににぎられる。

「こいつらがいる」

義経、弁慶のことだろう。

「黒滝のことだ。淡海寺には……何か罠を張ってるぜ。いきなりそこに飛び込むよりも、山の上で敵をへらせるだけへらし、土産の酒もしっかり醸してからお参りした方が安全だ」

「……ご存念、よくわかりました」

磯禅師は、同意した。

義経にも異存はない。

だが、冥闇ノ結と度々矛《ほこ》をまじえてきた義経の胸には――不安の靄《もや》が濃くたゆたう。

第十一章　罠の山

翌朝。

赤い朝日を浴びつつ一行は弥高寺を出た。

上介をくわえた影御先は、弁慶も入れれば、二十二人。海尊は抹香《まっこう》に守られた弥高寺に置いてきた。王血者も入れれば三十四人の一団は、伊吹山の頂《いただき》を目指している。

みずみずしいケヤキ林を、登っている。ケヤキ以外にも四手《しで》や楓《かえで》が見られる林で、灌木、下草がうっそり茂っていた。

清流の音が左でする。

やがて一行は、ススキの原に出ている。

ススキのあわいに尾っぽに似た薄紅色の花穂を、風に揺らした、伊吹虎の尾、純白の伊吹ボウフウ、芳香を放つ笹百合、血をつくる薬草・みやまとうき。

様々な花が咲き乱れ、大蓬《よもぎ》も、見られた。

「ここらでよいか」

西行は——花と清流が、壁になると踏んだようだ。静たちが神変鬼毒酒《じんぺんきどくしゅ》につかう大蓬、山の花を摘んでゆく。

と、視力に優れる三郎が、

「見てよ！　白猪じゃないかい？」

かなり離れた、岩がちな斜面に——白い獣がのそりと立ち、こっちを窺《うかが》ってい
た。

弓をもった西善が、

「……そのようだな。お頭《かしら》、あいつを逃がしちゃ——神変鬼毒酒はつくれませんよ」

香炉を八方に据え結界を張った西行が、

「西善、八幡……」

影御先を、五人呼び、

「白猪を狩れ。ただし、深追いはするな」

弓の妙手が三人、義経と今一人が刀の名手。五人は白猪を追っている——。

霧が、出はじめた……。

義経たちはススキをかき分け疾駆する。

「あそこにいたぞ！」

誰かが叫び、西善が射る。その矢は白猪に少しとどかなかった。

厚い霧の帳《とばり》に白い影は飛び込んだ。追おうとする西善に、義経は、

「――まて！　深追いするなとお頭が」

「うるさい。今追わなくてどうするっ」

西善は制止を聞かず、走り出し、ほかの影御先も、つづく。唇を噛《か》んだ義経も
つづかざるを得なかった。

いつしか、周りは低木林になっていた。

はなれた所にある低木は霧によって、ぼんやりした影になっている。

五人は西行たち本隊からだいぶはなれている。

――危ういな。これは。

刹那《せつな》、
先頭にいた西善が呻《うめ》く。

「――く」

「気をつけろ、罠《わな》だ……」

西善の足に、矢が刺さっていた。地面近く、草に隠すように紐《ひも》がピンと張られていて、それを踏んだとたん、脛《すね》を射貫かれたという——。

仕掛け矢だ。義経が花咲いたノリウツギの中を注意深くさぐると、弩《ど》が、置かれていた。

足から矢を抜き、鼻にもっていった毬栗《いがぐり》頭の影御先は、

「……烏頭《うず》だ」

致死性の劇毒である。

西行の一番弟子を自称する男は、矢に射られた足の傷を、小刀で抉《えぐ》る。

西善は苦し気に刃を動かしながら、

「さては、黒滝め……わしらがこの辺りを通ると踏み、あらかじめ罠を張っておったかっ。ほんに油断出来ん女だ」

——無暗《むやみ》に白猪を追うのは危険ということだ。だが……。

巴がもってくるはずだった霊宝は、とどいていない。となれば黒滝の尼の操心に全員滅ぼされる恐れがある。神変鬼毒酒が、どうしても要《い》る。そして、神変鬼毒酒を醸《かも》すには、白猪の血が——。

「深追いはやはり危険だ。わたしともう二人で、白猪を狩る。西善は二人をつ

れ、お頭の許に……」

　西善は感情的になり、

「うぬの下知は受けぬわ！　俺は七つで、影御先に入った。さてはうぬ、手柄を掠《かす》め取る魂胆かっ」

「違う」

「何のこれしきの傷！」

　足に晒《さらし》を巻いて勢いよく立っている。

　刹那――、

「白猪っ」

　りんという女影御先が、山の一点を、指す。

　目的の猪かどうかは……はっきりせぬ。が、たしかに、白く大きい影が藪《やぶ》に
……さっと潜り込んでいる。一瞬、義経は――黒滝の、さらなる罠に迷い込む気がした。

　だが、ここで白き山獣《さんじゅう》を追わぬわけにはは……。

「行こうっ」

　五人は、追う。

注意深く、されど疾《と》く、花崗岩《かこうがん》のかけらや蓬を蹴散らして――山肌を駆ける。

足を怪我した西善はおくれている。

かなり急角度な斜面を横走りしていて、義経の左から右へ、大地の斜めの線が、きつめに降下している。

ガラガラガラ……。

先頭を行くりんの足元で脆《もろ》い地面が叫びながら崩れる――。

りんは三十歳ほど。讃岐の出で、弓が上手く、戦《いくさ》慣れした影御先であったが、不意をつかれ斜面を滑るように落ちていった――。

「大丈夫かっ」

西善が問うと、からっとした声で、

「……心配かけたね。あたしは、大丈夫。足元が悪いからみんなも……」

りんが少しよろけ……一刹那後、彼女の体は大きく弾かれたように動き、激しい血飛沫《ちしぶき》を散らしながらぶっ倒れた。

伊吹山中にりんの叫びが轟《とどろ》く。

義経は一瞬、何が起きたか、わからなかった。

だが、鋭利な木槍《やり》で、後ろから心臓を貫かれて死んだりんの体を見て――齒嚙みする。

——機槍《ふみはなち》っ……！

ふみはなち——飛鳥《あすか》時代に律令で禁じられた機械仕掛けの残酷な凶器だ。

りんは、よろけた直後、ピンと張られた縄を踏んだ。直後、藪に仕掛けられた槍が飛び、心臓を突き破っている。

りんの無惨な亡骸《なきがら》を見下ろす三人の面相に悲壮感が漂う。まったりした霧が、不穏にたゆたった。

「ここは……罠の山だ」

義経は静かに言った。半分は予期し、西行が警告したことでもある。こちらも相当な犠牲を覚悟しなければならないのはわかっていた。

わかっていたが……勝負の鍵をにぎる白猪を見た五人は、ずるずると深追いしていた。

——もしや……白猪も……？

はっとなる。体中の血が凍てつく気がした。

同時に、

「白猪だっ」

西善が、もどかし気に、吠える。

「まてっ！　早まるなっ」

義経が叫ぶも、足に晒を巻いた影御先は——猪を追って駆け出した。蓬の叢《くさむら》に飛び込む。

直後、

「ああっ、糞！　ああっ……」

人を癒す薬草の茂みで憤懣《ふんまん》が滾《たぎ》る。

「如何《いかが》したっ」

義経ともう二人の影御先が用心深く向かう。

「……足をやられた」

「だから、早まるなと申したっ！」

「仕方ねえだろっ！　白猪がいたんだ！　早く捕まえねえと……不死鬼に勝てねえだろう！」

相手はふるえる声で怒鳴り返している。

これは――。

罠を一目見て、義経の面貌が引き攣《つ》る。

深草の茂みの向うに……窪《くぼ》みが、あった。この窪地に、小刀くらいの小さい竹が、ずらりと並んでいた。

刃状に鋭く削ってあり、尖端には――糞が塗ってある。

虎落《もがり》である。

ただし、即死させるための、もっと長く、太い青竹を並べた虎落に非ず。人を傷つけ、細菌による病でじわじわ死に追い込むための、小規模な虎落であった。

義経は直覚している。

――泰平のぬるま湯につかった者の発想ではない。黒滝の尼は……戦を知っている。惨《むご》たらしい世を生きている。

蓬の原の先、霧が、蠢《うごめ》いている。

霧の下に低木の帯がある。緑と赤の帯が。大体、子供くらいの丈しかない、草と見まがう木の群れで、緑とは、既に花を散らした伊吹下野《しもつけ》、赤とは紅蓮《ぐれん》の花を咲かせた下野という低木だった。

伊吹下野と下野の帯の先に霧に撫でられながら、少し大きな木が、二本、間を置いて、生えていた。

マユミ。

マユミとマユミの間、霧壁の奥から、白い影がやってくる。

霧が、薄らぐ。

二本の木の間に、白い猪が立っていた。

「——人が入っているのだろう！」

義経は太刀を振りかざしている。

「……遅すぎだ」

白猪が義経とさして変らぬ若い声で答える。

「気づくのが」

瞬間、

——！

二本のマユミから矢が二つ放たれ、西善の喉と、いま一人の影御先の胸を貫いている。

西善は血反吐《へど》を吐いて総身を痙攣《けいれん》させ——もう一人は、血を奔出させる胸を茫然と眺め、低く呻く。そして、二人は、こと切れた。

射手が二人隠れていた。義経と、いま一人は、大蓬の陰に伏せている。矢に対して盾《たて》にはなり得ぬ。が、草陰に隠れれば、狙いをつけにくい。

義経が叢から顔を出して窺うと白い猪の皮を払いのけ男が一人現れた。

赤い病葉《わくらば》模様が散らされた、暗灰色の直垂《ひたたれ》をまとった男だ。袴《はかま》は黒地に、赤の羊歯《しだ》模様。

ほっそりした美青年で背が高い。髪は唐輪《からわ》。頬がこけ、どこか病的で、狂犬の光芒を瞳にやどした男だ。義経と、そう歳《とし》は変らぬだろう。

「影御先の中に……源氏の御曹司殿が隠れていると聞いた。……前左馬頭・義朝の倅、九郎義経とは、貴様だろう！」

え、という眼差しで、もう一人の影御先が、見てくる。

「そういうお主は？」

霧の中から――目付きが鋭い男が四人、現れた。屈強な侍どもでいずれも赤糸《あかいと》縅《おどし》の腹巻を着込んでいる。霧を踏み割りながら歩んできた新手四人は、二人ずつ、猪皮をまとっていた青年武士の左右に立っている。

二人は長く太い八角棒、一人は薙刀《なぎなた》を一つ、最後の一人は薙刀を二つ、もっていた。うち一本の薙刀が、唐輪の若武者にわたされる。

「……美濃の住人、不破三郎《ふわのさぶろう》定益」

一昨日、巴たちを夜襲した定益は、此度は義経を討つ刺客として現れた。

薙刀の武技に異様なほど特化した不破家なる一族が美濃にある——鬼一法眼から いつだったか夜話で聞いた覚えがある義経だった。何でも、その家は、諸国から武芸に秀でる娘や青年を、代々嫁、婿《むこ》に迎え、薙刀が拙《つたな》い子を谷に落として殺し、薙刀使いの血を極限《きわみ》まで濃くしてきたという。

定益たちは只人《ただびと》である気がした。

義経に鬼気を読む力は、ない。

されど、影御先としてわたり歩くうちに、何となく、この人は只人で、この人は血吸い鬼、と見定める勘が……鋭くなっていた。

——この精兵どもが巴殿たちを、襲ったか。

彼らの残虐《ざんぎゃく》なる家の歴史が、邪鬼と共鳴させるのかもしれない。

読みながら、定益に、

「その不破が何用か？」

「貴様に恨みはない」

「そうだろう。恨まれる覚えもない」

「むしろ、鞍馬から出奔し、今の今まで生きておったことに敬意すら覚える。ただ、あのお方のご所望ゆえ……命、もらい受ける」

酷薄な笑みが唇を歪める。定益が薙刀を構えたとたん――恐るべき殺気の竜巻が、生れた。

……こ奴、弁慶と同じくらい……強い。

もう一人の影御先に、敵の横にまわりこめと表情で語った義経は、生唾を呑み、

「あの御方とは？」

わかってはいたが、問う。

「黒滝の尼公」

妖尼の名を口にした時、目が――一瞬とろんとした。

黒滝の尼の妖気で、心の核が、蝕《むしば》まれているようだ。

「定益とやら……信濃から来た味方を襲ったのは、うぬだな？　只人であろう？　只人が何ゆえ黒滝に加勢する！　あの者が天下《てんが》を取れば……如何《いか》なる世になる

か、承知しておるのか！」

霧が身をよじらせながら二人のあわいを走っていく。

嬉し気に、

「――都も鄙《ひな》も、血の海に呑まれよう……」

「そこまで承知しているのに何故――」

「……見えぬのだ」

定益は妖しく笑み、

「あの御方が……俺にあたえて下さる大歓喜しか見えぬ」

話せば話すほど恍惚とした面持ちになっている。この男、魔界の奥にある沼に沈んでいるようだった。

「他の色も、音も、ない。要らない。他の人間も要らない……」

――斬る他ない。

義経は、直覚した。

影御先は通常、只人に、手を出さぬ。また、不死鬼や殺生鬼の協力者であっても、脅されたりして、やむなくしたがっている者、あやつられている者には、手を差しのべる。

だが……積極的な協力者、魂が完全に邪鬼に魅入られた者には、容赦せぬ。

この男はそれだ。

這いすすむ仲間は――どんどん義経からはなれて行く。上手く横を衝《つ》いてほしい。

……そのためには、なるべくこ奴と話し、引きのばさねば……。

義経は、定益に、

「もはや、進退窮《きわ》まった気がする。故に……一つ訊《き》きたい」

「……これ以上、何を訊く？」

「黒滝の尼とは――何者か？」

霧の中、黙す相手に、

「幾度か黒滝と矛《ほこ》を合わせ、思うのは……あの者には卑劣だが、緻密《ちみつ》な武略があるということ」

「………」

「――今日もだ。白猪をつかえば、我らは、追う。そうやって本隊から切りはなし撃破する……」

「――そう。そして、あのお方は、本隊からわかれる者の中に必ず義経がいる。

義経のいない本隊など、赤子の手をひねるように滅ぼせる。かく仰せになった」

義経の肝は、ぞっと冷えていた。

……そこまで。だが、本隊には弁慶が……。弁慶、皆をたのむ。

静や三郎の顔が、胸を揺する。

「――射よ！」

定益が命じ、矢が空《くう》を切る音がして、霧の中、人が倒れる気配があった。横を突かせようとした影御先が射殺された。

「――わからぬとでも？　ふふ」

定益が、病的に笑う。

「真に――進退窮まったの？　よかろう！　武士の情け。天慶《てんぎょう》の大乱をおこした平将門……この将門に一女あったことはご存じか？」

記憶の扉が開き、子供の頃、鞍馬山で鬼一法眼から聞いた名が、出てくる。

「……滝夜叉《たきやしゃ》……姫」

『将門公に……震旦《しんたん》の兵書を読み耽《ふけ》る風変りな姫があったそうな。たしか滝夜叉姫と申したか。この姫君……妖術をつかうという妙な噂が漂うお方での……』

数知れぬ老杉が風に吹かれる下で、何かの折に、老師は口にしている。

「さすがによくご存じで。その滝夜叉姫こそ——あの御方よ」

稲妻に似た衝撃が義経を貫いている。

腐敗した朝廷に立ち向かい、散った悲劇の猛将、将門に義経は私淑している。

偉大なる将門の姫が……黒滝の尼だとは……。受けた衝撃は、大きく、俄かには信じ難い。

だが言われてみれば将門には怨霊の噂が絶えない。強い力をもつ将門の怨霊は王朝貴族をふるえ上がらせつづけた。もしかしたら、黒滝一味がもたらす翳《かげ》が、将門怨霊伝説を生んだのかもしれぬ。

定益が言う。

「もう、心残りはなかろう？」

定益の家来四人は、無表情に立っていた。こ奴らも不死鬼に統《す》べられているようだ。

定益が何かに気づき、

「……はじまったかな」

義経は彼の視線を追い、愕然としている。

煙。

幾筋も立ち上っている。

静や禅師、西行がいる方に。

「我が兵が、西行どもを、襲いはじめたのだ」

冷ややかに告げた定益は、

「……さあ、こちらも、はじめるか」


火矢が雨となり――静らに降りそそぐ。

叢のそこかしこで煙が上り出した。

火矢に頬を射られた王血の女、火矢に胸を刺された王血の童《わらわ》――静と同じ舟に乗った少年だ――が衣を燃やしながら崩れたり、転がったりしている。射られた童の姉が面貌を歪めて叫ぶ。

山の下腹から突如、武者どもが寄せてきた。

四十人はいる。

いずれも血色の甲冑《かっちゅう》をまとっていた。先頭に大盾が横一列に並んでいる。盾には、血色の病葉が描かれていた。その後ろからどんどん火矢を射ている——。

神変鬼毒酒を醸す支度をしていた静は、作業を中断、杭を、取る。

「鬼気はないっ」

「只人ぞ！」

上介、磯禅師が、口々に、叫んだ。

「此はいかなることぞ！　我ら弥高寺に参った、物詣《ものもう》での者にござるぞ！」

西行が大喝する。構わず射てくる。敵は容赦ない鬨《とき》の声を上げる。

「……巴を襲った輩か」

唾を吐いた西行は、

「——弁慶さんよう、共に来てくれるかい」

「…………」

弁慶は答えず猛気でしめした。

爆発する憤怒の気を漂わせた武蔵坊弁慶、草地を裂けんばかりに踏む。その一踏みで、武者どもが、静まる——。

「磯禅師、重家、静！　王血者をたのむっ。ちょっくら行ってくる」

知り合いの店に行くような西行の言い方である。

鹿杖《かせづえ》を引っさげた西行、弁慶、他二人の影御先が、大盾の連なり目がけて走る──。弁慶は右手に大薙刀、左手に大戦槌《せんつい》をもっていた。

殺到する矢が──ビュンとまわされた、弁慶の大薙刀で悉《ことごと》く弾かれる。弁慶が凄まじい咆哮を上げ、侍どもがどよめき、おののく。弁慶に矢が集中したため静らを襲う矢は少なくなる。

……何だろう？　……嫌な予感がする。

静は得体の知れぬ不安に襲われている。

「静、三郎、何をぼさっとしておる！　火を消せっ、王血の方々、負傷した者の手当てを！」

磯禅師から、下知が飛ぶ。

弁慶に矢があつまっているとはいえ、まだこっちを射てくる敵も、いた。重家が長い髪を振り乱し静や王血者を守るが如く立ち、振杖をふるった。

分銅鎖が思い切りまわされ──襲い来る火矢を、はたき落とす。

静と三郎、加夜は上着を脱ぎ必死に火をはたく。

同瞬間、弁慶の兵椎《へいつい》が大盾にぶつかり、後ろにいた男ごと彼方へ吹っ飛ばした——。

敵が応戦しようとするも、一瞬で旋回した大薙刀が、胴を丸ごと斬り、悲鳴が転がった瞬間、下駄が頭を踏み潰す。三人の敵が三本の薙刀で弁慶を襲うも、弁慶は咆哮を上げ、薙刀三本を払い退け、返す一振りで二人を斬殺。のこる一人は兵椎を脳にくらわし、圧殺した。

その弁慶を射殺さんと弓引きしぼった敵の胸に、西行が突き出した鹿杖が刺さる。

鹿杖は——鹿の角がついた杖で、当然、鎧《よろい》など貫けない。この坊さんが、鹿杖なんぞもって突っ込んできたから、嘲笑った侍もいたのである。

ところが……西行の鹿杖は鎧を軽々と貫き、魚を捕らえた銛《もり》みたいに、敵武者の心の臓にまで達する。

澄ました顔で、

「南無阿弥陀仏《なむあみだぶつ》……」

念仏と共に鹿杖が抜かれ——血が迸《ほとばし》る。
山海の頭がつかう鹿杖は、西行の妻と高野山の鍛冶屋の共作であり、鹿角そっくりの鋼が装着されていた。

西行に重い風が降る。

敵の——兵椎。

木製だが、打撃面を強めるべく鉄の箍《たが》がはめられていた。

——ッ！

鹿杖の柄が大きな兵椎をふせぐ。

西行は、杖を、くるっとまわす。鋭く削った石突きが——兵椎を振った男の喉を、赤く、破いた。

「……南無阿弥陀仏」

同時に弁慶の下駄が高く浮く。足を斬らんとした、刀の一閃を、かわしたのだ。弁慶は空《くう》を下降しながら薙刀を振り、敵の右耳に斬り込み、左耳まで斬り抜ける形で、血煙引いて……片付けた。

「おおぉっ！」

弁慶が叩きつけた大怒号に敵がひるむ。

物凄い、武者ぶりだった……。

敵が歯をすり合わせておびえ、味方たる影御先が鳥肌を立てるほどに。

西行も弁慶のあまりの強さに呆れ顔である。

……全く……下手な殺生鬼より、よほど凶暴だぜ。とんでもねえ化け物家来にしたな、お前は……。へへ。お前は、何者なんだ？　八幡。まあ、いい、んなこたあ。

弁慶と西行の力戦もあり、敵は、じわじわ退き出した。

遠ざかる戦線を睨みながら静はそれでも不安を拭《ぬぐ》えぬ。

――黒滝の尼をわたしは一度だけ見た。凄まじく冷たい鬼気をもつ、女。

妖尼の強い印象、義経から聞いた話、それらの材料から静はあの女を……恐れている。

……そうだ。……結界……。

静はさっと辺りを見まわす。

伊吹山の陣には花畑と、清流、そして香で、邪鬼を阻《はば》む結界が張られている。

さっきまでは……。

今は、違う。

火矢は──花畑を燃やしはじめていた。さらに結界を穢《けが》す血が、そこかしこで……。

悪い予感が煮え立つ。

「来るっ！　殺生鬼っ！」

静は、叫んだ。

「──？」

磯禅師が青褪《あおざ》める。

……そうか。敵は、わたしたちを三つにわけようと──。

武士どもは西行、弁慶を遠巻きにしはじめている。

「不破流薙刀術参るっ！」

不破定益は、侍四人と、こちらに殺到してきた。

──一見優男だが……。

侮れぬ、と義経は踏んでいる。

　背を見せて走れば、隠れた射手により射殺《いころ》されよう。彼らの矢は恐ろしく正確だ。

　罠が巡らされた低木林を、無闇に動けば、冥土の入口が何処にあるか……知れたものではない。

　——どうすれば？

　来た。

　闘気が。

　定益の郎党の薙刀が上から脳を狙ってきた。

　前へ、低く、跳ぶ——。

　闘気で敵を圧倒した義経は真っ先に飛び込んできた薙刀使いの足目がけて、稲妻の一閃をぶつけた。

　義経の斬撃で、敵は右膝から下をうしなう。

　同時に義経は——刀をビュンと、振っている。

　戛然《かつぜん》と音がして、矢が二本、払われる。

　すぐに八角棒が襲ってきた。刀を前に動かし、受ける。義経が、返す刀で斬る動きを見せると——相手はさっと横へ跳ぶ。

──こ奴ら、手強い。

義経は間隙に飛び込む。すなわち、今横跳びした男と、定益、そして残りの侍の間に出来た隙間である。その先にマユミの木が見えた。走る。木に向かって。義経が行くのは今さっき定益以下五人がこちらに駆けてきた線上だから、罠があるはずもない。

「逃げるかっ」

横をすり抜けられた定益が叫ぶ。

──射手も意表を突かれた。二本のマユミのうち、左に見える木で、梢《こずえ》が狼狽《うろた》えた。

──見切った！

不敵な笑みが果実的な赤唇《せきしん》にたたえられる。また、矢が、来る。刀が弾く。一本目のマユミはすぐそこだ。相手は矢をつがえる暇がないと知るや、木の横に飛び降り──抜刀しようとした。だが、焦って、抜けぬ。

「ひ……」

悲鳴が迸るより先に、相手の額に義経の剣が、叩き込まれ、命が、散った。

刹那、義経の瞬発力が、躍動──。

白皙《はくせき》の御曹司は素早く木を盾とする。

――――。

いま一人の射手が射た矢が、マユミの木に隠れた義経のすぐ眼前を飛び大地に突き立った。矢をはずした射手が飛び降りる気配がしている。浅黒い小男だ。定益ら四人が、迫る足音も――――。

小男は刀を抜き走りながら喚いている。声で近さをはかった義経、左手であるものを出しながら、さっと体を現した。

投げる。

小男が――沈む。

義経が投げたのは今剣《いまつるぎ》。

刃が埋まるほど深く男の目に刺さっていた。

同時に定益らが、迫っている――。

馬蹄の響きが、した。

黒駒にまたがった一団が静たち目がけて一直線に殺到してくる。

……やっぱり。鬼の力よ、今こそ出て！

静は加夜たち王血の子を守るように立つ。白黒鱗《うろこ》模様の直垂をまとった逞《たくま》しい侍や、灰色の裹頭頭巾《かとうずきん》で面を隠した法師武者などが、馬に跨《また が》り、手矛など凶器を引っさげて押し寄せてきた——。

いずれも相貌は青ざめ眼は赤い。

——殺生鬼！

三十人は、いる。

磯禅師から、

「香矢を浴びせよ！」

鋭い声が飛ぶ。

香矢が射込まれるも敵の多くは馬から縄で火舎《かしゃ》を下げている。そこから、香煙が、たゆたっている。

……反魂香《はんごんこう》かっ。

反魂香が敵をつつみ、庇護し——香矢の効力をへらしている。

影御先衆が、歯を食いしばり、敵をふせがんとするが、騎馬に対して徒歩《かち》。

——不利だ。

上介が刀をふるい赤色眼光迸らせて馬上の敵に跳びかかるが、鉞《まさかり》で額を柘榴《ざくろ》のようにわられ転がった処を馬に踏み潰される。内臓まで蹄《ひずめ》が踏みにじる。

「鬼の癖に――影御先の味方をするからよ！」

「裏切り者めっ」

血達磨《ちだるま》になった上介を……殺生鬼どもの罵声がさらに踏みにじる。西行、弁慶がもどろうとするも、不破党が、阻《はば》んだ。さっき不破党は……西行たちを誘い込むため、わざと退いたのだ。

静は、溶岩の如き眼光を滾《たぎ》らせた魔軍を睨みながら己の中に眠る力を引き出さんとする。

だが、鬼の力は何かにつっかかり――出てこない。

京で経験したこと、感じたことが邪鬼への忌避感を生み、壁になっているのかもしれなかった。

力を引き出さねば、静はか弱い乙女。禅師やさなが香矢を射、三郎が香玉を投げる。重家が振杖で馬脚を払い、殺生鬼二騎が落馬する。ただでは落馬せず火矢で怪我した王血の女に一人が跳びかかるも、赤色眼光きらめかせた不殺生鬼の影御先が王血者を守って斬りかかり、一人討ち取るも、額に斧を投げられ、血をしぶかせてひるんだ刹那――矛が鳩尾《みぞおち》を突いた。

「ひるむな！」

金杭に持ち替えた磯禅師が鋭く叫び、馬の突進をかわして、敵を突く。

そんな死闘の中、青褪めた静は香矢を放つ。――当らなかった。

西行らと合流させるまじと、殺生鬼の鉄蹄が、まわり込む。

「あっちの林に逃げろ！」

重家が、また鉄丸で一人、馬から打ち落とす。


定益の薙刀は義経の足を裂かんとしてきた――。

天狗飛びする。真弓の枝に跳び乗る。

定益は、不敵に笑い、

「不破流・吹上げ」

定益は、速い。

神速の一閃が――飛び魚みたいに跳ねて、枝を下から切り、義経の股を襲う。

下段から斬り上げる術なのだ。すれすれの処で義経は跳躍。もう一つ上の枝に飛び乗り刃が足をかすめている。

「不破流・木枯らし」

薄く笑んだ定益も、跳ぶ。

今度は横に走った薙刀が葉を散らして、その葉に隠れて斬撃が突進してくる。木の葉を散らし刃を隠す術だ——。義経は蜻蛉《とんぼ》返りしてかわし下降しながら刀を振るも、定益の胸をかすめたばかり——。

激しい勢いで上から薙刀が迫るも義経は、火花を散らして止めた——。凄まじい衝撃が腕を走る。義経は薙刀を右下に払い落とし、斬り込むも、相手は義経の腹を狙ってきたため、すっと体を退いて身を守る。

この間、一瞬、である。

定益の喉を狙った刹那、その家来が、横から薙刀で突いてきたが、さっと、後ろ跳びして、よける。家来の薙刀はマユミの木に突っ込み堅い危難につつまれた。幹に刃が入り、進退維谷《しんたいいこく》の体《てい》となる。背中が汗染みた義経は、咆《ほ》えながら刀を振り——身動き出来なくなった男を屠《ほふ》る。

ブン！

八角棒が、唸る。

脳を潰そうと。

頭上で受けた。

瞬間、素早い相手は棒をもどし——臍《へそ》を突こうとするも、義経はその棒を蹴上げ、はっとした相手に一気に踏み込む。胴斬りにして討ち取った。

定益と睨み合う。

……あと、二人。


静は——王血者たちを守り林に向かっている。

力はまだ、出て来ない。

杭を脇にかかえた静は右手で、傷ついた加夜、左手で、別の王血の少女を引いている。静たちは足をもつれさせながらアベマキの林に駆け入る。

重家は振杖を激しくまわし皆を守りながら退いていた。

磯禅師は金杭で突き殺した敵から馬を奪い、馬上の人となり、殺生鬼どもと力戦しながら重家と殿《しんがり》をつとめていた。


定益は、静かな構えを取っていた。左手を如来《にょらい》の施無畏印《せむいいん》の如《ごと》き形ですっと義経の方へ出していた。恐れるなという印だが、逆説的だ。薙刀は右後ろにだらりと下げ、斬り上げる構え。微笑んで、

「──来よ」

義経は上段から相手の頭に打ち込む。

定益は左にかわし、同時に薙刀が胴を襲った。

読んでいた義経。疾風となった刀が、薙刀の柄を、二つにわった──。

返す刀が間髪《かんはつ》いれず、定益を斬る。

血煙が、散る。

八角棒が──喉を襲うも、左手の手刀で払う。そのまま左脇にかかえる。

棒を取られた相手は腰刀を抜こうとしたが──それより疾く、義経の剣が回転。首を刎《は》ねた。

義経は地に転がった定益に近づく。

静かな怒りが燃える声で、

「この義経も……道を誤り心乱れれば、あの妖女の傀儡《くぐつ》となっていた……。お前は、わたしであったかもしれぬ」

瀕死の定益は長いこと黙っていた。

やがて、

「誤ったとも乱心したとも思うておらぬ」

「――悔いはないと？」

血反吐《へど》交じりの咳をこぼし、相手は、

「……清盛か院の縁者でなければ、この世の真の旨みを吸えぬ。俺のような田舎武士は、どれほど武芸があっても……奴らのみじめな番犬で終るだけだ。その運命《さだめ》、決して変らぬ。えらばれていない方に生れた者ゆえ……。その肥溜めに似た苦しみを……あの御方は忘れさせてくれた。そこだけでも感謝せねばなるまい」

「………」

定益は、息絶えた。

萱麻呂《かやまろ》という――四十がらみの眉が白い影御先が、先頭で安全を確保。その後に王血者がつづいていた。静は、加夜たちと共に駆けている。

磯禅師と重家の姿ははや見えぬ。西行、弁慶は、もちろん。

――アベマキ林である。

灰黒の、幹が並び、繁茂する笹が、静の足を、次々に叩いている。

対面からどっと風が来た。耐え難い腐臭を覚え、静は眉を顰《ひそ》めた。

瞬間、前方で萱麻呂やさなの悲鳴がする――。いきなり地が裂けたのだ。地面が堀状に長い口を開け、林を走っていた味方を一気に食らった……。

「落とし穴やっ！」

さなが、満瞼《まんけん》を牡丹《ぼたん》の如く染め、吠える。

かんばせを青く強張らせた静は歯を食いしばり、前に駆けた。覗き込むや血だらけの屍、複数の重傷者、そして尖端《さき》を鋭く削った、太く長い青竹がずらりと並んでいる様が目に飛び込んだ。

――虎落《もがり》である。

萱麻呂は二本の太竹で貫かれて、血が混じった呻きを漏らしていて、竹の翁《おきな》は心臓を青竹に貫かれて、大量の血飛沫をこぼし、即死している。

落とし穴の底で、殺され、あるいは、深手を負って動けなくなった味方は六人だ。血の池地獄と言ってよい。

「怪我人を助けましょうっ」

静が言うや、

「きゃっ」

加夜が、叫ぶ。加夜の浅黒い顔を苦しみが走る。

「加夜ちゃん！」

三郎は面貌を歪めた。

加夜の胸には、小柄が一つ刺さっていた。血が流れる。

短剣《それ》は……樹上から飛来した……。腥《なまぐさ》い温風がどっと静に吹き寄せる。

――腐った風だ。ひどい腐敗臭と妖気が、混淆《こんこう》した風。

生き残った人々が樹上を仰ぐ。

「餓鬼っ！　あそこにっ」

さなが、香矢を、放つ――。

樹上から、矮小《わいしょう》な影が、矢をものともせず飛び降りる。

静がそ奴に――杭を突き出す。

腐った胸が飛び散り、蛆《うじ》がこぼれる。

それは動く死者、腐った男であった。青い眼火を燃やしていた。

大金串のさなが、二本の大金串を白骨が剝き出された頭に叩き込み――ようやく制圧された。

「来たっ！　凄い群れだ！」

三郎が言った。

それはもう死の群れと言ってよかった――。

青色眼光を迸らせた黒影が五、六十、樹から樹へ巧みに跳びうつり、香矢が当ってもものともせず……こちらに、小柄の雨を降らせてくる。

二人の影御先が、王血者を庇《かば》って斃《たお》れる。悲壮な絶叫が轟く。

森を腐らせそうな敵どもを見た静は、ぞっとする。

腐肉、びっしり肌についた蛆《うじ》、その蛆どもの跳ねる様、溶解した目、まるっと取れて……赤黒い痕になった鼻、ぱんぱんに膨《ふく》れた腹、青紫に爛《ただ》れた腕、腹部に開いた大穴、内側から溢れた臓器、血塗られた髪や顔、剝き出しになった指骨、その骨から垂れた皮。

――共通しているのは眼にたたえられた青き眼光だ。

亡者の群れは容赦なく短刀を投げてくる。餓鬼幾体かは、虎落に飛び込み――まだ息がある仲間にかぶりついた。

「さなに、静、三郎。わしらがここをふせぐ。王血の者たちを逃がせ！」

腕が太い赤ら顔の影御先が叫ぶや、落とし穴に入った餓鬼の額を金杭で突いている。

餓鬼は、しぶとい相手だが、頭を弱点とする。もっとも他の処を何ヶ所も斬れば斃せるが頭部への攻撃が効果的だ。

赤ら顔の影御先が次なる餓鬼を討とうとする。瞬間、何者かの青白い手が、この影御先の足首を……摑んで、引きずり倒す。落とし穴から這い出てきたそ奴は血を流しながら、影御先の腰刀を奪い、下腹を、執拗に刺す。

叫びが、赤く散る。

赤沼のようになった哀れな影御先の腹に嚙みつき、双眸を青光りさせて血肉を食らっているのは、影御先が堅く守ってここまでつれてきた、王血の娘である……。

——餓鬼に嚙み殺された者は餓鬼になる。餓鬼をつかう冥闇《めいあん》ノ結《ゆい》と戦ってきた義経は、たしかにそう、話していた。

「もう止めてっ！　味方よ」

王血の少女たちの手をにぎった静は面を歪めて叫んだ。その髪を、短刀がかする。

「何ぼさっとしとるんやっ！　影御先が……王血の人守るんや！　戦えぇっ」

さなが凄まじい形相で静を怒鳴り、腹に巻いた幾本もの筒から、大金串を二本取り、餓鬼に——投げ当てる。

「そうだよ！　静姉ちゃん」

死んだ影御先の金杭をひろった三郎が飛来する短剣を弾いた。

さなが——仲間を殺めた、元王血者の餓鬼の目に、大金串を当てる。

王血者が一人、落とし穴から這い出て来た萱麻呂にいきなり刺された。萱麻呂の双眼は……青光りし、口は涎《よだれ》をダラダラこぼしていた。

「もう……影御先やないんやな……」

加夜がふるえながら言う。少女が言うように、虎落に落ちて深手を負った人々は皆、餓鬼に嚙み殺された。つまり、もう、死人の側だ。

さなに萱麻呂が血刀引っさげて歩み寄る。ゆっくりした動きだが——殺気が、にじむ。さなは落ち葉の上に転がるもまだ動く娘餓鬼に、止めを刺そうとするが、その娘は元々さなが親しくしていた娘であったから、大金串はためらいがちにふるえる。

そのさなの背中を、萱麻呂が、襲おうとしていた——。

静の口から、太く激しい声が、迸った。静の杭が萱麻呂の顔を刺す。口から入った杭は後頭部に突き出る。同時に、さなは、跳び起きようとした元王血者の娘餓鬼に——止めを刺した。

夥しい返り血を浴びた静とさなはうなずき合う。

「……行くわよ」

静が言うと、さなは、

「少しは、らしゅうなったん違う?」

「静姉さん、前たのむっ、さなが、後ろ。おいらは虎落側を守る。……三人で王血の衆を守るんだ」

三郎が言う。今や加夜たち王血者は——六人のみ。守る影御先は静たち三人のほか見当らず……後は他の所で戦っているか、殺されるかした。殺された者の幾割かは、餓鬼にされた。

「さあ、行こうっ」

——ああ、この子は本当に逞しくなった。

静と三郎、さなの三人は——六人の王血者を守って遁走《とんそう》をこころみる。

刹那、静の眼前に——さっと、何者かが、飛び出た。

静は驚きと悲しみで、胸を抉《えぐ》られる。

影御先になりたての自分が、大和で見つけ、黄金色に輝く銀杏の樹の下で掻き口説き、小松殿《こまつどの》につれて行った人が……異形《いぎょう》の者として、目の前に、立っていた。

静が受けた衝撃より加夜に押し寄せた悲しみの方がずっと大きい。

浅黒い王血の少女は――眼を最大に開き、発作のように口を動かしている。加夜のどんぐり眼《まなこ》から、真珠に似た雫《しずく》がいくつもこぼれた。少女はよろめき出んとする。

「………お母《かあ》あっ！」

「違う！　違うのっ！」

止めようとする静を振り切り、前へ走ろうとする。加夜の手を静が、また、がっしり摑む。

「はなすんや！　はなせっ」

加夜は咆雷《ほうらい》が如く怒鳴った。

加夜の母、葵、そう呼んでいいのだろうか、その死せる女人は――よろよろ、歩み寄って来る。

右手は手首からすっぽり斬り落とされていた。静は、知る由もないが、黒滝の尼を癒《いや》すため、ここから王血を搾《しぼ》られたのだ……。

首に齧り跡。周りは腐りはじめている。恐らく餓鬼の嚙み痕だ。

だが、人が好さそうな丸顔や手は腐っていない。命を無くして、まだ、日が浅い。

双眼に灯る青い妖光が——この世の者ではなく、餓鬼道の者であるとしめしていた。

黄泉《よみ》の兵たちは緩慢《かんまん》ながら着実に静らを取りかこもうとしている。

もっとも、手薄なのは——亡者となった加夜の母が佇《たたず》む前方だが、加夜の母を倒さねばすすめぬ。

王血者たちも固唾を呑んで立ち止る中、餓鬼となった加夜の母は、ゆっくり寄ってくる。

黒瞳を潤ませた静はふるえ声で、

「……とても……悲しいことだけど、加夜ちゃんのお母は、あそこに、いない」

「おるやん！」

加夜は泣きながら強い声で言った。

静は、頭を振り、

「あるのは、お母の体だけなの。……心は他の、もっと綺麗な所から……加夜ちゃんを見ている。お母の体には今……邪《よこし》まな者が入っている。お母を殺した者と、同じ者が……。わたしが――」

「嫌やっ！」

加夜は身悶《みもだ》えしながら、言葉を叩きつけた。

ドングリ眼に、涙をいっぱいに溜めて、

「お願いや……。静姉ちゃんお願いやから……」

加夜の気持ちは――痛いほど、わかる。

死の軍勢は包囲の輪を完成させようとしている。耐え難い腐臭が、四方から、来る。加夜の母もよろ、よろと、歩み寄って来る。

加夜は、青褪めた顔で、

「うちに、やらせて。……他の人に……やられたくないんや。うちが……やる。それでええやろ？」

静の杭を奪おうとする。

生唾を呑み、

「駄目よ……」

加夜は、強く、

「うちがやるんでなければ、嫌や」

そして静から杭を、奪った。

森の中、杭を構えた加夜が、餓鬼となった母に、歩み寄る。

包囲網をほぼ完成させた百体近い餓鬼どもは食欲の他、感情も思考も、もたぬようであったが……この光景には何か感じる処があったのか、歩みを止め、腐臭を発する口を開けたまま、加夜の動きを注視していた。

加夜の母も歩みを止める。ただ、加夜だけが落ち葉を踏み、近づいていく。加夜は母親から一間（約一八〇センチ）ほどはなれた所で立ち止った。

杭を構えた王血の少女と、餓鬼と化した母親は、一間の距離をへだて、向き合っている。

加夜がどんな面差しだか静には見えない。

杭を加夜にわたしてしまった静の手は、胸元に仕込んだ大金串をさがしていた。

のっぽの加夜だが、今日はやけに、小さく見える。粗衣を着たその背中や肩の後ろ側に絶望的な頼りなさがこびりついていた。

加夜にまかせてよかったのか、やはり自分がやるべきでなかったか、という後悔が静に芽吹き――胸の中をざーっとおおった時、杭が動いた。

だが、杭は、母親の一寸手前で――見えない壁に弾かれ、落ち葉を散らしながら、大地へ叩きつけられた。

自ら杭をすてた加夜は……泣き声を上げて、母親へ飛び込もうとする。

――いけないっ。

生前と打って変った一かけらの感情もない怪しい眼差しで娘を見ていた女餓鬼は、一気に歯を剝き――懐に飛び込んで来た娘の頭にかぶりつこうとする。

静は、面貌を歪めて吠えた。

三郎から鋭気が飛ぶ。

礫《つぶて》。

石は、加夜の母の頭に当っている。

怒りの唸りを上げた女餓鬼は、涎の糸を引きながら大口を開け、石を投げた三郎を睨んだ。加夜の母は加夜を突き飛ばし三郎の方に、つまり静らがいる方に歩み寄ろうとした。

「お母！」

加夜が、呼び止める。

半身を起した状態で母を見上げた浅黒い少女は泣き笑いの顔になり、

「うちや！　加夜や！　……わからへんの？」

そうやって笑顔を見せれば——母なら必ずわかってくれるという信念が、少女の泣き笑いにはあった。呼び止められ、娘を見下ろした女餓鬼の相貌に、血は通っていなかった。

青き妖光を灯したその顔にあるもの。

それは、冷たくどろどろした食欲だけだ。

女餓鬼は娘に顔を近づける。餌に近づく時の、鋭い牙を剥いた、貪婪《どんらん》な食人魚の顔を。

その母を見た加夜の面が初めて——絶望に、侵食された。

加夜の顔様を見た静は、

——許せない。

この母子の絆《きずな》を徹底的に壊した悪魔を、決して、許せない。己《おのれ》の全てを賭け、己の全てをすてても、倒す。

刹那——五臓六腑の深みで、赤い力が、爆発した。熱の濁流が総身を駆けめぐっている。

一瞬にして、静の両眼に、柘榴《ざくろ》色の火が、灯った。

加夜の母が加夜を食おうとする。三郎の手が、阻止すべく、第二の礫をもとめ、落ち葉をまさぐる。

「うちや！　うちなんや！」

加夜が、悲痛に叫ぶ。

と、同時に、一筋の光が――加夜の母の、耳の下から、逆の耳の下まで、貫いた。

静が投げた大金串だ。加夜の母の双眸から青き妖光が消え、ほんの寸刻であったが、戸惑い、あるいは悲哀を漂わせて……そのまま、どっとくずおれた。

刹那、静には――葵の口が動いて、加夜の名を呼んだように見えた。

加夜は倒れた葵に、身をふるわせてむしゃぶりついている。

唯一、包囲網に綻《ほころ》びがあった前方で――落ち葉の敷物が幾ヶ所も、蠢く。落ち葉をかぶって蹲《うずくま》っていた餓鬼どもが二十体ほど腰を上げる。そ奴らは斧や鎌を手にしていた。

——完全に包囲される。

静は加夜の近くに跳び、さっき加夜がすてた杭をひろった。

静は、一筋の涙を流していた。

「……災いを食う鬼がいてもいい」

餓鬼が二体——突っ込んできた。

——！


杭を出す。

もっとも近づいてきた餓鬼の口に——杭を突き入れ、アベマキに向かって横ぶり。幹と亡者の顔面が激突し腐った頭が粉々に砕ける。蛆が、幾匹か、こぼれ、落ち葉の上で、跳ねる——。体じゅうで躍動する凄まじい怪力《ちから》を静は感じる。

バシィッ！

早くも、静は二体目の餓鬼の脳《なずき》から腐った首、骨がのぞいた胸までを——上から下へ——打ち据え、押し下げ、砕き潰した。しかし、その一撃、強すぎて、杭が、真ん中の処で、折れた……。

他の餓鬼どもが歩みを速める。

静は、素早く、杭をすて、一体目の餓鬼がもっていた斧、二体目の餓鬼がもっていた鎌をひろい、両手を大きく広げた。大柄な餓鬼が静の頭を砕かんと斧を打ち下ろしてくる。

静は、斧と鎌で受けている。戛然《かつぜん》と音が鳴り——火花が、散った。

斧、鎌を、上へ押す。

ひるんだ餓鬼の左耳に静の斧が、右耳に静の鎌が——ぶち込まれた。

腐れ肉、腐敗血液が、散った。

気配がある。

顧みる。

樹から樹へ密かに跳びうつってきた餓鬼が上から加夜に跳びかからんとしている。

そ奴が、小柄を閃かせ——猿《ましら》の如く、飛び降りた。

静は咆哮を上げ右手から斧を放った——。

くるくるまわった斧は、下降する餓鬼の首を吹っ飛ばし、草苺《くさいちご》の茂みに突っ込んだ。

加夜は静の戦いぶりを茫然と見ていた。

さな、三郎も、死人の大軍と力戦する。

「わしらも戦おう！」

王血者の一人が叫ぶ。王血者も、静らに斃された餓鬼の武器などを取って、戦った。加夜も鎌をひろい、襲ってきた餓鬼に悲鳴を上げながら薙《な》ぐ。

「加夜ちゃん、違うっ。頭狙うんや。そう！」

声を張ったさなの背に——金杭が突き込まれる。

「うっ……」

刺されたさなを見た加夜が悲鳴を上げる。

薄笑いを浮かべて、さなを刺したのは——青く冷たい妖火を瞳に灯した赤ら顔の影御先。

さっき、静たちに、俺たちが此処《ここ》をふせぐから王血者をつれて逃げろと叫んでくれた男だった。

さなは血を流しながら、弱い声で、

「……あんたまで……？」

さっき、さなが倒した餓鬼が、ぬっと手を伸ばし、さなの足をすくい、背を金杭で刺されたさなが倒れる。

静が叫び、三郎が怒号を上げるも、二人とも、餓鬼と戦っており、助けられぬ。仰向けに倒されたさなにあっという間に——腐った影がいくつものしかかった。腐臭の坩堝《るつぼ》に呑み込まれた娘影御先は、手をのばし、凄まじい絶叫を上げた。

肉を齧り、骨を砕き、血を啜るおぞましい音がひびく。

倒しても、倒しても、死者、死者、死者……。

円陣をくんだ静らはさなを最後の犠牲者とし、その後、誰も殺されていない。

静は善戦し——幾体もの餓鬼を退治するも、只人たる他七人の消耗が激しい。

汗と泥、そして腐肉の欠片《かけら》にまみれた三郎や加夜の息は既に上がっている。

だが、敵はまだ——六十体は、いる。

その二体の餓鬼の接近は静をはっとさせた。

王血者の長老であった竹の翁と大金串のさなが、血がこびりついた顔に死相を張りつけ、力ない足取りでよろよろ歩いてきた……。

竹の翁の胸は血で染まっていた。虎落《もがり》で殺されたこの老人と西行の間には——深い信頼があった。自分も王血の衆と、竹の翁と西行の如き信頼をきずかねばと、静は、思っていたのだった。その人が今、生ける屍と化している。

顔や首の半分を餓鬼どもに齧られたさなの様子も凄まじい。

二人の餓鬼は、静を動揺させる。

加夜の母の死によって爆発した怒りが揺さぶられてしまった。

静が灯した赤い眼光がまるで点滅するように薄くなったり、濃くなったりする。

さなが――動く。

大金串を二本投げてきた。

静は、餓鬼となった影御先がもっていた刀を奪って戦っていたが、その刀で、弾く。

と、さなが静の首に手を伸ばし、摑んできた。赤く弱い眼光を灯した静が刀で斬ろうとすると、その刀を突っ込んできた竹の翁が手摑みしている。

さなはどんどん――喉を圧迫する手に力を入れてきた。仲間たちもそれぞれ死人と戦っており助けにきてくれない。

刹那、颯爽《さっそう》たる風が、吹く――。

一人の若者が現れ竹の翁の首を刎《は》ねている。

若者の刀は、さらに、娘餓鬼、つまりさなの腕を斬り飛ばし、静を救っている。

……八幡！

死闘の只中に躍り込んできたのは、影御先・八幡こと、義経であった。

竹の翁は斃れたが——片腕をうしなったさなは青色眼光きらめかせて、静に、突っ込んでくる。

そのさなに、

「かんにんなっ、さなはんっ」

泣き叫びながら加夜が鎌を振るい、成敗した。

同時に、餓鬼四体が義経に倒される。

「他の皆はっ？」

義経は、問う。

「沢山の人が、こいつらの罠で討たれたよ！」

悲痛な形相で三郎が答えた。義経は、静らにまじって、戦いはじめる。一気に形勢は逆転、味方が餓鬼を押し出す。静は再び赤い眼光を強く滾らせた。

と——樹上から義経に短剣を投げようとしている小柄な餓鬼に静は気付いた。

警告しようとする。

刹那——黒い殺気の曲線がうなり、その餓鬼をくるむように巻き込んで地に叩き落とし、落ち葉を巻き上げながらザーッと引きずっている。ある男の足が、強引に引っ張った餓鬼の頭《こうべ》を踏み——滅ぼした。

鈴木重家。

振杖で餓鬼をはたき落としたのだ……。

重家の隣には、金杭を手にした磯禅師が、返り血にまみれて立っていた。

二人は口々に、

「殺生鬼相手に手こずり、遅うなったわっ」

「生き残ったは……これだけか！」

「そう！」

静が、言う。

傍に来た禅師は青褪めた声で、

「……一敗地にまみれた。わたしがついていながら……。よいか、皆の者、戦いながら退くぞ」

義経が、

「どちらに？」

「山上。――別の花畑がある」

花々の香りが、たゆたっている。頂に近くさっきのアベマキ林より涼しい。巴草《ともえそう》と日光黄菅《にっこうきすげ》が夕焼けの海のようにどっと咲いていて、ユウスゲはまだ眠っていた。

花畑の先で斜面がきつくなり、その下方、あるいは、対面の青く霞《かす》む山は白い靄《もや》の帯をしめていた。山の帯は、風によって薄らいだりしながら、動いていた。

餓鬼を振り切り、邪鬼からも逃れてきた影御先五人と王血者六名。油断は出来ぬ。

餓鬼も只人の兵も、花の香を、気にしない。もし此処で血が流れれば結界は効かなくなり殺生鬼も踏み込んで来る。

さらに……日は……刻一刻と西にかたむいていた。

不死鬼が動き出す時が迫っている。

西行、弁慶らの安否は、まだわからない。

敵襲の不安をかかえながら、傷ついた影御先を王血者が手当てしてくれる。

……神変鬼毒酒を醸すには、幾日かかかる。この人数では、酒造りの途中に敵に見つかれば、皆殺しにされる。酒造りを後回しにしてひとまず弥高寺に下るのは……？　……いいや、無事に下山出来ないかもしれない。

静のかんばせは、険しい。

加夜に治療されながら磯禅師は――、

「……敵は……黒滝の尼が目覚めるのをまっているのやもしれぬ」

「…………」

「何か策があるか？　八幡」

禅師は、義経を見ている。

――こんな時に、何か策を思いつけるのは、この人しかいない。

静も固唾を呑み、凛々《りり》しき若者に視線を流す。静の目から赤光《しやっこう》は消えていた。だが、肌の下では、まだ……さっきの赤黒い獣が蠢いている気がする。それはいつ何時《なんどき》、生き血をもとめるかわからない危険な存在《もの》だ。

潤みを孕《はら》んだ大きな眼を細めた義経は、決然たる口調で、

「――大将首を獲れば、いかなる戦も勝つ」

あれだけ多くの餓鬼を屠り……腐肉の中を這いまわるような戦をしてきたの

に、疲れ一つ見せない。

「黒滝を討ちに行くということか？」

禅師が問うと、

「あれほどの大兵を動員した以上、かの尼の本陣たる淡海寺は……今、手薄ではないでしょうか？」

「そうかもしれぬし、そうでないかもしれぬ」

ゆっくりうなずく磯禅師だった。

重家が長い髪を、横にふり、

「王血者は疲れ切っておる。……三郎も、限界だろう。下まで行くには、かなり、時がかかる。そのうち、日も暮れるぞ」

静は西にかたむきはじめた赤い日輪を仰いでいる。

……日が暮れれば、あの強大な敵勢に、心をあやつる不死鬼がくわわる……。

絶望で肌が凍ってゆく気がする。

義経は重家に、

「全員で下山するわけではない。淡海寺を奇襲するのは――ごく少数の者」

「……何……」

「本隊はここに結界を張り、敵を迎え討つ。山内の敵をおびき寄せる。奇襲の兵は密かに山を駆け降り、日が暮れるまでに黒滝の胸に杭打ちする。もし、彼奴《きやつ》が巴殿を討っていて、霊宝を奪ったなら、それは、淡海寺にあろう。霊宝をもって山上にもどり……」

「今度は山中の敵を一掃する？」

磯禅師の言に義経はさっとうなずいた。寸暇《すんか》も惜しい様子である。

かつての畿内の首領は、

「……わかった。その作戦で行く。西行殿がここにいてもそう言おう。八幡——山を下り、黒滝を討ちに行く役目、引き受けてくれるな？」

「望むところ」

「他に、誰を？」

今ここには王血者と五人の影御先しかいない。五人とは、磯禅師、鈴木重家、源義経、伊勢三郎、静。

義経は——静を真っすぐに見、

「静を。……この二人で行きます」

「静、こう申しておる」

「……どうして、わたしを？」

静の問いに義経は、

「一つには、先ほどの戦いぶり」

義経は強い眼差しを静に向けて語る。

「二つには、かつて黒滝の尼に、そなたがあやつられなかったという話を聞いたゆえ。邦綱邸でも、そなたは、あやつられなかった」

重家が硬い相貌で、うなずく。義経はつづける。

「我が剣があの尼に負けるとは思わぬ。ただ……あの女の、操心を恐れる。多くの仲間が……心を蝕《むしば》まれ、いつしかあの女の手先となっていた」

……買いかぶりすぎだ。わたしだって、あやつられるかもしれない。

「共に行くのはあやつられない者が、いい。黒滝と戦っている時、後ろから斬りかかられたら、ちと辛い」

形がよい唇をほころばすも、目は笑っていない。恐ろしいほど——真剣な顔様だ。

義経は言う。

「禅師様には山上の大将としてここにいていただく。のこり三人の中で誰がもっともあやつられにくいか考えると、そなたという結論がみちびき出された」

冷たい粒が、体じゅうに立ってゆくのを、静は感じている。むろん、影御先として、逃げてはならぬ。だが、自分を過信して、瞞過《まんか》してもならない。

……本当にわたしで大丈夫なの？

「黒滝の妖力をはね退ける盾として来て欲しい」

「俺も黒滝を討つ組に入りたいが、左様に筋道立てて言われると、静が行った方がよい気がする」

羅刹ヶ結の操心により恋人をうしなった重家から苦しみにみちた声が、出た。

義経は重家に、

「鈴木殿には禅師様、三郎と、加夜たちを、たのみたい」

「承知」

「静、たのめるか？」

義経は、念を押す。

「……一緒に行くわ。わかった」

静は、乾いた声で、答えた。磯禅師は心配そうな眼差しをおくっている。

「禅師様。行って参ります」

静が言うと、

「──必ず、もどれ。そなたは神変鬼毒酒を醸さねばならぬ。それに、白拍子《しらびょうし》としてのそなたの舞を楽しみにしておる者も諸国におる」

「今……それを言われても……」

磯禅師、にこりと笑い、

「大事な話ぞ。邪鬼がいない世がおとずれたら……そなたは何を世をわたるよすがとするか？」

深い憔悴を、浅黒い頬ににじませた加夜が、静に歩み寄る。山上に逃げてからずっと仲間の傷を手で癒していた少女は小さい声で、

「お母が……倒れる前……」

「…………」

屍の山、血の湖となったアベマキ林を思い出した静に、加夜は、

「……ほんの一瞬な……人間らしい顔でな、うちを見てくれたのや」

──気のせいではなかった。

静の唇に震えが走り掌がきつくにぎりしめられる。浅黒い顔をよけい日に焼かれた加夜は、静の腰にむしゃぶりついた。

「……おおきに。ありがとう……」

静は――ふるえながら加夜を抱きしめ、首を横に振った。

「うち、一人ぼっちになった……。静はん……姉やんと思うてええ？」

「もちろんよ。わたしも加夜を、妹と思う」

「姉やんと妹だけおって……お父とお母はおらんのやな」

「――おる」

磯禅師が、強い声で、

「わたしが――そなたらの母じゃ」

加夜は、にっこりと笑った。

王血の衆が目頭を押さえている。

「よし！　おいらが加夜ちゃんの兄貴だいっ」

三郎のこの発言に、加夜は、目をこすりながらくすりと笑い、

「うん……あまり嬉しゅうない」

義経、重家が、からからと笑い、三郎は決り悪げな顔になる。

一転、磯禅師が厳しく、

「――時が無い。行け！」

皆に深く一礼した静はほとんど押されるように義経と花畑を駆け出す——。二人に驚いた蜂が、さっと飛び立った。

義経と静はブナ林を駆ける。

走る二人の顔、肩を、斑《まだら》の木漏れ日、樹の葉の影が、次々に撫でる。

——義経が期待する役割を果たせるだろうか？

と、義経が、手ぶりした。

……誰か、来る。

表情でつたえてくる。

ブナ、山栗が佇むその林は、草深く、岩や石には小さい蔦《つた》が隙間なくはびこっていた。

義経が伏せろと手ぶりする。

二人は、叢に伏せた。

気味悪いほど長細い足をもつ、蜘蛛《くも》に似た虫、座頭虫《ざとうむし》が二人のすぐ前を忍び歩きしてゆく。

藪を漕いで、男が二人、やってきた。

義経、はっとして、

「西行殿、弁慶……」

「おお……」

山中を密行してきたのは――いくつもの刀傷を負った西行と、矢が幾本か体に刺さった弁慶だった。

「お主ら……無事であったか」

西行は苦み走った相貌をほころばせている。

「……こいつが俺の盾になってくれたから、俺は無事だった」

四人は、情報を交換する。

西行らは草原で殺生鬼と武士どもに挟み撃ちにされ苦戦した、何とか切り抜けた時には、二人になっており、磯禅師たちとはぐれたと話した。

「連中、山狩りしてやがる」

弁慶が義経に告げる。義経の作戦を聞いた西行は、

「ここで会ったのが、幸い。わしも参ろう」

静は、首領の言葉に、喜んだ。

が……義経は、深く考え込んでいる。

――まさか……ことわったりは？

義経が、静かな声で、

「いや――二人で行く。弁慶、山海のお頭を山上へお連れしろ、禅師様の許へ」

西行に、

「あちらの人数も足りんのです」

弁慶は、太眉をうねらせ、

「まってくれ、ご主君」

西行も訝《いぶか》しむ顔で、

「……我らは、十分、戦える」

静も同意見だ。何でことわるのか、わからない。

だが、義経は双眸《こにんず》を爛々と光らせ、

「――奇襲は小人数の方が成功する。四人になれば、見破られるやもしれん。お頭と弁慶は、むしろ山の上に敵を引きつけてほしい」

西行は、低い声で、

「……囮《おとり》になれと？　わしらに」

「――左様」

「……なぁに考えてやがる？　小童。まさか――逃げるつもりじゃねえな？」

西行は狼の如き眼差しで義経を見据え、

「囮になれっつうからには……お前を信じられんことには、なれまい？　――のう、八幡。八幡ってのは……偽名だろう？」

「…………」

西行と義経の間で気が斬りむすぶのが見える気がする。静は、ずいぶん硬くなった唾を嚥下《えんげ》する。

「――真の名は何という？」

西行は真っすぐに義経を見詰めながら問うた。ちなみに西行は、北面の武士時代、義経の仇、平清盛と同輩であった。

「ぽっと出の影御先じゃねえだろう？　……てめえは、何者だ？　そこを明らかにしてくれねえと、俺はお前を信じ切れんよ」

静かなる顔様で西行を見ていた義経が、唇を開く。

「源九郎義経と申します。父は……前左馬頭・義朝」

眉をピクリと動かした西行はしばし黙って義経を眺めている。向き合う二人の間を、羽虫が通りすぎる。

うつむいた西行が頬をぱんぱんと叩き、もう一度、顔を上げる。その時には西行の相貌は湯浴《ゆあ》みしてさっぱりしたようになっていた。

「よくぞ……明かしてくれた」

西行法師、錆《さ》びた声で、

「――囮の役、引き受けた」

「ありがとうございます」

西行は、義経に、

「黒滝の色香に気ぃつけろ。もし惑いそうになったら……静の方でも見ろ。近頃、若干、色気が出てきたようだ」

静は恨みをふくんだ目で西行を睨む。

なおも何か忠告せんとする西行に、義経が、

「日が……」

日輪は――刻一刻と、西に、かたむきつつある。

「――いかんな。とっとと行きやがれ。そら参るぞっ、弁慶」

弁慶は義経に、

「俺を家来にしたばかりで、死なんで下され」

西行は、弁慶と山上に走りかけて、くるりと振り返り、

「高平太《たかへいだ》には、何も言わねえでやるよ」

高平太——清盛の、若き日の渾名《あだな》である。

走りながら、

「訊いていい？」

前を睨みながら、全力疾走する義経は、

「ああ」

静は言う。

「何故、二人を行かせたの？」

義経の足が蔦におおわれた倒木をさっと飛び越す。静も、飛び越す。

「……恐ろしいゆえ」

恐ろしいから四人でなく二人で行くという矛盾が、静の面貌を険しくさせる。

義経は山を駆け降りながら、

「弁慶は心の闇をもっておる。禅師様から聞いたが、西行殿はお子を血吸い鬼にされたとか。その闇に、つけ込まれぬか、危ぶんだのだ……。濃尾のお頭すら、

あやつられたのだ」

　上空をカラスの群れが嗄《か》れた声で叫びながら飛んで行く。刻一刻と西にかたむく太陽が、山林に投げかける、不吉な赤みをおびた光を浴びながら、義経は、

「殺生鬼なら四人で行った。黒滝……ゆえ、二人で、行く。わたしもあやつられかけた。此度《こたび》こそははね返さねば、はね返せると思うが、絶対ではない。わたしが、あの尼にあやつられぬと信じられるのは、静――そなただけだ」

　静は苦しそうな顔で、

「わたしだって……あやつられるかもしれない」

「そなたは、大丈夫だ」

　――確固たる声調だった。

　カラスが一羽、少しはなれた所にある倒木に、止った。黒い鳥は首をかしげ陰険な双眼でじっとこちらを窺う。そのカラスすら……黒滝の手先である気がしてくる。

　静は、義経に、

「どうして？」

「……そなたは鬼になる恐ろしさを誰よりも知っていよう。そなたの中には黒滝

られても……」

を拒む強靱《きょうじん》な壁が在る。故に、踏みとどまれる。どれだけ、魔の囁きを浴びせ

黒い鳥が飛び立つ。

「日はどんどん、落ちている。急ごう」

伊吹山淡海寺の山門をくぐった時、既に——血刀を思わせる西日が、参道両脇の陰鬱な檜《ひのき》、苔《こけ》むした石畳に、差していた。塒《ねぐら》にかえるカラスどもの掻き毟《むし》るような叫びが赤く濁った空の海を泳いでいた。

……凄まじく荒れた古寺だ。全く手入れしていないのか、夏草が息苦しいほど茂っている。

——人気は、ない。

義経は静に、

「鬼気——」

瞑目し、ぐるりと顔をまわした静は、開眼する。赤色眼光が二つ灯っている。

敵陣を目前に意外なほどなめらかに能力《ちから》を引き出せたのだ——。

身を潰すほど圧倒的な鬼気に鳥肌を立てた静は、

「ここ一帯全て、途轍《とてつ》もない鬼気が渦巻いている。だから、どの建物も怪しい」

「……承知……」

不死鬼の血を夥《おびただ》しく浴びると気が狂うと言われている。二人は、覆面をしながら、山門を、いや、地獄の門を潜る。


――日があるうちにさがさねば……。

焦りが義経を急かしている。静も、眉根を寄せている。

二人はまず、所々瓦《かわら》が剝がれ、そこから草を生やした本堂に踏み込んだ。

がらんとした暗い堂内。荼枳尼天《だきにてん》像の奥に、禍々《まがまが》しい曼荼羅《まんだら》がかざられている。

甘く獣臭い反魂香が鼻を嬲《なぶ》った。

……内陣の奥にまわるぞ。

面差しを険しくした義経は、脂燭《しそく》を支度。手ぶりする。

――わたしは左にまわる。そなたは、右にまわれ。

二手にわかれ内陣の左右から裏手にゆっくりまわる。義経は抜刀している。

心の臓が波打つ。内陣の裏には人を飲み込む鬼神の像、裸の男女を踏みつける象の顔をした妖仏の像、牙を剝き髪を逆立てた夜叉の像など、凄まじい仏像が並んでいた。肉が腐ったような臭いが何処からか、漂ってくる。

……部屋があるのか。黒滝がいるのは、そこか？

向うから床板の軋み音。二つの赤い眼火が近寄ってきた。血吸い鬼の血が流れる静であった。

——そっちに隠し部屋がある、と片手に明り、片手に剣をもった義経が首で合図する。

静が首肯した。

片開きの、黒ずんだ板戸がかすかに開いていて、耐え難い腐臭はそこから漂っていた。

義経は戸を蹴るようにして——踏み込む。

——。

中の光景は義経と静を絶句させている。

中央に、紅の寝台と石の、浴槽があった。寝台は無人で、浴槽は血でべっとり汚れていた……。奥に人を横たえられるくらい大きな板があり、それにも夥しい血が散った痕がある。

床には鎖が転がり、壁には人や牛を切れそうな大鋸《のこぎり》が三つも立てかけてあった。

……黒滝の尼はここで人を殺め、血を浴びていた。

だが、妖尼の棺《ひつぎ》らしきものは、見当たらぬ。

隣には白骨がうずたかくつまれた部屋があったが、不死鬼がやすめそうな棺は、ない。

……何処だ？

本堂を出、僧房を急ぎあらためるが、棺はない。

——まさか、裏をかかれた？　ここにはおらぬのか？

時だけが猛烈な速さですぎ——火の如き焦りが、ますます、燃え盛った。

外に出る。

日はますます西に落ち、境内では不穏な暗がりが広がりはじめていた。先刻まで西日に赤く照らされ長い樹影が横たわっていた石畳や庭が、夜の墨に、薄っすら染め上げられつつある。この墨はあっという間に濃くなろう、遂には全き黒になろう。

静が、指す。

「義経……あそこ」

静が指したのは寺院内にある神社、地主神の社だ。

まず鳥居がある。

鳥居の奥に草に埋もれた参道。参道を少しすすめば、長い石段がはじまり樹叢《じゅそう》に消えている。石段を上った先にこの地の神を祀《まつ》った祠《ほこら》があるのだ。もうさがしていないのはそこだけだ。

二人は全力疾走する。

鳥居の前に立った時――うすら寒い妖気が前からどっと吹き寄せた。

鳥居の柱のそこかしこで、緑の島のように、大きな苔の塊が、勢力を広げていた。二人を見下ろす額は傷ついており、枯れた蔦が絡みついていた。

鳥居をくぐった先の参道には両側の樹叢から蔓草が溢れていて、全てが、植物に侵されていた。その植物を踏みすすむ二人の行く手――遥か高みまで聳《そび》える石段の下方に、影が、ひょいと出る。

――黒猫だった。

ひどい掻き傷があり片目が潰れていた。

のこる一つの黄眼で、二人を険しく睨み、ミャア、と鳴いた。

……ぞわり、とした。

それから黒猫は誘うように数段登ると一度ふり返り、黒い尾を蠢かして、茂みに消えている。

背中を汗ばませた義経、赤色眼光きらめかせた静は、日があるうちに神社をあらためんと、石段を夢中で上がる。

苔むした石段を駆け登った先では門が見下ろしていた。

板葺が朽ちかけ、草に潰されそうになったその門を、二人は、用心深く潜っている。

薄闇は少しずつ濃くなっていたが、日は、まだ、没していない。

門の内は荒れた竹藪、節くれだった巨樹と社、潰れかかった板屋が、あった。

物の怪《け》が出そうな板屋が。

義経が社、静が板屋を夢中であらためる。

――誰もいない。

「糞っ、ここでもないか。まさか、淡海寺におらぬのか、しゃつは――」

焦りがにじむ義経の声だった。焦燥を押しのけ、絶望まで、噴き出そうだ。

板屋をしらべてきた静の影でただ眼だけが――赤光りしている。

「ここにいた邪鬼たちの鬼気が強すぎて、今いる者たちの鬼気を掻き消してしまうのかもしれない」

静は、言った。

集中する静の額から脂汗がこぼれる。

「裏……。一際《ひときわ》ひんやりした鬼気が、漂ってくる……」

「そこだっ」

義経は、一気に駆け出す。静もつづく。もう、日は沈んだのか、沈んでいないのか、とにかくぎりぎりの刻限だ——。

——間に合ってくれっ！

社殿の裏は……気味悪いほど静まり返っていた。

薄闇の中、崩れかけた石祠《せきし》が、ずらりと並んでいる。

斜面がある。伊吹山へ登る斜面が。斜面には、竹が乱立し、所々で竹の根がにょっきりと顔を出し、一度まがり、また地中へもどっている。つまり、竹の根はいくつものへの字を書いている。

左様な斜面に……その磐座《いわくら》は、ひっそりと、在った……。

苔むした大岩の中で、暗い息を吹きかけてきそうな穴が、口を開けていた。札がべたべた貼られた格子戸が穴の口をふさいでいた。

……あれだ！

鳥肌を立てた二人はうなずき合っている。

夕闇色濃くなる中、磐座に突進した義経と静。抜き身を引っさげた義経は格子戸を開く。

躍り込もうとした義経は、

──斯様な所が危ない。

地面を注意深く見る。

背筋が、凍りかけた。

穴に入ったすぐに子供の身の丈ほどの溝がある。溝の底には──刀がずらりと、並んでいた。

虎落《もがり》、と、静に手ぶりした義経は身をかがめて溝をまたぎ、穴に入っている。

黒布が、穴の奥を隠すように垂れていた。剣先で、布をめくる。

……見つけたっ。

闇に目が慣れてきた義経は武者ぶるいした。布に隠された穴の奥は比較的広くなっており棺が六つ置かれていた。

――どれだ？　黒滝の尼。

義経は一つ目の棺に近づき重い蓋《ふた》を開けた。

中には――丸眉で垂髪、女房装束の妖しいほどなまめかしい女が眠っていた。

反魂香の香りが鼻をつく。かなり年代物の袿《うちき》をまとっているが、うら若き美女だ。不死鬼だろう。

「黒滝をさがす。そなたは、こ奴を始末してくれ」

後ろにきた静に告げ、義経は二つ目の棺を開けにかかる。

指示された静の右手には大金串がにぎられている。杭は、穴の中でつかえぬと判断し、外に置いてきた。生き生きとした死者の心臓に……。

――――。

大金串を、刺す。一気に赤い双眸がくわっと開く。牙を剝いた女は、血が混じった悲鳴を上げた。

二つ目の棺を開けた、源氏の若君は、

「――違う。こっちも、たのむ」

三つ目に向かって義経の手が伸びようとした瞬間、

《おそかったの……》
静の胸を、冷たい女の声が、刺した。義経の体も弾かれたようになる。彼にも聞こえたのだ。
……日が……暮れたっ！　……動き出す……。
静の総身で、血が退いてゆく気がした。

義経は――二つ目の棺にもどり、中にいる男を突き殺さんとした。

が、刀は、止ってしまう。――素手でにぎられたのだ。中にいた男は長く白い髪を垂らした細面の武士と思しき男であった。顔は青く血の気は無い。棺に横たわったまま、赤眼を薄く開き、冷たい笑窪《えくぼ》をつくって、

「よう参った……地獄へ」

刹那――義経がさっき開けようとした三つ目の棺が、俄かに開き、中から黒風が突出、静を引っさらい、穴の出口の方へ吹き去っている。義経は急いで刀をもどし白髪の不死鬼を打ち捨てて外へ駆け出た。

一瞬で外に出た黒衣の尼が、髪を摑んで引きずり出した静を――地に叩きつける。

「静、無事かっ！」

義経は鋭く叫ぶ。

土埃《つちぼこり》を上げて転がった静は、赤光をきらめかせ、牙を剝き、片膝を地面につけて大金串を構えた。

「久しいの。義経……長範の娘」

静のかんばせに険が走る。義経は後ろから他の不死鬼がぞろぞろ出てくる気配があったため、さっと動き、磐座《いわくら》を右に見ながら、静と、妖尼をはさむ形になった――。黒滝の尼の白くふっくらした顔は、右眉の上に、小さな火傷痕がある。齢は……三十歳ほどに見える。

「うぬに受けた火傷も、龍気と王血により、かなり癒えたわ。あと少しで完治する」

魔女は鋭い牙をのぞかせた。

磐座から出てきた彼女の手下は、太刀をもった不死鬼二人、大鋸をもった不死鬼一人、何ら得物をもたぬ六十歳の巫女装束の不死鬼が一人。

「義経、前にうぬに期待する処もあったが……もはや、何ももとめぬ。あやつる値打ちもない。吾は、浅はかな者が嫌いじゃ」

義経は相手の話に引きずられぬよう気をくばりながら――、

「滝夜叉姫！」

「…………」

「将門公の姫よ。将門公が官軍に討たれたゆえ、今の世に仇なすのか？　父御の戦いは、民を救うためのもの。お前は、民を苦しめ、罪なき人々を殺め、天下を荒廃させてきたっ！　貴様が歩む血塗られた魔道を、将門公は草葉の陰で悲しまれておられるに相違ない」

「小童《こわっぱ》。うぬ如き青二才が、父の何を知る？　我が無念の何を知る？　――吾の何を知る！」

「…………」

「戦に負けた我が方の村々では、血の海が広がった。勝ちに浮かれた都の兵どもは、殺生鬼よりも罪深き者になり果てた」

夕闇を背負った黒滝の尼は、語る。

「負けた者の悲痛な叫びは勝てる者の歓喜に打ち消され、我らがもてる全ては、勝てる者に毟り取られた。その敗北の苦しみから魔道を歩むことで浮かび上がった妾《わらわ》の何が――貴様のような痴《し》れ者に、わかろうか？」

妖尼は赤く射るような視線を、静に流している。

「静、こんな痴れ者を好いておるのか？」

――静が、わたしを？　この尼は何を言っている？

静は額を玉の汗で濡らし、赤色眼光を点滅させ、歯嚙みして、頭を振っていた。心にすべり込もうとする何かを必死に押しのけようとしている。

黒滝と刃をまじえてきた自分より、むしろ、静が危ういのかもしれない。

心に高い壁をもつ静だが――敵の操心は強力だ。

――あやつられるな！　己をしっかりたもてっ。

義経は静に視線をおくり、念じた。黒滝の尼に斬りかかろうにも襲えぬ。何の武器も持たぬ妖尼だが……隙は、絶無。手下の不死鬼どもは義経と静を、愉快げに眺めていた。

夕闇の帳《とばり》が黒一色に染まる中、黒滝の尼、一転穏やかに、

「熊坂長範の娘たるそなたならわかろう？　朝廷に弓引いた、我が父の怨念。そなたは――父を殺した」

「…………」

「母も殺した」

静は夢中で、

「殺していない」

「お前の母、苗《なえ》は、お前を庇って死んだようなもの」

この魔女は、心にぐいぐい触角を入れてくる。

「妖言を聞いてはならん！」

義経の声にかぶせるように、

「つまり――お前が殺したようなもの」

静は打ち据えられたように大きく反応する。黒滝の尼は、一歩、静に寄る。静はこないでというふうに頭を振った。

黒滝の尼は足を止め、

「だが、長範が苗を殺めず、睦《むつ》まじゅう暮しておれば……お前は鬼の二親の許、長範の徒党にくわわったのでなかったか？　左様な未来はあり得なかったと？」

「聞くな！　そ奴の話に耳をかたむけてはならぬ！」

義経が、必死に吠えている。

この時、静の胸中では――、

《静。そなたは、一人。……一人ぞ》

――一人？

《只人の男がお前を愛でても、お前に流れる血吸い鬼の血に気付けば、血を吸われることを恐れ、はなれていく。では、我らがお前を仲間とみとめると？　お前は長範を殺し――影御先に合力して参った……。我らがもっとも嫌う汚らわしい敵に》

四人の手下どもが、首を縦に、振る。

《お前が影御先である以上、どの結もお前をみとめぬ。故に、お前は一人！》

――違う、わたしには影御先の……。

《影御先はそなたを利用《つか》おうとしているだけ。そなたの能力《ちから》が、欲しいだけ。そなたが咲かすべき花の種はこの黒滝こそもっておる》

――花？

刹那、静の心で、花が咲きはじめる。妖しの花どもは花弁や雌蕊《めしべ》をふるわせ、匂いを充満させる。その甘美な匂いと共に、天下に禍《まが》を引き起す女怪の声が――

一層大きく、静の中に入ってくる。

《静……》

静の双眸が――とろんとしはじめた。

《そなたが今まで信じ込まされていたのは、汚れた、偽りの道であった。この黒滝が真の道をおしえよう》

……真の道？

《その道を知りたくば……まず、手始めに、そなたを騙《だま》してきた邪まな影御先を始末せよ。ほら、影御先が、お前を騙そうとする者が参った。あの男は我らが敵！　――裂き殺せっ》

同時に黒滝の尼は義経の魂に……、

《浄瑠璃は、熊坂長範に殺された》

その声は重たい衝撃となって義経の胸に、落ちた。

先ほど、あやつる値打ちもないと言われた義経は、黒滝の尼と戦ってきた経験が盾になり、今日は操心をはねのけられるかもしれぬ、自分より静の方が危ういかもしれぬと、感じた。

実はその囁き、義経が覚えた感覚こそ――操心の第一手であった……。

自分は今日は大丈夫かもしれないという思いが、かすかな油断につながり、そのかすかな油断を突破口に心を蝕《むしば》む妖尼の声が、一気に浸《し》み込みはじめる――。

《あの女……熊坂の娘ぞ。……鬼でもある。何故、共に動いておる？　寝首を掻かれるかもしれぬぞ》

浄瑠璃のくしゃっと潰れたような笑顔、長範に喉を噛まれた瞬間の浄瑠璃の苦悶の表情、熊坂一党に討たれた鬼一法眼の姿が、眼裏《まなうら》で活写された。むろん、黒滝の尼が見せている。

《師の仇でもある。そなた、何故、熊坂一党と共に動いておる？》

「…………」

《ここは結社、今日はあの夜、ほら浄瑠璃が……》

静の姿が二人の人にわかれる。浅黒く髪がみじかい裸足の娘と、赤い火光を眼で燃やし、牙を剝き、面の半分が惨《むご》たらしい傷に埋め尽くされた大男に。

浄瑠璃と、長範に――。

義経は、夢遊病的な足取りで一歩踏み出し、

「浄瑠璃っ！」

妖女の熟れ切った唇がほころぶ。黒滝の尼は――義経と静、二人の心を巧みに

動かし、ぶつからせようとしていた。

《影御先を殺せ！　ほら……影御先の方も、お前を討つ気ぞ。あれは敵じゃ、敵じゃ！》

妖尼は静の敵意を焚きつけんとした。

呪《しゅ》がかかった静の心は、義経を義経と見るよりは、敵として、見ている。

なるほど、敵は、鬼の形相で自分の方へ……よろよろ歩いてきた。

《刺せ、殺せ！》

静は大金串を敵に向かって構える。

その時――誰かが静の傍に立つ気配があった……。それは薄っすらとした影である。何人の影か、知れぬ。が、懐かしい気がする。影はいけないというふうにゆっくり頭を振っている。

静はまさに影御先を刺そうとする。

と、

『静、そなたはやさしい子。そなたは只人として生きよ』

影は温かい声で囁く。

誰だかわかった静の胸は、熱い奔流で破けそうになる。

……お母っ……！

苗の、声であった。

刹那、静の中で、今日までの日々が、怒濤《どとう》となって、映し出されている。

雪深き若狭で、父と母と幸せに暮した日々、父が侍たちに顔の皮を剝がされてもどってきた夜、雪山、京の人市、都で庭梅と共にはたらいた日々、鯊翁《はぜおう》の小屋、河原院《かわらのいん》と影御先との出会い、磯禅師、巴との対立、長谷寺の舞台で温かく慰めてくれた人、青墓《あおはか》、父との死闘、西行と共に動き邪鬼を追った日々、西の京で石の雨の盾になってくれた人……。

そんな一切合切が胸を揺すった——。

静は、我に返る。傍らに立っていた影がすっと消えた。

憎しみの形相で歩み寄ってくる義経をみとめた。……明らかにあやつられている。

義経の目は、静に、長範を見ていた。それが、わかる。

静は、逃げようとはしなかった。ただ、微笑みを浮かべている。全てを許すような――。

もう、この時、静の中に――黒滝の尼も、冥闇ノ結も、影御先もない。ただ自分と義経だけが空か海に放り込まれ、向き合っている気がした。

義経の太刀が――静を刺す。剣先は突進の最中に、ためらいを覚えたようで急所ではなく脇腹を少し抉《えぐ》るにとどまった。

それでも十分痛い。

両眼から赤光が消え常の色にもどる。静は、宝珠《ほうじゅ》に似た涙をこぼし、痛みに耐えながら、

「敵……じゃない。……仲間なの」

義経の面貌に苦悶の波が押し寄せた。

「貴方が命がけで守ってくれた、仲間なの……」

刺された刹那の静のかんばせと、邪鬼に首を噛まれた浄瑠璃の苦しみの表情が、重なる。

――何故、静が……？

義経は、我に返った。

「仲間なの……」

瞳を潤ませた静は脇腹から血を流して膝をつく。義経は、自分が、静を刺してしまったと気付く。

――何ということをっ……。

「ああ……ええい、静……すまぬ」

「貴方のせい……じゃない！」

静は、強く言った。

――そうだ。妖魔のせいなのだ。いや、真にそうか？　自分の心の中に翳《かげ》や弱さがあったからこそ、あやつられたのでなかったか？

「……許してくれ」

静に言うや、凄まじい怒りを込めて、

「化け物っ！」

女不死鬼に渾身の一太刀を浴びせんとしている。吸血鬼は、刀を指し、

「――重い」

とたんに、太刀が重量化。動かなくなり義経は汗をかいた。操心だとわかる。

だが、それを承知していても、剣が、動かぬ——。

静が香蒜弾を出しながら、必死に、

「操心など、破れるわっ！」

——そうだ、さっきの操心にも我らは打ち勝った。

「ほほ」

黒滝の尼が面白そうに牙を剝き義経に歩み寄ってきた。

静が香蒜弾を放る。

妖尼は、怒りの唸り声を上げて、払った。瞬間、心をしばる縄がややゆるむ。

義経は一気に駆け出し——黒滝の尼を、胴斬りした。

魔女は血を流しながら跳躍、軽々と義経の頭上を越える。

手下の向うに着地した妖尼の腹で異常の現象が起きている。こぼれ出んとした血液が、重力に抗《あらが》い体にもどってゆく——。

やはり、こ奴、とてつもない化け物だっ。

手下どもが、猛襲してくる。

——凄まじい悪意が風となって、義経に迫っている。

大鋸。

辛くも太刀で払う。

燃え上がりそうな闘気をおびて、刀が、斬りにきた――。

発止《はっし》と止める。

静にも古風な直刀をもった邪鬼が斬りかかる。腹から血を流した静は、再び赤い眼火を燃やし、舞に近い所作で、斬撃を必死にかわした。

静は――白拍子がつかう扇をふる。実は、この扇、香がつけてある。香粉が舞い鬚面《ひげづら》の不死鬼が目を手で押さえた。

義経も同時に右手の剣で敵剣を止めつつ、左手で金銅の筒を出し、中身を相手の顔に撒いた。

悲鳴が、轟いた。

――伊吹山の清水《せいすい》を入れてあったのだ。

顔を爛れさせた、邪鬼の首を刎ね、心臓を刺す。

――一人。

また、大鋸が義経を襲うも――太刀で弾いている。

義経は、今さっき討った邪鬼の刀を静に投げる。

香でひるんだ不死鬼が喚きながら剣をふるうも、静は、身を低めてかわし、投げられた刀をひろうや下から心臓を深く刺した。身の毛もよだつ絶叫がとどろく。

……二人。

義経は鉄丸に肩を叩かれ歯を食いしばる。

鉄丸を投げた不死鬼が、大鋸をふるわんと肩を躍動させたとたん、扇子が……横っ面に、当った。

――静が、投げた扇。

「く……は？」

混乱しながら香粉で苦しんだ敵の首を――義経は刎ねている。

――三人！

不死鬼はあと二人。黒滝の尼と、老女の不死鬼。

「ほほ」

黒衣の尼は妖しい優雅をまといながら身を翻《ひるがえ》す。老女の不死鬼も、鉄漿《おはぐろ》で黒い牙を剝き、やはり笑いながら、身を翻す。

二人の不死鬼は竹がぼうぼうに茂った暗い斜面を飛ぶように登り出した――。

そして、時折、誘うように顧みる。義経は、静に、

「あやつられたとはいえ……」

「いいのよ、もう」

「……追えるか?」

きっぱりと首肯し、

「今日こそ、斃《たお》さねば!」

義経と静は歯を食いしばり邪鬼の総師を追う——。


林内は、黒い闇が、席巻していた。鞍馬で鍛えた鋭い勘が義経を転ばせぬ。

少し、登ると、平坦地に出ている。

墓所であった。

五輪塔や卒塔婆《そとば》、土饅頭《どまんじゅう》が並んでいた。

黒滝の尼と老女の血吸い鬼は怨霊のすすり泣きが聞こえそうな墓地の中央で薄笑いを浮かべてまっていた。

「往生せよ! 黒滝の尼」

義経は大喝し、静も、赤い眼光を爛々《らんらん》と輝かせ、

「今までの悪事の……償いをしてもらう」

義経には、憤怒を漂わせた静が、加夜の母や死んでいった仲間たちを思い浮かべている気がした。

「多くの血を啜った殺生鬼が、不死鬼になるならば……多くの者を殺め、多くの者の死肉を齧った餓鬼もまた……より強き存在《もの》に転生すると思わぬか？」

黒滝の尼が舐めるように墓場の土を見る。得体の知れぬ寒気を覚える義経だった。

と、さっき斬られた黒滝の腹からぼとぼと血がこぼれ出した。この女は、自分の体から流出する血を、調節出来るから、これは意図的に流した血のようである……。

黒滝の尼は、邪悪な笑いを浮かべ、

「出て参れ、我が親兵ども。存分に、若い血を啜れ」

「…………」

黒滝の尼の血を浴びた墓場の土が鳴動《めいどう》しはじめている。鳴動は、奥つ城全体に広がってゆく。

「下から……夥しい鬼気……」

静が、相貌を、引き攣らせた。

黒滝の尼はうっとり笑んだ。

義経、静をかこむ墓場の土が——いたる所で下から弾ける。火のない小噴火、小規模の土の噴出が、墓地全体で起きている様相だ。

——出てきた。

白く細い手や、白い頭が。凄い数の白骨死体が、土の中からガシャガシャと音立てて現れた……。

義経と静は逃げる間もなく——二足で立つ白骨どもにかこまれていた。

百、いや、百五十体はいよう。髑髏《どくろ》のがらんとした目の奥は総じて緑に光っていた。

「転生した餓鬼……屍鬼《しき》どもじゃ」

——屍鬼？

江戸時代の絵師・歌川国芳《うたがわくによし》に、相馬《そうま》の古内裏《ふるだいり》なる怪作がある。将門の遺児で妖術をつかう滝夜叉姫が巨大な髑髏をあやつる姿を描いたものである。国芳の絵は坂東が舞台だが、この時の戦いが形を変えながら人々の記憶にのこり……その絵につながったと思われる。

屍鬼どもの半分は手ぶら、半数は……錆《さ》びついた矛や刀をにぎっている。

黒滝配下の老女が、牙を剝き、

「うぬらの敵は何じゃ？」

動く白骨死体どもはかすかに首をかしげた。

「影御先であろう？」

白骨どもが歯ぎしりし、武者ぶるいをはじめる。

老女の不死鬼は義経たちを指し、

「あの二人――影御先ぞ！」

歯ぎしり、武者ぶるいがいよいよ激しくなり、嬉し気に大地を踏む白骨まで現れた。一体の白骨が耐えかねた様子で――義経の方に、突進してきた。義経は餓鬼の弱点たる頭部を狙い剣を薙《な》ぐ。

一陣の剣風が吹き――緑の眼光を灯した髑髏を、胴部から斬り飛ばす。

歯ぎしりする白い頭は、一度卒塔婆にぶつかってから、地面に転がった。

ところが……頭をなくした白骨の胴体は、義経の意に反し、倒れたりしない。

……な……。

何と、首無しの白骨死体は、怪しい軋《きし》み音を立てながら身を屈め、なくした頭をさがそうとした――。歯ぎしりする髑髏を見つけた骨の手は丁重な手つきで捧げもち、己の首の上に、前後逆さに据える。

頭が逆さについたのがおかしかったか、幾体もの屍鬼が笑うように身を揺すり――跳びはねた。

怒りの稲妻となった義経の剣が、首が反対についた屍鬼の胸辺りを真っ二つに斬る。白骨死体はばらばらに崩れたが、まるで磁石のように近づき合い、元の形にもどろうとしている――。

黒滝の尼、老女が、高らかに哄笑《こうしょう》した。

転生餓鬼・屍鬼――餓鬼よりも遥かに粘り強い生命力を手に入れた、凶暴な死人返りどもである。

黒滝の尼が叫んだ。

「――殺せ、影御先をっ！　そして血を啜れ」

動く白骨どもは、義経、静に殺到してきた――。

義経と静は背中合わせに死の軍勢と戦う。

動く白骨を、斬って、斬って、斬って、斬りまくる。

しかし際限がない。斬っても斬っても、奴らは甦《よみがえ》ろうとする。決して素早くはない。だが、決して斃れてくれない。

さすがに、二人の息は切れかかる。

疲労した腕や足を錆びた刀や矛が抉り、かすめ、義経と静は満身創痍《まんしんそうい》になった。

汗だくの義経は、眼を血走らせ、歯を食いしばり、

――もはや、ここまでか……。

その時、夜風が、吹いた。

何やら、煙をふくんでいるような……。

と、その煙に当てられた屍鬼どもが……次々に体をわななかせ、倒れる。苦し気にふらつき、卒塔婆を巻き込み倒れたりする。

――何事？

驚きの波が義経の胸でしぶいている――。

肩で息する静も唖然としていた。静は夜風を嗅いで、

「……香」

白骨鬼どもは薫煙に当てられて……甕れているのだ。

これは、何処かで嗅いだ匂いだ。

……赤城山……。──小角聖香《しょうかくしょうこう》！

電に似た衝撃が体を打つ。

墓地の隅から、

「おそくなったね！」

巴の声が、した。

義経と静はそっちに向く。香炉をもった巴、大きな弓をもった木曾冠者義仲が、立っていた。

義仲が──射る。

たった一本の矢が香気でひるんだ屍鬼三体を次々に射貫く。三体の白骨は、騒々しく倒れた。

小角聖香──四種の霊宝の一つで、邪鬼はもちろん、餓鬼をも駆逐する。一度、小角聖香を焚けば、かなりの日数、邪鬼は近づけない。

「生きていたのかっ！　二人ともっ……」

歓喜の義経に、巴が、

「勝手に殺すな！」

義経、静は——腹の底から雄叫びを上げ、弱った屍鬼に斬り込む。

香気で崩れる屍鬼あり。よろめきながらも、巴を襲わんとして、義仲に射殺される白骨あり。

巴の登場で、大恐慌が、敵軍を襲った。義経と静はますます激しく白骨どもを薙ぎ倒す——。

「小癪《こしゃく》」

巫女姿の不死鬼、つまり老女の不死鬼が手を振る。すると——夜の森から蝙蝠《こうもり》の群れが現れて、黒い竜巻となり、巴、義仲に襲い掛かった。

あやつられた群れである。

蝙蝠に、小角聖香は、効かぬ。巴は薙刀で、義仲は大太刀で、蝙蝠を追っ払おうとするが、数が数。巴の顔におおいかぶさり攻撃する蝙蝠、香炉に突っ込んでひっくり返す蝙蝠、燻《くすぶ》る小角聖香を羽で叩き、火を消そうとする蝙蝠が、いた。

赤い眼光を灯した静から鋭い気迫が放たれる。

錆びた矛。

屍鬼から奪った錆び矛を、静は老女の不死鬼に投げている。

錆びた矛が、蝙蝠をあやつる老女の左胸を貫いた。

とたんに蝙蝠を動かしていた呪の糸は切れて蝙蝠どもはめいめい勝手に飛びはじめた。

老女が斃れた傍らで黒滝の尼は手をかざし巴を直視していた。

——巴殿をあやつる気だっ。

義経は香気に苦しむ屍鬼どもを斬り倒しながら、妖尼めがけて、猛進する。

黒滝の尼は突進してきた義経の斬撃を巴を睨みながらさっとかわす。で、義経の左胸に——長い爪が伸びた手を動かす。

怪力の魔手が胸に突き込まれ、
ガッ……。

という音が、した。黒滝の指からもうもうと立つ湯気が、妖尼も、義経も、驚かせた。

——そうか。畠山殿の……。

義経は香木で出来た小仏を懐に入れていた。——その香仏に救われたのだ。

　瞬間、《義仲を斬れ、義仲を斬れ》という声の洪水に押されそうになっていた巴は、冷や汗に身ぶるいしながら我に返り、義経は黒滝の尼を真向幹竹割《まっこうからたけわ》りにしようとする。

　と、同時に——赤い魔光が義経の目を眩《くら》ませた。黒滝の尼の声が幾度も反響しながら、胸に殴り込んでいる。

《……動かぬ。そなたの剣は、動かぬ》

　太刀が一気に重くなっている。十本の刀をもっているような感覚になった。

　が、義経は、

　——負けぬ！

　精神力で振り下ろさんとする。

《そなたの刀は、そなたの首を斬るためにある》

　軽くなった義経の剣が自分の喉にあてがわれた時、後ろから、静が——駆け寄ってくる気配がした。

「貴方なら、勝てる！」

　……そなたはわたしのせいで、傷ついている。無理をするな。

　その思考が義経を正気にもどし、一気に動いた義経の刀は血煙《ちけむり》散らして——黒滝の尼を貫いた。

義経が夢中になって突き刺したのは……黒滝の尼の右胸だった。

ふっと笑った妖尼は、義経の喉を、爪で掻き破ろうとする。

その時、

「豊明《とよあけ》の大鏡！」

閃光が墓一面をまるで稲妻でも落ちたかのように、照らし、その刹那的な光に全身を照らされた黒滝の尼は、凄まじい悲鳴をこぼしながら、数間吹っ飛ばされた——。

豊明の小鏡は——光線で照らした邪鬼にしか害をあたえぬが、大鏡の方は……ほんの一瞬、強閃光で辺り一面照らし、その光の範囲内にいた不死鬼を、焼き滅ぼす。殺生鬼についてはしばらく目を眩まし、一時的に戦えなくする。

大鏡の光は、屍鬼にも効き、動く白骨どもは、一斉に砕ける。夥しい骨が散乱する。大火傷を負い、体から湯気を吹き上げた妖尼は、墓所の片隅で蹲《うずくま》り、ふるえていた。

義経が静に歩み寄る。静も来る。

二人に気付いたか震えがぴたりと止る。

「――黒滝の尼」

布で顔をおおった義経が刀をふりかぶり、

「わたしも、敗軍の将の子。だが……魔道を歩んではいない。歩む気も……ない」

急激に萎《しな》びた顔が義経に向く。

「魔道は――いつでも、容易《たやす》く、人を取り込む。この期《ご》におよんで説法など聞きたくない。早う止めを刺せ」

同じ境涯――敗軍の将の子という立場――に、あるからか。畏敬する将門の姫ゆえか。義経の剣は――なかなか繰り出されない。

「わたしに、かして」

厳しく言った覆面の静が、義経から剣を奪う。静は一気に黒滝の尼の心臓を刺す。黒滝の尼は鮮血を噴き出しながら笑いはじめた。

「影御先ども！　あまり、図に乗らぬことぞ……。我ら不死鬼の逆襲ははじまったばかり！　はははははは」

やがて笑いが止み赤色眼光も消えるや、一気に強い湯気が立ち、その体は灰になった。静は激しく肩を波打たせ、

「……やった……倒した、やっと……」

静の双眸からも赤い眼光が消える。膝をおってしゃがみ込み、苦し気に脇腹を押さえた。

義経は、顔面蒼白となり、

「急ぎ、手当てしよう……」

「あやまらないで、いいのよ」

巴と義仲が駆け寄る。この二人は、手傷を負いながら、どうにか不破党の夜討ちを掻い潜り、ここまで辿りついたのである。

静の手当てを済ませた四人は山上に登り、磯禅師たちを襲っていた敵を霊宝で駆逐した。

黒滝の尼が流した血を数匹の蚊が吸い、その蚊を回収している人影があったことを、義経たちは知る由もなかった。

第十二章　曙《しょ》光《こう》

「静、そして……白鹿を射止めてくれた木曾殿の尽力により、ここに、神変鬼毒《じんぺんきどく》酒《しゅ》が出来た」

磯禅師が、言う。

伊吹山の山上で影御先衆と王血者たちは朝日を浴びている。

黒滝の尼を退治した翌日、義経や義仲は、手分けして白い獣をさがした。

義仲が白鹿を見つけ、見事これを射止めたわけである。

白鹿の新鮮な血は、静の許にとどけられ、ほかの材料と共に口嚙《か》みされる。

壺二つ分を一人で口嚙みした静の顎《あご》ははずれんばかりになっている。

朝日を浴びた西行は、

「神変鬼毒酒も出来たことゆえ、我ら影御先は、王血の衆と他の霊宝を安住の地にうつさねばならぬ」

まだ、安住の地が何処《どこ》なのかは、西行の腹の中にあり、何人にも明らかにされていない。

「では、お頭。そろそろその安住の地が何処なのか、明らかになさって下さい」

磯禅師が、うながす。

一同、頂に近い花畑で、西行に顔を向け、半円状になっていた。

「……うむ」

西行は一拍置き、

「加賀白山《かがはくさん》」

白山——言わずと知れた白山信仰の総本山で、平泉寺《へいせんじ》がある。雄大な万年雪の雪渓、清らな水の流れ、羅綺《らき》が如き花畑にめぐまれた、絶険の高峰だ。

「一年中、雪解けの清水が流れ、香り豊かな花畑がある。抹香の備蓄も……平泉寺には、十二分にある。ここに常在《じょうざい》も移せば鉄壁の陣が出来ると思う」

「確かに白山なれば……王血の衆も、霊宝も、固く守れる気がします」

磯禅師が言い、竹の翁《おきな》亡き後、王血者をまとめている初老の男が、

「我らにも異存はありませぬ」

西行は、巴、義仲を見、

「濃尾の衆には、白山までの警固の助太刀をたのみたい」

「むろん」

巴は、同意した。

と、静の隣で、思い詰めた顔をしていた義経が、

「お頭方。禅師様。一つ、話があります」

静の胸が――ドキリとする。静の中には、いつか義経が影御先を抜けると言い出すのではないかという予感があった。静はかんばせを硬くしてうつむく。

「此度《こたび》の戦いでもっともはたらいたのは――お前と静だ。何でも望みを言うがいい」

西行が言い、巴が首肯すると、義経は、

「鞍馬山を抜け……寄る辺《べ》もない境涯の折、影御先に、磯禅師様に受け入れていただいた。影御先に、仲間というものの大きさを、おしえてもらった」

清らな泉のような眼差しが、静にそそがれる。

西の京の戦い以降、静の中で義経の存在は、日に日に大きくふくらんでいる。

だが、浄瑠璃のことがあったから、静はその気持ちを隠し、抑え込んできた。

――抜けると言い出すのだろうか。

だとしたら、辛い。

義経は言う。

「一人では倒せぬ強敵も仲間と力を合わせれば打ち勝てると影御先のみんなにおそわった。影御先と会わねば、未熟のままであったと思います」

「…………」

「ただ、わたしには——やらねばならぬ使命がある。そのことを都におるくらいから、深く悩んできました」

やはり、八幡ではなく、義経として生きて行く気なのだ、当然そうであるべきだけど、どうしてこんなに寂しいのだろう、胸が焼ける気がする静だった。

「白山までの旅が終った時点で、影御先を抜け、あらたなる道に歩み出したく思うのです。三郎と弁慶もわたしと同道します」

西行は、ニカリと笑い、

「禅師や巴に聞いたが……お前がいなけりゃ、ずいぶん苦しかった戦いが幾度もあったとか」

巴が大きく首を縦に振る。

「だからよ、お前が抜けることは痛え。だが、止められもしまい。止めたくもねえ。皆の衆、笑って送り出してやろう」

磯禅師も、

「我らこそ八幡には感謝しておる。そなたがいなければ影御先が滅んでいたという戦いが、幾度もあった」

巴が横から、

「禅師様、そこまで言われると、八幡が抜けにくくなっちゃうよ」

「ええ……止めますまい。されど影御先は——そなたがいつもどってきても、歓迎する。そして、我らのことは他言無用でな……」

最後に巴が力強く、

「——いいじゃないか。行きな」

静は笑顔をつくろうとしたが、なかなかむずかしかった。

そんな静を磯禅師が深い思いをたたえた目でちらりと見る。

西行が、きびきびと、

「よし。では、荷物を手早くまとめておけ。昼前に握り飯を腹に入れ、出立するぞ」

尻をぽんぽん払いながら、立ち、

「——加賀白山によ」

立ち上がった静は……蚊のかすかな羽音を聞いた気がした。

引用文献とおもな参考文献

『新編日本古典文学全集　平家物語①、②』　市古貞次校注・訳　小学館
『新編日本古典文学全集　将門記　陸奥話記　保元物語　平治物語』　柳瀬喜代志　矢代和夫　松林靖明　信太周　犬井善壽校注・訳　小学館
『新編日本古典文学全集　義経記』　梶原正昭校注・訳　小学館
『平治物語』　岸谷誠一校訂　岩波書店
『古事記（中）　全訳注』　次田真幸訳注　講談社
『御伽草紙（下）』　市古貞次校注　岩波書店
『西行全歌集』　久保田淳　吉野朋美校注　岩波書店
『ヴァンパイア　吸血鬼伝説の系譜』　森野たくみ著　新紀元社
『吸血鬼の事典』　マシュー・バンソン著　松田和也訳　青土社
『歴史群像シリーズ⑬　源平の興亡【頼朝、義経の戦いと兵馬の権】』　学習プラス
『歴史群像シリーズ⑯　源義経【栄光と落魄の英雄伝説】』　学習プラス

『庶民たちの平安京』　繁田信一著　ＫＡＤＯＫＡＷＡ　角川学芸出版
『源義経〔新版〕』　安田元久著　新人物往来社
『後白河上皇』　安田元久著　吉川弘文館
『西行』　高橋英夫著　岩波書店
『【図説】日本呪術全書』　豊島泰国著　原書房
『道教の本　不老不死をめざす仙道呪術の世界』　学習プラス

ほかにも沢山の文献を参考にさせていただきました。

鬼夜行

一〇〇字書評

切・り・取・り・線

購買動機（新聞、雑誌名を記入するか、あるいは○をつけてください）

- □（　　　　　　　　　　　　　　）の広告を見て
- □（　　　　　　　　　　　　　　）の書評を見て
- □ 知人のすすめで
- □ タイトルに惹かれて
- □ カバーが良かったから
- □ 内容が面白そうだから
- □ 好きな作家だから
- □ 好きな分野の本だから

・最近、最も感銘を受けた作品名をお書き下さい

・あなたのお好きな作家名をお書き下さい

・その他、ご要望がありましたらお書き下さい

住所	〒				
氏名		職業		年齢	
Eメール	※携帯には配信できません	新刊情報等のメール配信を 希望する・しない			

この本の感想を、編集部までお寄せいただけたらありがたく存じます。今後の企画の参考にさせていただきます。Eメールでも結構です。

いただいた「一〇〇字書評」は、新聞・雑誌等に紹介させていただくことがあります。その場合はお礼として特製図書カードを差し上げます。

前ページの原稿用紙に書評をお書きの上、切り取り、左記までお送り下さい。宛先の住所は不要です。

なお、ご記入いただいたお名前、ご住所等は、書評紹介の事前了解、謝礼のお届けのためだけに利用し、そのほかの目的のために利用することはありません。

〒一〇一－八七〇一
祥伝社文庫編集長　坂口芳和
電話　〇三（三二六五）二〇八〇

祥伝社ホームページの「ブックレビュー」からも、書き込めます。
www.shodensha.co.jp/bookreview

祥伝社文庫

源平妖乱《げんぺいようらん》　鬼夜行《おにやこう》

令和 3 年 4 月 20 日　初版第 1 刷発行

著　者　武内 涼《たけうちりよう》
発行者　辻　浩明
発行所　祥伝社《しようでんしや》
東京都千代田区神田神保町 3-3
〒 101-8701
電話　03（3265）2081（販売部）
電話　03（3265）2080（編集部）
電話　03（3265）3622（業務部）
www.shodensha.co.jp

印刷所　堀内印刷
製本所　ナショナル製本
カバーフォーマットデザイン　中原達治

Printed in Japan ©2021, Ryo Takeuchi　ISBN978-4-396-34704-8 C0193